Andrea De Carlo

Die Laune eines Augenblicks

Andrea De Carlo

DIE LAUNE EINES AUGENBLICKS

Roman

Aus dem Italienischen
von Renate Heimbucher

LESEEXEMPLAR
Bitte nicht vor dem
22. Februar 2001
besprechen.

Piper
München Zürich

Die Originalausgabe erschien 1999 unter dem Titel
»Nel momento« bei Mondadori in Mailand.

ISBN 3-492-04272-4

Gesetzt aus der Stempel-Garamond
Satz: Uwe Steffen, München
Druck und Bindung: Clausen & Bosse, Leck
Printed in Germany

EINS

Am fünften März ritt ich morgens allein aus, in trüber Stimmung, weil schlechtes Wetter war und weil meine Gedanken seltsam verwinkelt waren, und das Pferd übernahm die Führung. Es war keins von meinen eigenen: Es war ein bei den Wettkämpfen ausgeschiedener englischer Vollbluthengst namens Duane, tausendmal launischer als die plumpen Gäule, durch die ich – wie ich es mir in den Kopf gesetzt hatte – die verlorengegangene ursprüngliche Pferdenatur wiederfinden wollte. Seine Nüstern waren weit gebläht; er hatte irre weiße Augen hoch über einem langen, schlanken Hals, einen mit den schmalen Knochen und dicht unter der Haut liegenden Muskeln wie gemeißelten Körper und Nerven, die angespannt waren wie die Saiten einer E-Gitarre. Über die Beine und das Becken und die Arme konnte ich die Angst und den unterdrückten Bewegungsdrang spüren, die ihn durchströmten und bei jedem Schritt beben und aufbegehren ließen. Ich erinnerte mich noch an den Klang der Worte, die zwischen Anna und mir hin und her geflogen waren, als es um unsere Arbeit mit Pferden ging und um Pferdebesitzer, die unseren ursprünglichen Absichten so fernstanden; wie wir augenblicklich in unsere festgelegten Rollen geschlüpft waren: der wirklichkeitsfremde Mann und die mit beiden Beinen im Leben stehende Frau, und beide verschanzen sich hinter ihren Gründen wie hinter Barrikaden. Es ging ein böser Nordwestwind, der uns noch schärfer entgegenblies, als wir bei der baufälligen alten Kapelle abbogen. Duane bewegte die Ohren und scheute bei jedem Rascheln im Geäst; wahrscheinlich spürte er meine ungelösten Spannungen genauso, wie ich die seinen spürte, das Alphabet chiffrierter Signale.

Unter Schnauben und Zügelzerren und Fersenstößen ritten wir den steilen Hang hinab, der von der Kapelle ins Tal führt; immer wieder rutschten die Hufe auf dem Asphalt aus, den ein umweltschändender Ignorant zur Hochzeit seiner Tochter auf ein dreihundert Meter langes Wegstück hatte schütten lassen, in der Annahme, damit auch noch etwas Gutes zu tun. Ich saß locker im Sattel, die Stiefelspitzen an den Steigbügeln, bereit, einen plötzlichen Stabilitätsverlust auszugleichen oder notfalls abzuspringen, falls Duane den Halt verlieren und seitlich wegrutschen sollte. Dies war ein Aspekt des Reitens, der mich schon immer fasziniert hatte: Man mußte wachsam sein, aber nicht starr und angespannt, mußte auf das kleinste Zeichen achten und war doch Teil eines umfassenderen, beweglichen Gleichgewichts, bei dem keine Geste dauerhafte Wirkung gewährleisten kann.

Unten angekommen, passierten wir das Gatter der Viehweide und fielen auf der ungeteerten Straße, die sich durch die weite, wellige Fläche der Wiesen zieht, in nervösen Trab. Das kurze Wintergras hatte wieder zu sprießen begonnen, die Hauspferde mit ihren dünnen Hinterbeinen und die hellen Kühe mit den großen Hörnern weideten mit zeitweilig nachlassender Hartnäckigkeit: Der Wind machte auch ihnen zu schaffen. Bei jeder Bö wirbelten Papierfetzen und Plastiktüten von den Sonntagspicknicks durch die Luft und ließen Duane zur Seite springen, sonst aber war es noch ziemlich genau die Landschaft, die mich vor Jahren beeindruckt hatte, als ich kaum glauben konnte, daß es dreißig Kilometer vor Rom ein so ausgedehntes, noch nahezu intaktes Areal aus Tälern und Hügeln gab.

Unter erneutem Aufbäumen und Ausscheren passierten wir auch das zweite Gatter und trabten auf den Wiesenhängen weiter, vorbei an der Koppel für den Stier unten an der großen Eiche. Ich dachte daran, wie oft ich diese Zweistundenstrecke hin- und zurückgeritten war, mit Anfängern, die, an die Zügel geklammert, brav in Reih und Glied ritten, oder mit Kunden, die sich für Könner hielten und ganz mit ihren Selbstdarstellungsspielchen beschäftigt waren. Mir kamen die gleichen Fragen wie so oft in den Sinn, während die Landschaft um mich herum allmählich weiter wurde, die gleichen Antworten, die ich mir darauf gab: das Gefühl von Eigenständigkeit und Freiheit, die schon fast trotzige Genugtuung, endlich eine Arbeit und eine Lebensweise gefunden zu haben, bei der ich mich nicht wie in einen Käfig oder in eine möblierte Kiste gesperrt fühlte. Ich versuchte mir diese Empfindungen zurückzurufen, um sie auszukosten und mich zu entspannen, aber es gelang mir nicht; ich wußte nicht, ob die Gangart von Duane daran schuld war oder der Wind oder die großen grauen Wolken, die über unseren Köpfen am Himmel dahinjagten.

Wir ritten zwischen den wie gigantische Monumente für den Größenwahn der Staatsunternehmen aufragenden Hochspannungsmasten unter den Stromleitungen hindurch, beschleunigten abrupt, um uns dem Elektrosmog so schnell wie möglich zu entziehen. Ich ließ den Blick vorauswandern zu der Stelle, wo das Tal zu dem kleinen Fluß abfällt, an dessen Ufern die alten Römer eine Schlacht gegen irgend jemanden geschlagen hatten, und fragte mich, wie lange es noch dauern würde, bis die Stadt und die sich immer gieriger ausbreitenden Ortschaften ringsum auch diese kleine Insel der Ruhe an sich reißen und Stück für Stück verschlingen würden. Duane versuchte immer noch, sich den Zügeln zu widersetzen, er senkte den Kopf und reckte den Hals, arbeitete mit den Beinen gegen den Widerstand meiner Hände. Ich hatte den Kopf voll mit den Dingen, die ich gleich bei der Rückkehr auf den Reiterhof erledigen mußte: Bezeichnungen von Gerätschaften und Gegenständen, Namen von Pferden und Leuten, Zahlen, Gewichtseinheiten, Zeitpläne, die mir durch die Gedanken wirbelten und dann verschwammen und sich mit unbestimmteren Bildern vermischten: sich nähernden und wieder entfernenden Gestalten, Blicken, namenlosen Empfindungen, formlosen Erwartungen.

Wir kamen zur Flußbiegung, wo die langgehörnten weißen Kühe mit ihren wenige Tage alten Kälbern bei unserem Erscheinen zur Seite wichen, und trabten dann den Flußlauf entlang. Anstatt sich der nun rascheren Bewegung zu überlassen, bebte Duane vor unterdrückter Spannung, schweißnaß und mit Schaum vor dem Maul; alle paar Sekunden versuchte er loszugaloppieren, die Hinterbeine angespannt wie Sprungfedern, und zwang mich, am Zügel zu reißen, um ihn zu bändigen.

Wir überquerten den Fluß an derselben Furt wie immer, ritten in kurzen Sätzen das schlammige, von Viehhufen zertrampelte Ufer hinauf. Dann tauchte, röhrend wie ein ausgehungertes Raubtier, eine rot-weiße Moto-Cross-Maschine auf der Wiese auf, und Duane verlor vollends den Kopf.

Ich arbeite seit fünf Jahren mit Pferden und habe derartige Situationen schon häufig erlebt; nicht daß ich nicht gewußt hätte, was zu tun war; aber einen Augenblick zuvor war ich noch im guten Glauben, die Situation unter Kontrolle bringen zu können, und einen Augenblick später war ich bis in die letzte Faser voller Zweifel, ob ich überhaupt irgendwen oder irgendwas auf der Welt kontrollieren könnte. Ich hätte es nicht genau erklären können, selbst wenn ich Zeit dazu gehabt hätte: Es war wie eine extreme Form von Enttäuschung oder Müdigkeit, die mich von innen her befiel wie ein Nervengift.

Ich riß am linken Zügel und drückte das linke Knie in Duanes Rippen, um ihn zu einer Kurve zu zwingen und ihm den Schwung und den Fluchtinstinkt zu nehmen, aber ich tat es nicht schnell und nicht überzeugend genug, und inzwischen war ihm wie einem gehetzten Tier die Panik so heftig ins Blut geschossen, daß er für nichts mehr empfänglich war. Ich riß abwechselnd an beiden Zügeln, verlagerte das Gewicht nach hinten und schrie »ho!« im herrischsten Ton, dessen ich fähig war, aber auch das half nicht viel: Duane senkte mit der ganzen Kraft seines Pferdehalses den Kopf und stemmte sich auf die Vorderbeine. Ich wurde wie beim Rodeo einige Male auf und nieder geschleudert wie ein Sack, und um nicht gleich auf dem Boden zu landen, mußte ich die Zügel loslassen und ihm die Fersen in die Seite drücken, ihn so schnell laufen lassen, wie er wollte. Aber in seinem Kopf gab es keinen Selbstbeschränkungsmechanismus, und sosehr ich auch versuchte, mich geschmeidig im Sattel zu halten, ich schaffte es nicht: Ich war zu verkrampft vornübergebeugt, mit zu steifen Beinen und zu weit hochgezogenen Schultern. Jeder Sprung des Pferdes übertrug sich mit einem Gefühl grundlegender Disharmonie auf meinen Körper, schüttelte mich durch, wie es dem unbegabtesten meiner Schüler hätte widerfahren können.

In wildem Galopp rasten wir die wellige, auf zwei Seiten von der dunkelgrünen Masse des Waldes eingerahmte Wiese hinab, mein Herz und das des Pferdes im Gleichtakt mit dem immer wilderen Hämmern der Hufe. Der scharfe Wind trieb mir die Tränen in die Augen, Hände und Knie schmerzten; ich wunderte mich, wie mir alles, was ich wußte, entglitt und mir kein Mittel blieb, Tempo oder Richtung unseres Ritts wirksam zu beeinflussen. Dennoch war ich nicht sonderlich erschrocken: Beinahe gelassen versuchte ich die Härte des Bodens einzuschätzen und die Wucht eines möglichen Aufpralls, die Dauer der Panikreaktion des Pferdes, meine Entschlossenheit, auf seinem Rücken zu bleiben.

Bei Duane waren alle inneren Dämme gebrochen, er ließ sich mehr und mehr fortreißen, immer kopfloser in seinem Drang, vor jeder Triebunterdrückung und jedem Kommunikationskodex und vor all dem andressierten, beruhigenden Theater davonzustürmen; er galoppierte drauflos, als rase er mit seiner ganzen vitalen Energie durch Jahrhunderte der Domestikationsgeschichte zurück in eine Zeit, in der es keine Zügel und Riemen und Gurte und Schnallen und Pflöcke, keine Gesten und Worte gab, die ihm den passiven

Part in einem von anderen bestimmten Spiel aufzwangen. Bei jeder neuen Bodenwelle glaubte ich endgültig den Kontakt zu verlieren und abzuheben im Knirschen von Leder und Metall und Gelenken und Knochen und Gedanken. Jedesmal, wenn ich die richtige Haltung wiedergefunden zu haben glaubte, hatte ich sie schon wieder verloren; ich begann mir die wichtigsten Tips aus den Reitstunden für Anfänger herzusagen, doch die Füße waren schon aus den Steigbügeln gerutscht, ich hüpfte erneut im Sattel auf und nieder und spürte, wie meine Wirbel aufeinanderkrachten, wie meine Rücken- und Schultermuskeln beim aussichtslosen Kampf um Ausgleich und Widerstand ermatteten, die Arme steif wurden und die Finger nachgaben.

Wir schossen mit voller Kraft quer über den Wiesenhang, und obwohl es bergab ging und Duane Schwierigkeiten hatte, das Gleichgewicht zu halten, legte er noch zu, mit sich überkreuzenden Beinen wie bei dem rennenden Dackel auf einem futuristischen Bild, das mir in den Sinn kam, nur daß es ein riesiger und sehr kräftiger Dackel war und ich mich wie eine klägliche Maus an ihm festklammerte. Wir rasten dicht an den aus dem Wald ragenden Zweigen der Mannaeschen und Hainbuchen und an Holunder-, Ginster-, Brombeer- und Weißdornsträuchern vorbei, kopfüber auf einen grauen Felsblock zu, der auf dem Stoppelgras lag wie eine unerklärliche Tatsache. Auf dem allerletzten Meter wich Duane nach links aus, und plötzlich war er nicht mehr unter mir; ich flog durch die Luft wie ein lebendes Geschoß im Zirkus, mit Bildern vom Aufprall, von Knochenbrüchen und endgültigem Dunkel vor Augen, aber auch mit einer sonderbaren Art von Gleichgültigkeit oder Neugier oder tiefer Erleichterung und dem eisigen Bewußtsein, daß dies vielleicht das letzte im Leben war, was ich empfand.

Ich wurde von einer unwiderstehlichen Kraft nach unten gedrückt, Stirn und Brust und Hände und Knie im Gras und auf der harten Erde dicht darunter, als wollte ich in sie eindringen oder sie jedenfalls mit meiner ganzen Kraft zusammenpressen, mich völlig aufreiben. Dann stand ich fast wieder auf den Füßen, aber doch nicht ganz, erstaunt über meine Fähigkeit, mich zu fangen, und bestürzt, wie wenig ich mich fing; erneut mit dem Gesicht im Gras; zur Seite gekrümmt; auf dem Boden aufgeprallt.

Ich saß auf dem Boden und sah zum grauen Himmel empor, der immer noch über mir dahinzog; sah auf die Wiese, die unter mir dahinzog, sah Duane nach, der davontrottete und dabei immer wieder seitlich ausschlug, den Kopf zurückwarf, um sich nach mir umzuschauen. Ich sprang unbedacht auf, um ihm hinterherzurennen, da fuhr mir ein stechender Schmerz durch den Leib wie ein roter Strich durch eine Bleistiftzeichnung: Die Landschaft vor mir schnurrte zusammen und dehnte sich wieder aus, schnurrte erneut zusammen. Ich sackte in die Knie, mir vergingen Hören und Sehen und alle anderen Sinne, Übelkeit stieg in mir auf und riß mich in eine schwindelerregende Spiralbewegung. »Es ist nichts, es ist nichts«, murmelte ich halblaut oder lautlos vor mich hin und dachte, daß ich möglicherweise kurz davor war zu sterben. Ich versuchte, durch die Nase einzuatmen, meine Gedanken beisammenzuhalten, aber ich fand keine Gehirnkammer, in der ich sie unterbringen konnte; ich war mir nicht mal mehr sicher, ob ich überhaupt ein Gehirn hatte und Gedanken.

Doch es schien ein vorübergehender Zustand, denn zwei, drei Stunden oder Minuten oder Sekunden später glaubte ich wieder ein Minimum an Urteilsvermögen und auch ein Fitzelchen Humor und sogar Wut auf Duane zu haben, ich ärgerte mich, weil ich versagt hatte, und war ungeduldig wegen der verlorenen Zeit und wegen der dringenden Verpflichtungen auf dem Reiterhof, die sich schon übereinanderzuschieben begannen. Weitere zwei, drei Stunden oder Minuten oder Sekunden später aber war alles wieder weg, und ich krümmte mich mit einem derart umfassenden und endgültigen Unwohlsein auf dem Gras, daß ich keinen Unterschied zwischen mir und der Wiese, zwischen innen und außen oder hier und dort oder wann und wo mehr wahrnehmen konnte. Weitere zwei, drei Stunden oder Minuten oder Sekunden später schwirrten mir Bruchstücke von völlig unbrauchbaren Feststellungen und Intuitionen und Erwägungen durch den Kopf wie bunte Glasscherben, die in einer Schachtel durcheinandergeschüttelt werden.

Ich strich mir mit der Hand über die Hüfte, versuchte, die Beine zu bewegen, um mir wenigstens eine Vorstellung vom Ausmaß der Schäden zu machen. Ich pendelte zwischen extrem lokalisierter Besorgtheit, formloser Panik und Dumpfheit wie ein in sich selbst versinkender Einzeller. Sobald ich mich bewegte, riß mich die Übelkeit erneut in eine gedankenleere Zone; kaum hielt ich in der Bewegung inne, begann mein Hirn wieder Gedankensplitter und zusammenhanglose Empfindungen zu produzieren. Ich versuchte, mich auf das Atmen zu konzentrieren, schloß die Augen und weitete die Nasenflügel, ließ die Luft langsam in die Lungen strömen; die Rippen taten mir weh.

Nach einem weiteren nicht meßbaren Zeitraum schien mir, daß reglos sitzen zu bleiben die schlechteste Option war, die ich hatte. Mit größter Behutsamkeit stand ich auf, faßte mir an den Kopf, um mich zu kratzen oder zu streicheln oder Halt zu finden oder nach einem Riß zu suchen, fand aber keinen. Dafür gelang es mir, mich auf den Beinen zu halten, obwohl die Landschaft über mir und unter mir immer noch dahinraste, auf mich zu kam und sich entfernte, zusammen mit dem Gefühl für die Dinge, das bei der geringsten Bewegung in mir aufstieg und sich gleich wieder zurückzog. Ich machte zwei, drei Schritte, stützte mich auf den grauen Steinblock und versuchte zu kotzen, wußte aber schon vorher, daß dies nicht die Sorte Übelkeit war, die man auf so mechanische Weise loswird.

Mit zusammengekniffenen Augen blickte ich über die Wiesen, um sie in ihrem Lauf zu bremsen, und ganz allmählich hörte ich auf, alles wie durch ein Teleskop zu sehen, und meine Gedanken nahmen wenigstens teilweise wieder Form an; die universale Übelkeit zog sich zusammen und lokalisierte sich schließlich auf einen stechenden Schmerz im Kopf und links an den Rippen und der Schulter und dem Handgelenk und der Hüfte und auf das glasklare Gefühl, vollkommen unglücklich zu sein.

Aber komischerweise hielt ich das nicht für einen Nebeneffekt des Sturzes: Die körperlichen Schäden und das Unglücklichsein gehörten zu zwei völlig getrennten

Ebenen in überhaupt nicht miteinander vergleichbaren Größenordnungen. Ich stand auf der welligen Wiese, zerschlagen und von Übelkeit zermürbt, und wußte ohne den leisesten Zweifel, daß mein Leben keineswegs so war, wie ich es wollte.

Ich fragte mich, wie es möglich war, daß ich es vorher nie gemerkt hatte, morgens beim Aufstehen oder beim Frühstück mit Anna oder in irgendeinem anderen Moment unserer gemeinsam verbrachten Zeit. Ich fragte mich, wie mich das, was ich bis zu meinem Sturz mein eigen nannte, hatte ausfüllen und befriedigen können: Ich sandte Kreise und Quadrate und Dreiecke von Fragen in alle Richtungen aus und stieß statt auf Antworten nur auf Sturheit und Schweigen und todernste Gesichter, auf Namen, die man den Dingen geben mußte, auf Verpflichtungen, die aus Prinzip einzuhalten waren, Lasten, die geschleppt, und Tiere, die zu einem Leben gezwungen wurden, das ihnen nicht behagte, sich endlos wiederholende Gesten.

Gleich darauf versuchte ich, an die Zeit vor Anna und vor den Pferden zu denken, und da wurde mir klar, daß ich noch nie glücklich war. Ich ließ mein Leben vorwärts und rückwärts an mir vorbeiziehen, auf der Suche nach einem Punkt der Zufriedenheit, der nicht bloß eine einsame Klippe im Ozean war, und fand keinen. Ich konnte mich an keine nicht durch Pflichten unterbrochene Freude, keine nicht durch Gewohnheit verwässerte Überraschung, keine nicht durch Langeweile getrübte Fröhlichkeit, keine nicht vom dumpfen Gewicht der Realität am Boden festgehaltene Phantasie erinnern. Es war eine Art von Erkenntnis, die mich abwechselnd blendete und mir den Blick schärfte; sie weckte in mir die Lust, auf ewig so dazustehen, und die Lust, loszulaufen, hier wegzukommen.

Ich lief los, aber es war noch schwieriger, als ich mir vorgestellt hatte. Mein Kopf dröhnte, und der linke Arm hing schwer am Schultergürtel, und von der linken Hüfte aus fuhr mir bei jedem Schritt ein Stich bis in die Brust, so daß ich immer wieder den Halt verlor. Ich zwang mich zur Langsamkeit, humpelte in Zeitlupe über die unebene Wiese, die ich in der anderen Richtung im wilden Ritt in Minutenschnelle überquert hatte; mein Zeitgefühl schien ebenso gestört wie mein Gefühl für Entfernungen. Dreißig oder hundert oder vierhundert Meter vor mir graste Duane, trabte, wenn er mich herankommen sah, ein Stück heimwärts und stellte erneut einen unüberwindlichen Graben zwischen uns her, drehte sich immer wieder in einer Art herausfordernder Gebärde nach mir um. Selbst wenn ich ihn eingeholt hätte, wäre ich nicht imstande gewesen, wieder in den Sattel zu steigen: Ich ging hinter ihm her wie jemand, der eine Idee verfolgt, die schon völlig bedeutungslos geworden ist, noch bevor man darüber redet. Aber ich brauchte etwas Klares, auf das ich den Blick heften konnte, um mich nicht in der Leere aufzulösen, die sich unter meinen Füßen auftat; ich setzte einen Fuß vor den andern, ohne den Kopf zu wenden.

Ich mußte daran denken, wie langsam die Menschen zu Fuß sind, verglichen mit ihren Ansprüchen und Mobilitätsbedürfnissen. Bei jedem anderen Lebewesen, dachte ich, ist das Verhältnis zwischen der eigenen Geschwindigkeit und der Größe des Reviers, das es zum Leben braucht oder haben möchte, viel ausgewogener. Ich dachte daran, wie flink eine Ameise durch ein Zimmer krabbelt, das für sie so groß ist wie für mich diese Weidefläche; und wie genügsam ein Faultier blätterfressend in den Ästen seines Baumes hängt. Mein Kopf war voll von hüpfenden Eichhörnchen und Affen, dahinstürmenden Löwen und Damhirschen und Elefanten und Gazellen und Zebras, flitzenden Hasen und Mäusen, kriechenden Schnecken und Schildkröten. Ich dachte daran, wie stolz und hoch zu Roß ich die gleiche Entfernung durchmessen hatte, Herr der Distanzen dank einer schlichten Berührung mit den Fersen. Ich dachte an all die Fettwänste und Dickärsche und dürren Bohnenstangen und vierschrötigen Grobsäcke, die sich großartig und flink wie Zentauren oder Amazonen vorkamen, wenn sie hinter mir herritten; ich stellte sie mir zu Fuß vor, so wie ich jetzt ging, niedergedrückt von der Schwerkraft und eingeschränkt durch den Anspruch des aufrechten Gangs, vom eigenen Körper gedemütigt. Ich mußte lachen, aber das linderte weder mein Unglück noch meine körperlichen Beschwerden, noch das Gefühl von tiefer Benachteiligung und Frustration, das sich in mir anstaute, während ich mich mit den Beinen vorwärts schleppte, als müsse ich schwitzend gegen eine starke Strömung ankämpfen.

Ich dachte daran, wie sehr die Geschichte vom Wunsch der Menschheit beeinflußt war, sich von dieser grundlegenden Benachteiligung zu befreien, und wie die unbeirrbare Verfolgung dieses Ziels nach und nach zur Domestikation des Esels, zur Erfindung des Rads und zur Entdeckung des Steigbügels geführt hat und damit zum Hunneneinfall zu den Kreuzzügen zur Eroberung Amerikas zum Verbrennungsmotor zu den Weltkriegen zum Maschinenzeitalter zum Massentourismus zur Betonierung der Welt zu ihrer fortschreitenden Zerstörung. Ich fragte mich, wie alles sich entwickelt hätte, wenn die Natur unsere Spezies mit einer befriedigenderen natürlichen Geschwindigkeit ausgestattet hätte: ob wir dann weniger Schäden angerichtet hätten oder sogar noch mehr; ob die Langsamkeit ein kläglicher Versuch der Natur ist, unsere aggressiven und zerstörerischen Tendenzen einzudämmen.

Als ich die Wiese zur Hälfte überquert hatte, war Duane aus meinem Blickfeld verschwunden, und meine Kräfte waren erschöpft; es kostete mich äußerste Anstrengung, weiterzugehen und mich nicht unterkriegen zu lassen. Hin und wieder fiel mir ein Punkt in meinem Leben ein, der mir nicht ganz so trostlos schien; wenn ich dann aber an das Kurz-Zuvor und an das Kurz-Danach dachte, lag das Während so isoliert auf der weiten Fläche negativer oder neutraler Empfindungen, daß sich der Überquerungsversuch nicht lohnte. Ich schleppte mich über die bei jedem Schritt länger und größer werdenden Wellen der Wiese und versuchte, wenigstens diese Grübeleien fernzuhalten und an harmlosere Dinge zu denken. Ich stellte mir vor, wie Duane abends ohne mich auf den Reiterhof zurückkehren würde, leicht und geschmeidig und immer noch voll der Energie des für die Überwindung großer Entfernungen geschaffenen Tiers; stellte mir Annas Gesicht vor.

Als ich endlich an der ungeteerten Straße ankam, die voller Schlaglöcher und Spurrillen durch den flacheren Teil der Weidefläche führte, hatte ich keine Ahnung, wieviel Zeit vergangen war; meine Uhr war beim Sturz stehengeblieben, aber mir schien, daß sie mir sowieso nicht viel genützt hätte. Nach Atem ringend, wischte ich mir im kalten Wind den Schweiß ab; ich versuchte gar nicht erst, mir auszurechnen, wie lange ich von hier bis zum Haus brauchen würde, weil ich sicher war, daß ich es ohnehin nicht schaffen würde. Außer den Kühen und den Pferden war weit und breit niemand zu sehen: keine Autos mit Ausflüglern, kein Wilderer mit Neandertalergesicht, keiner der Rüpel, die mit ihren Mopeds aus den nahen Dörfern hier einfielen, um Lärm zu machen. Der Weg zum Reiterhof zog sich vor meinen Augen mehr und mehr in die Länge; ich sah mich bei Sonnenuntergang immer noch hier, bis Anna endlich merken würde, daß ich nicht da war, und ihre emsigen Aktivitäten unterbrach, um mich zu suchen. Kopf, Schulter, Brustkorb, Handgelenk und Hüften taten mir inzwischen so weh, daß mir jeder Schritt wie der letztmögliche vorkam und ich am liebsten aufgegeben hätte. Das tat ich nach einer Weile auch: setzte mich auf eine grasbewachsene Böschung am Straßenrand, zur Seite gekrümmt, aber immer noch um Haltung bemüht, falls zufällig jemand vorbeikäme, den ich kannte, vielleicht der Leiter einer konkurrierenden Reitschule mit seinen aufrecht im Sattel sitzenden Schülern. Aber niemand kam, und der Nordwestwind wurde immer schärfer.

Ich machte mich wieder auf den Weg, mit noch kürzeren und schieferen Schritten; nach zwanzig Metern mußte ich erneut haltmachen, weil ich nicht mehr konnte. Noch einmal rappelte ich mich hoch, setzte mich aber gleich wieder hin, meine Muskelkraft war endgültig erschöpft und meine Moral am Ende. Am liebsten hätte ich wie ein Maulwurf einen unterirdischen

Gang in den grasbewachsenen Hang gegraben und im Schutz der warmen, dunklen Erde mein Unglück und meinen Schmerz und die angeborene Langsamkeit der menschlichen Spezies und alles andere vergessen.

Doch da sah ich in einem Schwall von Lärm einen alten roten Kastenwagen näher kommen, ich winkte, aber zu spät, denn meine Reflexe waren verlangsamt, er fuhr an mir vorbei. Ein paar Meter weiter aber bremste er, legte unter einigen Schwierigkeiten den Rückwärtsgang ein und fuhr in der Staubwolke, die er aufgewirbelt hatte, zurück.

Am Steuer saß eine junge Frau, die sich herüberbeugte, um das Seitenfenster runterzukurbeln, was ihr aber nur bis zur Hälfte gelang; durch den Spalt zwischen Fensterscheibe und Autodach schrie sie: »Wo willst du hin?«

»Da rüber«, sagte ich, krampfhaft bemüht, die Stimme zu halten und nicht einfach umzukippen.

Sie nickte; sie hatte helle Augen und hohe Wangenknochen, straff nach hinten gekämmtes, zu einem Zopf geflochtenes Haar. Ich versuchte mich zu erinnern, ob ich sie in der Gegend schon gesehen hatte, aber ich bekam es nicht hin, alle Bestandteile der Landschaft zogen gleichermaßen fern und flüchtig an mir vorüber. Ich versuchte, die Wagentür zu öffnen, aber sie ging nicht auf; das Mädchen gab mir mit einer Handbewegung zu verstehen, daß ich hinten einsteigen sollte, sie schien ungeduldig. Ich machte die Hecktüren auf, kletterte mühsam auf die metallene Ladefläche.

Es roch nach Zimt und Zigarettenrauch und Staub und Bergamotte; ich wußte nicht, wie ich mich hinsetzen sollte, denn man hatte die Seitenbänke herausgenommen, und jede Sitzhaltung verschlimmerte meine Schmerzen. Obendrein saß ein Hund da, ein kläffender schwarzweißer Terrier; als wir mit einem Ruck losfuhren und ich über die Ladefläche rollte, stand er plötzlich mit steifen Pfoten über mir, beschnupperte mein Gesicht und sprang dann im Zustand höchster Erregung über mich hinweg. Ich lag zusammengekrümmt auf einer alten Decke, die vielleicht für den Hund bestimmt war, und suchte nach irgend etwas, woran ich mich festhalten konnte. Das Mädchen fuhr, ohne zu verlangsamen, im Zickzack um die Schlaglöcher herum; jedesmal, wenn sie das Steuer herumriß, verlor ich den Halt und rutschte, von einem umfassenden Schmerz durchzuckt, über die Ladefläche. Ich hätte ihr gern etwas über mein Befinden gesagt, aber bei dem Geklapper der Türen und dem Zustand der alten Stoßdämpfer glaubte ich, nicht genügend Atem dafür zu haben. Ich klammerte mich mit der rechten Hand am Vordersitz fest und versuchte, mit angespannten Rückenmuskeln die dauernden Stöße abzufangen.

Das Mädchen drehte sich ein paarmal zu mir um; sagte: »Beim Spazierengehen schlappgemacht?«

»Es war kein Spaziergang«, krächzte ich mit der Stimme einer sterbenden Krähe.

Sie nickte, aber ich war nicht sicher, ob sie mich überhaupt gehört hatte, sie schien zu sehr mit der Straße beschäftigt.

Nur um sie von ihrem rasenden Tempo abzubringen und mich von meinen Schmerzen abzulenken, fragte ich: »Kleiner Ausflug aufs Land?«

»Von wegen Ausflug aufs Land«, sagte sie genauso rabiat, wie ihre Fahrweise war.

Wir waren bereits auf der Höhe der Kapelle und in der engen Biegung der Kurve angelangt; durch das heftige Schaukeln verlor ich erneut den Halt und wurde über die Ladefläche geschleudert; mein Aufschrei war viel lauter, als ich gewollt hätte.

»Geht's dir nicht gut?« fragte das Mädchen und versuchte mich anzusehen, aber sie fuhr zu schnell, und ich lag zu tief und war immer noch in rutschender Bewegung.

»Nicht besonders«, sagte ich, sobald ich Halt gefunden hatte. »Könntest du vielleicht etwas langsamer fahren?«

Sie kümmerte sich überhaupt nicht darum, sondern gab auf dem längs des Kamms zwischen den beiden Tälern schnurgeraden dahinführenden Straßenstück sogar noch mehr Gas. »Mir geht's auch nicht so toll, wenn du die Wahrheit wissen willst«, erklärte sie, tief über das Lenkrad gebeugt, als wollte sie dadurch ihrer alten Kiste mehr Schwung geben, und ihr blonder Zopf hüpfte auf der rot und blau bestickten afghanischen Schaflederjacke hin und her.

Dann waren wir fast am Reiterhof angelangt, und ich war schon dabei, mich hochzurappeln und ihr zu sagen, sie solle anhalten, aber sie trat dreihundert Meter vorher auf die Bremse und bog an der Weggabelung nach links ab, ließ mich ein weiteres Mal über die Ladefläche fliegen, als sie auf der schmalen, unasphaltierten Straße wieder beschleunigte. Ich schrie: »Halt!«, schrie: »Ich bin da!«, schrie: »Laß mich aussteigen!« Aber wir waren schon vorbei, und an Aussteigen war nicht mehr zu denken, wenn ich nicht Selbstmord begehen wollte; sie hatte das Fenster heruntergekurbelt und hörte mich nicht, der Kastenwagen war vom Lärm des Winds und des Motors und der Räder und von wildem Geratter erfüllt.

Wir bremsten erneut scharf und bogen noch einmal ab, und als ich den Kopf wieder heben konnte, sah ich, daß wir geradewegs auf ein hölzernes Gartentor zufuhren.

Das Mädchen stieß das Tor mit der Schnauze des Autos auf, gab Gas und raste auf ein flaches rosa Haus zu, bremste wenige Meter, bevor sie gegen die Mauer geprallt wäre, und ich wurde noch einmal nach hinten geschleudert.

Ich lag quer auf der Ladefläche, während sie auf die Hupe drückte und der Terrier bellte und jaulte und winselte und sich auf mich stützte, um aus dem Fenster zu schauen; meine Schmerzen, die noch stärker geworden waren, splitterten sich in mir zu einem Kaleidoskop schlimmer Empfindungen auf. »Laß mich raus«, sagte ich fast ohne Stimme und setzte mich mit ungeheurer Anstrengung auf.

Das Mädchen drückte immer noch auf die Hupe, die wie eine Kriegstrompete klang, bis ein großer, hagerer Typ mit runder Brille aus dem Haus kam und erschrokken stehenblieb, als er das Auto sah. Das Mädchen riß die Wagentür auf und schrie: »Also, es ist fünf. Verschwindest du oder nicht?«

Er schüttelte den Kopf; er hatte dichtes, schwarzgrau meliertes Haar und eine Ponyfrisur, mit der er wie ein großes, vom Leben überfordertes Kind aussah. Er sagte: »Komm du doch lieber zurück.«

Die Frau sprang aus dem Kastenwagen, als wolle sie mit den Fäusten auf ihn losgehen, blieb aber einen

Meter vor ihm stehen und sagte: »Laß es bleiben, Riccardo. Wir waren uns doch einig, oder?«

Riccardo schüttelte erneut den Kopf. »Wir waren uns einig, daß wir wie Erwachsene miteinander reden.«

»Ach, komm mir nicht wieder damit!« sagte sie, die Füße fest auf dem Boden, Hüften, Oberkörper und Kopf aber in Bewegung. »Wie Erwachsene miteinander reden!«

»Du willst einfach nicht auf mich hören«, sagte Riccardo. Er verschränkte die Arme und bemühte sich um eine entschiedene Haltung, aber er war nicht so selbstsicher, wie er gern wirken wollte, er reagierte nur auf das, was sie tat. »Alles, was ich dir sage, gleitet an dir ab, es ist hoffnungslos.«

»Warum läßt du es dann nicht einfach?« sagte sie. »Warum haust du nicht ab?«

»Ich bleibe«, sagte Riccardo in seinem nuancenarmen Ton. »Ich geh nicht weg, nie und nimmer.«

Von pochenden und bohrenden Schmerzen gepeinigt, die mir den Atem nahmen, empfand ich in meiner mißlichen Lage auf der Ladepritsche eine Art müden Haß auf die beiden: Ich hätte sie am liebsten angeschrien, sie sollten endlich aufhören, sollten sich entscheiden, wer blieb und wer ging und wer mich ins nächste Krankenhaus brachte. Der Terrier kläffte sich die Kehle aus dem Hals, hüpfte herum und versuchte immer wieder, aus dem Fenster zu springen, wobei er mich als Sprungbrett benutzte.

Die Frau machte eine halbe Drehung um sich selbst, als wolle sie zum Auto gehen, steuerte statt dessen aber auf die Haustür zu. Riccardo versperrte ihr den Weg, mußte dazu aber die Arme ausbreiten und seine Pose unerschütterlicher Entschlossenheit aufgeben. »Laß mich durch«, sagte sie. »Du kommst hier nicht durch«, sagte er. »Weg mit dir«, sagte sie. »Ich geh nicht weg«, sagte er. Er wehrte sie ab wie ein Basketballspieler, verlagerte das Gewicht nach rechts und nach links und fuchtelte mit den Armen, um ihr zuvorzukommen, doch obwohl er größer war, schien sie die Stärkere und kaum aufzuhalten. »Weg mit dir«, rief sie erneut und trieb ihn zurück, ohne ihn auch nur zu berühren.

Nun befiel ihn die Panik: Seine Gewichtsverlagerungen und seine Handbewegungen wurden zu hastig und zu unentschieden, er redete mit überschnappender Stimme pausenlos auf sie ein. »Du mußt aufhören, dich wie ein verwöhntes kleines Mädchen zu benehmen, Alberta, und dich an den Gedanken gewöhnen, daß eine Familie kein Spiel ist, das man einfach aufgeben kann, wenn es langweilig wird, begreif doch, daß man zusammenhalten muß, um die Probleme zu lösen und mit den Schwierigkeiten fertig zu werden, und wenn irgendwas nicht funktioniert, dann muß man versuchen, es besser zu machen, und dann kann es auch wieder so werden wie früher.«

»Hör auf damit, Riccardo«, sagte Alberta. Ich sah sie im Halbprofil, wie sie auf ihren Gründen beharrte wie eine blonde Bärin. »Was nicht funktioniert, sind *du und ich*. Und eine Beziehung kann man nicht in die Werkstatt bringen und mit dem Schweißgerät reparieren lassen, zum Glück.«

»Doch, man kann«, rief Riccardo und wich immer weiter zurück, um sie nicht durchzulassen. »Man muß es nur wollen, man muß dem andern nur erklären, was nicht funktioniert, man muß nur an die gemeinsamen

Interessen denken, an alles, was man zusammen gemacht hat, und an das, was wirklich zählt, man darf nicht denken, das Leben sei ein einziger Lunapark, ab und zu muß man auch Mühe und Langeweile auf sich nehmen, wenn es darum geht, etwas Verläßliches aufzubauen, man kann nicht immer der Laune und der Eingebung des Augenblicks folgen.«

»Es ist keine Laune des Augenblicks«, sagte Alberta, aber ich konnte sie kaum noch hören, weil die beiden sich in Richtung auf das Haus entfernt hatten und immer erregter aufeinander einredeten und der Hund in einem fort bellte und der Schmerz und die Anstrengung mein Hörvermögen und meine Wahrnehmungsfähigkeit überhaupt geschwächt hatten.

»Nicht allein entscheiden!« brüllte Riccardo auf der höchsten Frequenz; brüllte: »Wahrheit!« Brüllte: »Immer nur weglaufen!«

»Stimmt doch gar nicht!« brüllte Alberta. »Wie stur du bist!« Brüllte: »Du leidest an Paranoia!«

»Siehst du, wie infantil du bist und wie starrsinnig, du willst einfach nicht hören, man kann mit dir nicht reden!« brüllte Riccardo mit dem letzten Rest seiner überstrapazierten Stimme.

»Bastaaa!« brüllte Alberta, viel lauter als alles, was ich bisher von ihr gehört hatte.

Ich beobachtete die beiden, die jetzt ihre Worte erschöpft zu haben schienen und einander gegenüberstanden, als warteten sie auf Inspiration oder Hilfe von außen. Dann rissen plötzlich beide auf die gleiche Art und Weise die Arme hoch und begannen, sich wie kämpfende Hirsche gegenseitig vor und zurück zu schieben.

Ich versuchte, meine Lage zu wechseln, um den

Schmerz in der linken Hüfte zu lindern; als ich den Kopf wieder hob, waren die beiden ganz in meiner Nähe, und Riccardo schaute auf den Kastenwagen und entdeckte mich. Die Arme fielen ihm seitlich herab, er fragte: »Wer ist das denn?«

»Keine Ahnung«, antwortete Alberta.

»Was soll das heißen?« fragte Riccardo.

Alberta lief an ihm vorbei und steuerte erneut auf die Haustür zu.

Riccardo schien ihr nachlaufen zu wollen, aber er war jetzt zwischen zwei Fronten hin und her gerissen: Unschlüssig blieb er stehen und rannte dann, von wachsender Wut getrieben, auf mich zu. Riß die Fahrertür auf und beugte sich herein, mit verzerrter Miene und bebend vor Aggressivität und Unsicherheit. Der Terrier schoß hinaus und schnellte unter schrillem Gekläff in verschiedene Richtungen. »Wieso steigst du nicht aus, anstatt dich wie ein Feigling da drin zu verstecken?« schrie Riccardo mich an.

»Ich verstecke mich nicht«, sagte ich in so kläglichem Ton, daß sich seine Züge noch mehr verzerrten. Ich hätte ihn gern mit einer witzigen Bemerkung über meinen Zustand und die zusätzliche Verschlimmerung aufgeklärt, die er in dem Moment verursachte, aber ich schaffte es nicht.

»Dann steig aus!« schrie er, über die Rückenlehne gebeugt, rasend vor ratloser Wut. »Zeig dich wenigstens und benimm dich nicht wie ein Feigling, der die Familien anderer zerstört und dann nicht den Mut hat, auch dazu zu stehen!«

Wäre es mir nicht so schlechtgegangen, hätte ich spöttisch oder wütend oder verständnisvoll reagiert oder vielleicht einfach losgelacht, aber ich sah mittlerweile alles im unerträglichen Licht eines schlechten Traums, und schon der Gedanke, zusammenhängende Wörter formulieren zu müssen oder auch nur eine Bewegung zu machen, verursachte mir Übelkeit.

Mein Widerstreben brachte Riccardo noch mehr in Rage; er schrie: »Du kommst sofort heraus! Komm raus, sonst hol ich dich raus!« Jetzt, wo er so dicht vor mir stand, konnte ich die rein physischen Auswirkungen seines Streits mit Alberta sehen, dieses Streits, der mir aus der Ferne eher abstrakt erschienen war: die geblähten Nasenlöcher und die rote Nase, Tränenspuren in den Augenwinkeln, schaumiger Speichel am Mundwinkel.

»Verschieben wir es lieber auf ein andermal«, sagte ich.

Auch jetzt mißverstand er die Botschaft, die er erhielt; er lief um das Auto herum, riß die Hecktüren auf und packte mich am Bein, um mich herauszuziehen. Der heftige Ruck jagte mir einen so höllischen Schmerz durch die linke Körperhälfte, daß mir ein gellender Schrei entfuhr und ich mit der ganzen restlichen Kraft des freien Beins zustieß.

Ich traf ihn zwischen Schulter und Halsansatz; er ließ meinen Knöchel los und flog mit vor Überraschung geweiteten Pupillen nach hinten.

Fast im selben Augenblick riß Alberta die Vordertür auf, stieß ein Kind auf den Beifahrersitz, sprang ans Steuer und ließ den Motor an, legte den Rückwärtsgang ein. Riccardo stand mit der Hand am Schlüsselbein taumelnd hinter uns, er konnte gerade noch zur Seite springen, bevor wir ihn überfahren hätten. Dann sah ich ihn nicht mehr, sah nur die schmale Einfahrt, die zwischen den beiden sich öffnenden und wieder zufallenden Flügeln des Gartentors mit Höchstgeschwindigkeit auf mich zukam.

Wir rammten unter Krachen von Holz und Blech und Plastik einen Zaunpfosten; der Kleine kreischte los, und Alberta drückte ihn mit einer Hand auf den Sitz, während sie wie eine Rallyefahrerin manövrierte und Riccardo brüllend und mit dem Arm fuchtelnd hinter uns her rannte und der Hund mit seinem zehnmal schnelleren Galopp an ihm vorbeischoß und uns einholte und im letzten Moment, bevor die Hecktür zuschlug, ins Auto und über mich hinwegsprang und ich wieder einmal über die Ladefläche rollte und Alberta mit so lautem und so wildem und sich auf meinen angespannten Körper übertragenden Rattern und Ruckeln und Schlingern und Rumpeln über die unasphaltierte Straße zurückraste, daß ich glaubte, im nächsten Augenblick ohnmächtig zu werden, obwohl ich noch nie im Leben ohnmächtig geworden war, bis ich tatsächlich ohnmächtig wurde und alle Bilder und Geräusche verschwanden.

ZWEI

Als Anna im Krankenhaus ankam, schien sie erstaunt, mich zusammengekrümmt auf einer Bank in der Halle sitzend anzutreffen anstatt im Bett in irgendeinem Operations- oder Aufwachraum. Ich skizzierte ihr in knappen Worten ein Bild der diversen bereits festgestellten oder durch weitere Untersuchungen noch festzustellenden Verrenkungen und Quetschungen und Prellungen und sagte ihr, ich habe es satt und sei schließlich nicht bewegungsunfähig; ich wollte nur weg.

Sie hörte mir mit dem pessimistisch-realistischen Gesichtsausdruck zu, den sie sich in vier Jahren des Zusammenlebens mit mir und der Arbeit mit den Pferden zugelegt hatte, und sagte dann: »Sei nicht kindisch, Luca. Du weißt doch, mit so was ist nicht zu spaßen.«

»Ja, ja, ich weiß«, sagte ich und war schon aufgestanden. »Mir geht's wirklich besser.«

»Du merkst doch, daß du nicht mal richtig stehen kannst«, sagte sie.

Aber sie sah mich dabei an wie ein Tierarzt, der seine Diagnose stellt, und ihr Blick schien durchsetzt von einer Unduldsamkeit, die sich Schicht um Schicht in ihr abgelagert haben mußte und die ich an ihr noch nie bemerkt hatte; ich sagte: »Ich schaffe es schon«, und nahm mich ungeheuer zusammen, um mich auf dem Weg zum Ausgang gerade zu halten und nicht zu humpeln.

Wir überquerten den mit Autos vollgestellten asphaltierten Parkplatz und suchten nach unserem alten Renault. Es ärgerte mich, wie Anna beim Gehen immer wieder stockte, damit ich nicht zu weit zurückblieb; wie sie den Kopf drehte und »geht's noch?« fragte und wie sie, durch und durch Realistin, mit den Autoschlüsseln in der Hand umherschaute. Ich erinnerte mich nicht, daß sie je derartige Empfindungen in mir geweckt hatte, aber jetzt waren sie da, und zwar ziemlich deutlich, ich brauchte nur zu ihr hinzusehen, um die Bestätigung dafür zu haben.

Beim Einsteigen kostete es mich Mühe, den Rücken zu beugen und die Knie anzuwinkeln, aber seit man mir die genaue Natur meiner Schmerzen erläutert hatte, achtete ich weniger darauf; Sorgen machte mir eher mein Gemütszustand. Das Unglücksgefühl, das mich mitten auf der Wiese wie eine Offenbarung geblendet hatte, war nach wie vor da, dicht unter der Oberfläche jeder Geste und hinter dem Klang eines jeden Wortes. Ich dachte an die vielen Verpflichtungen und Termine und Anfragen, die sich im Lauf des Tages auf dem Reiterhof angesammelt hatten und sich weiter ansammelten, und spürte nichts als Gleichgültigkeit: Alles, was ich vor meinem Sturz für so wichtig gehalten hatte, war jetzt weit weg und wie erloschen, als wären meine inneren Drähte gerissen, durch die der Strom von den Beweggründen zu den Taten floß und umgekehrt. Ich sah Anna an, und die zweckmäßige Unruhe, die sie durchströmte, war mir so unerklärlich wie die Kundgebungen einer in wer weiß welch fernen Breiten entstandenen mysteriösen Kultur. Ich fragte mich, ob es so was wie Hellsicht war oder bloß traumatisch bedingt oder eine

Wirkung der Schmerzmittel, die man mir gegen meinen Willen im Krankenhaus gegeben hatte; ich fragte mich, ob es reversibel war oder ob die Gefahr bestand, daß die Kontakte für immer unterbrochen waren.

Ich saß stumm und nach rechts gebeugt da, und auch Anna sagte kein Wort, während sie im dichten Verkehr in Richtung Norden fuhr. Ich betrachtete die kräftigen Handgelenke, die sie vom vielen Riemenfestzurren und Prüfen der Fesseln bekommen hatte, das weiche Profil, das mir anfangs wehrlos erschienen war, das aber mit der Zeit eine Art primitiver Härte angenommen hatte; ich konnte mich nicht erinnern, wann ich sie das letzte Mal wirklich aufmerksam betrachtet hatte. Ich konnte mich auch nicht erinnern, wann wir zum letzten Mal wirklich miteinander geredet hatten, abgesehen von den praktischen Informationen, die wir, hinter unseren Rollen verschanzt, bis zu hundertmal täglich austauschten; ich konnte mich nicht erinnern, wann wir uns zum letzten Mal wirklich geliebt hatten.

Aber auch bei diesen Überlegungen scherten meine Gedanken immer wieder aus: Mein Blick glitt über die Pfeiler der aus der Zeit des Faschismus stammenden großen weißen Tiberbrücke, über die letzten Zeitungskioske am Stadtrand, die letzten Supermärkte und Copyshops, die letzten Siebziger-Jahre-Wohnblocks und Banken und Bars, die wunderbarerweise noch nicht bebauten Wiesen und die Wohnwagenparkplätze und die Ausstellungen der hochkant daliegenden formgepreßten Kunststoffswimmingpools und das Dickicht eingeschleppter exotischer Bäume und die Möbelplakate mit nackten Hintern in Großaufnahme und die wie interplanetare Vorposten aus Stahlbeton wirkenden

Einkaufszentren, die wie Termitenbauten aufragenden römischen Grabstätten und die Vertragshändler für japanische Automobile mit ihren Flaggen und Drehscheiben für die Spitzenmodelle und die modernen Gefängnissen gleichenden Studios des Staatsfernsehens und der Bahnhof mit seinen Stacheldrähten und Leitplanken und Gleisen und Bahnsteigdächern und verfallenden Lagerhallen; die auf rustikal getrimmten Lokale mit ihren trutzigen Namen, die unvermittelt auftauchenden, mit Pinien bewachsenen steilen Tuffsteinhänge, die kistenweise Orangen und Kartoffeln verkaufenden Lkws, die Pfeiler der Autobahnauffahrten und Brücken mit aufgesprühten Parolen wie LAURA TI AMO und BT OK, die Hochspannungsmasten und die Leute in den Bussen und Autos und Autos und Autos, die träge vorwärts rollten und anhielten und weiterfuhren im Stop-and-go-Verfahren.

Mir fiel ein, welche Unduldsamkeit ich schon als Kind gegenüber den Orten und Gewohnheiten des organisierten Lebens empfunden hatte, wie sie mit dem Erwachsenwerden, und je besser ich die Welt kennenlernte, immer stärker geworden war, bis jede kodifizierte Geste und jedes Grüppchen von Gleichaltrigen vor der Bar und jedes Gesicht im Fernsehen und jede Zeitungsschlagzeile und jede vorfabrizierte Phrase und jeder Haarschnitt und jeder Affe-in-Kleidern-Blick auf der Straße in mir den Impuls weckten, mich dem Ganzen zu entziehen, einfach zu verschwinden. Ich dachte an die Fluchtversuche, die ich unternommen hatte: an den zunächst beträchtlichen Elan und die demütigende Rückkehr ins Gefängnis, an meine Anpassungs- und Kompensationsbemühungen, die Suche nach den positiven Seiten der Gegebenheiten. Die Fassungslosigkeit, als ich es schließlich doch geschafft hatte, mir einen gar nicht so üblen Job zu erfinden und, wenn auch nicht ganz aus freien Stücken, eine Familie zu haben und ein Haus und ein Büro und und ein Auto und fast alles, was man sonst so braucht, um in der Welt zu leben. Das allmählich wieder in mir aufsteigende Gefühl, nur noch in den Bahnen der Pflicht zu denken und zu handeln, Pflichtessen und Pflichtausflüge zu absolvieren und Pflichtfreundschaften zu pflegen; der Mangel an Licht und Luft, Mangel an Überraschungen, an Träumen. Meine Überraschung, als ich an einem Sonntag totaler Bedrückung zufällig die Hügel nördlich der Stadt entdeckte und mich von da an immer wieder dorthin flüchtete, um ein paar Stunden lang auf einem der vier heruntergekommenen Gäule von Remo, dem Viehzüchter, im Grünen zu reiten; das beklemmende Gefühl, mit dem ich dann nach Hause zurückfuhr, wo sich das ganze Szenario Stück für Stück wieder um mich schloß. Die selbstmörderische Entschlossenheit, mit der ich an einem schwülheißen Maitag ohne Vorankündigung Familie und Job hatte sausen lassen mit der unsicheren Perspektive, mit Remo zusammen die Reitschule an der Straße am Wald wieder auf Vordermann zu bringen, die eine spleenige Engländerin uns überließ, weil sie nach Hause zurückkehren wollte. Die Ungläubigkeit, mit der ich in den ersten Tagen morgens auf dem Holzfußboden der von der Engländerin als Clubhouse bezeichneten einstöckigen Blockhütte aufwachte und mir klar wurde, daß ich alles, was mein Leben eingeengt und niedergedrückt und mich fast erstickt hatte, hinter mir gelassen hatte. Die Bestürzung, als Remos Tochter zu mir gekommen war, um mir mitzuteilen, daß ihr Vater, bodenständig und robust und genußfreudig, wie er war, gestorben sei; die Leere auf dem Land, die tristen, sich auf beängstigende Weise ausbreitenden Dörfer in der Nachbarschaft, die Verbissenheit, mit der ich mich auf die mühselige Arbeit mit den Pferden stürzte; wie sehr ich zu der Zeit, als Anna mit ihrer sommersprossigen Freundin zur ersten Reitstunde kam, noch daran geglaubt hatte. Dachte ich jetzt an all das zurück, kam es mir vage und verschwommen vor wie ein mit einer defekten Kamera gedrehter Amateurfilm, auf dem die Gesichter nicht deutlich erkennbar sind, die Stimmen sich vermischen und nicht zu sehen ist, wer was sagt und wer was tut, und nicht mal, welche Idee dahintersteckt.

Anna riß jäh das Steuer herum, schaltete herunter, um vor der Auffahrt zur Ringautobahn einen Wagen zu überholen; ich biß vor Schmerz die Zähne zusammen, sagte: »Könntest du nicht etwas weniger ruckhaft fahren, bitte?«

Sie verlangsamte fast auf Schrittempo; lehnte sich weit zurück, kaute auf ihren Lippen.

»Wieso bist du so nervös?« fragte ich, aber ich hätte genausogut fragen können, wieso sie hier neben mir saß.

»Ich bin nicht nervös«, sagte sie, ohne mich anzusehen. Sie strich sich mit der Hand durch das glänzende und wie die Schale einer Roßkastanie schimmernde kräftige Haar; die Autos hinter uns hupten; sie hatten es eilig, sich auf die Ringautobahn zu stürzen.

»Doch, du bist nervös«, widersprach ich, obwohl ich voller Zweifel war, was das Wort überhaupt bedeutete.

Schließlich wandte sie mir den Kopf zu, sagte: »Klar, daß ich keine Freudensprünge mache, bei dem, was dir passiert ist.«

»Na ja«, sagte ich. »Wenigstens bin ich nicht tot oder für immer gelähmt, oder?«

»Stimmt«, sagte sie. Ein BMW mit Haifischschnauze schoß mit Höchstgeschwindigkeit an uns vorbei, der Luftdruck warf uns fast aus der Bahn. »Dafür hätte es zu keinem schlechteren Zeitpunkt passieren können.«

»Ich bin bald wieder in Form, du wirst sehen«, beruhigte ich sie, obwohl mir der Gedanke unglaublich fern schien. »Wir finden schon eine Lösung.«

»Du bist gut«, sagte sie. »Am Montag kommt der Beton für die neuen Ställe und der Kredit ist noch nicht genehmigt und die drei Fohlen müssen eingewöhnt werden und am Paddock muß der Zaun rechts an der Ecke repariert werden und die große Tränke ist undicht, und dann die Reitstunden für die neuen Kunden, für Tarma und Pamino muß der Tierarzt geholt werden, und die Satteldecken sind nur noch schäbige Lumpen, und außerdem brauchen wir einen neuen Hufschmied, denn Magliacci ist ein Hund, den will ich nicht mehr sehen, und das ist nur das, was mir auf Anhieb einfällt, und du bist zu achtzig Prozent unbrauchbar.«

»Vierzig«, sagte ich automatisch, obwohl ich hundert dachte. Ich war bestürzt über ihren harten Ton: Da war kein Raum mehr für Illusionen oder für nicht auf harten Fakten beruhende Erwägungen. Ich dachte an ihre Stimme, wie sie am Anfang war, als sie nach der Reitstunde noch ein Weilchen blieb und mit mir plauderte und fasziniert war von den Pferden und von mir und von dem, was ich machte, und keine Ahnung hatte, wie-

viel Mühe es kostete, das Szenarium ringsum benutzbar zu machen und in Schuß zu halten. Ich sehnte mich zurück nach der Grundlosigkeit ihrer damaligen Begeisterung, nach der Neugier und dem Optimismus, den sie zeigte, ohne daß ihr alle entscheidenden Daten vorlagen.

»Sieh dich doch bloß an«, sagte sie, »ist dir klar, was das für uns heißt?«

»Völlig klar«, sagte ich. Vermutlich hatte ich bis zu meinem Sturz eine ganz ähnliche Einstellung gehabt wie sie: Wir waren wohl, ohne es zu merken, in ein Spiel der puren Fakten und puren Sachverhalte hineingeraten, bis wir für alles andere blind geworden waren. »Ich kann so gut wie alles machen«, sagte ich, »nur nichts Schweres heben und nicht im Sattel sitzen«, und fügte hinzu: »Ich muß nur den richtigen Dreh finden. Ist ja auch nur für ein paar Wochen.«

»Klar«, sagte sie. »Schade nur, daß die ganze Arbeit *jetzt gleich* gemacht werden muß. Übermorgen kommt auch noch dein Sohn, falls du das vergessen haben solltest.«

»Hab ich nicht vergessen«, sagte ich, obwohl ich mich in Wirklichkeit nicht mal erinnerte, einen Sohn zu haben. »Mach dir nicht so viele Sorgen. Wir kriegen es schon hin, du wirst sehen.« Ich wunderte mich, wie automatisch ich das alles sagte: wie meine Worte sich ganz ohne mein Zutun ins Zeug legten, damit alles beim alten blieb.

»Das sagst du so leicht«, meinte Anna.

Mir war nicht klar, ob die verträumte junge Frau, mit der ich, von der Welt abgeschnitten, leben zu können glaubte, nur in meiner Vorstellung existiert hatte oder ob es sie wirklich gegeben hatte; und wenn ja, wo sie geblieben war, wie sie zu dieser resoluten und pessimistischen Zweiunddreißigjährigen hatte mutieren können, die neben mir saß und mit festem Griff das Lenkrad umfaßt hielt. »Ich kann auch nicht gerade sagen, daß es mich freut, gestürzt zu sein. Aber es ist nun mal passiert.«

»Tja«, sagte Anna.

Ich blickte über die Hügel rechts und links der Schnellstraße und versuchte zu erkennen, welche Möglichkeiten es hier noch gab, sich trotz all der Zäune und Betonmauern und Stacheldrähte und Gebäude und Straßen zu Pferd fortzubewegen. Zum ersten Mal wurde mir bewußt, wie das offene Gelände immer mehr zugebaut wurde mit bunkerartigen Villen und Reihenhäusern und Fertigungshallen und überdimensionierten Autobahnraststätten, die sich in die Landschaft fraßen und die Bewegungsfreiheit einschränkten.

»Ich hatte dir doch gesagt, du sollst nicht mit Duane ausreiten«, sagte Anna.

»Ich hab's aber getan«, sagte ich. »Es ist nun mal passiert.« Ich dachte daran, wie die Rollen, die man spielt, schließlich stärker werden als man selbst; wie sich dadurch die Standpunkte verhärten, der Ton unerschütterlich wird und man Gründe erfindet und festgelegten Angriffs- und Verteidigungsstrategien folgt, taub und unsensibel wird.

»Du hast genau gewußt, wie gefährlich es ist«, sagte Anna.

»Es ist nun mal passiert«, sagte ich noch einmal. »Du weißt doch, daß ich es nicht übers Herz bringe, ein Tier die ganze Woche über in seiner Box eingesperrt zu lassen, bis am Sonntag sein bescheuerter Besitzer kommt und es eine Stunde lang reitet. Und du weißt auch, daß wir es nie mit dieser Art von Pferden und Besitzern zu tun bekommen hätten, wenn es nach mir gegangen wäre.«

»Wenn es nach dir gegangen wäre, müßten wir den Laden dichtmachen, anstatt uns zu vergrößern«, sagte Anna. »Wenn wir auf deine werten Naturfreaks angewiesen wären.«

»Sind wir denn nicht auch Naturfreaks?« fragte ich, und es war keine Scheinfrage. »War das nicht der Grund, warum wir uns überhaupt auf diese Arbeit eingelassen haben?«

»Gott ja, aber irgendwann wird man *erwachsen*«, sagte sie und schaltete an der Tunneleinfahrt die Scheinwerfer ein. »Man wird *reifer* und zieht Bilanz und macht *ernsthafte* Pläne. Man läßt die Spielereien.«

»Was heißt ernsthaft?« fragte ich, auch diesmal mit echter Neugier.

»Siehst du, wie du bist?« sagte sie. »Man kann mit dir einfach nicht reden.«

Auch mit ihr konnte man nicht reden oder einen echten Kontakt herstellen; im Halbdunkel des Tunnels war mir, als befände ich mich in einem fremden Auto in einem fremden Leben, ohne zu wissen, wie ich da hineingeraten war.

»Ist doch idiotisch, so stur zu sein und die Wirklichkeit nicht sehen zu wollen«, sagte Anna. »Immer wieder die gleichen Fehler zu machen und sich zu Tode zu schuften, ohne jede Perspektive und ohne greifbare Erfolge.«

»Und unsere Pferde?« fragte ich und kniff im grauen Licht der Tunnelausfahrt die Augen zusammen. »Sind die kein greifbarer Erfolg?«

»Unsere Pferde sind so häßlich, daß sie keinen Marktwert haben«, sagte Anna. Sie deutete mit der Hand einen Schnitt an, sagte: »Null.«

»Was heißt Null?« fragte ich. »Was heißt Marktwert?« Dabei fiel mir ein, wie sehr sie früher darauf gedrängt hatte, daß wir heiraten und ein Kind haben sollten: wie ich diesen Wünschen immer ausgewichen oder darüber hinweggegangen war, ohne sie ihr je wirklich abzuschlagen oder zuzugeben, welche Angst sie mir machten. Ich dachte, daß ich ihr vielleicht selbst die Möglichkeit genommen hatte, eine sanfte und fröhliche Frau zu sein, und sie zu dieser harten Stimme und diesem Blick ohne Staunen getrieben hatte; wir hatten uns beide in die Arbeit verbissen, um nicht zu sehen und zu spüren, was zwischen uns nicht stimmte.

»Daß keiner sie haben will«, sagte sie. »Finde doch mal einen vernünftigen Menschen, der bereit ist, auf zwanzig Jahrhunderte selektiver Pferdezucht zu verzichten, und sich so einen struppigen Gaul mit Borstenmähne kauft, der sich nicht mal beschlagen läßt. Nur um damit angeben zu können, daß er ein echtes, renaturalisiertes Pferd hat, sofern er das Wort überhaupt aussprechen kann.«

»Ein paar haben wir doch verkauft«, wandte ich ein.

»Schon, aber hast du von dem Geld was gesehen?« fragte sie. »Wieviel hast du davon gesehen?«

»Was sollen wir denn nach deiner Meinung tun?« fragte ich. »Wenn wir alles so grundfalsch gemacht haben?«

»Genau das, was wir jetzt machen«, sagte Anna. »Den Reiterhof vergrößern, einen Bankkredit aufnehmen, einen finanzkräftigen Teilhaber mit hineinnehmen und Schluß machen mit der ganzen natürlichen Pferdezucht, die am Ende doch nichts bringt. Wir nehmen richtige Pferde in Pflege, erweitern die Zielgruppe und bieten mehr Reitstunden und Ausritte an, aber ohne die Kunden vorher auf Herz und Nieren zu prüfen, um zu sehen, ob sie genauso tolle Leute sind wie wir. Wir hören auf, die unzeitgemäßen Hippies zu spielen, die jede Zecke einzeln entfernen, bloß um keine Insektenmittel zu verwenden, Träumer, die die zehnfache Zeit brauchen, um ein Fohlen zu zähmen, damit das arme Tier nur ja kein Trauma erleidet, die im Winter fast erfrieren und sich die Hände ruinieren und immer das gleiche essen und abends todmüde ins Bett fallen und nicht mal mehr die Kraft haben, sich einmal im Monat ins Auto zu setzen und nach Rom ins Kino oder ins Restaurant zu fahren. Wir sollten uns ein Minimum an Unternehmergeist zulegen, Himmelherrgott.«

»Was haben wir mit Unternehmergeist zu tun?« fragte ich sie und hätte genausogut fragen können, was ich mit ihr oder sie mit mir zu tun hatte. »Und mit Zielgruppen?« fragte ich und versuchte zu lachen. »Leben und arbeiten wir nicht seit Jahren darauf hin, solche Worte nicht mal mehr hören zu müssen?«

Sie erwiderte nichts, aber ihr Profil und ihr ganzer Körper waren eine ziemlich deutliche Antwort.

»Wollten wir nicht auf dem Land und mit Pferden leben, damit wir nur noch das tun müssen, was unsere Phantasie und Freude und Leidenschaft weckt, und alles andere bleiben lassen können?«

»Ja«, sagte Anna, den Blick geradeaus gerichtet wie eine lebensechte Sphinx. »Ja, natürlich.«

Aber ich fragte mich, wieviel Phantasie und Freude und Leidenschaft es in meinem Leben noch gab; ich hätte gern ein genauso präzises Bild unserer Gefühle gehabt, wie es die Röntgen- und Ultraschallaufnahmen zeigten, die man im Krankenhaus von mir gemacht hatte.

DREI

Nach einigen Tagen war klar, daß Anna sich keineswegs geirrt hatte bei ihren Voraussagen hinsichtlich der Schwierigkeiten, die wir haben würden. Meine Schmerzen wurden immer schlimmer statt besser, vielleicht auch deshalb, weil ich es nicht schaffte, ruhig liegenzubleiben, und weil ich keins der Schmerzmittel einnehmen wollte, die Anna mir ans Bett und auf den Frühstückstisch legte. »Dann hör auf zu jammern«, sagte sie, die Tablettenpackung in der Hand, Gereiztheit im Blick. »Ich jammere doch gar nicht«, sagte ich; mir schien, daß ich ein klar umrissenes Übel brauchte, um das viel umfassendere und unbestimmtere dicht unter der Oberfläche nicht aus den Augen zu verlieren. Nachts fand ich nicht die richtige Lage und wälzte mich im Bett herum, bis Anna wach wurde und sich stöhnend aufrichtete und »was ist denn schon wieder?« fragte und ich »ach nichts« sagte und wir alle beide hellwach und möglichst bewegungslos mit unregelmäßig schlagenden Herzen dalagen, den Kopf voll unbeantworteter Fragen und mit Krämpfen in den Beinen, und nicht mehr einschlafen konnten und bei jeder vom andern verursachten noch so kleinen Erschütterung der Matratze hochfuhren.

Das Wetter wurde in einer für die Jahreszeit absolut ungewöhnlichen Weise immer schlechter, und eines Morgens, als wir aufwachten, waren die Wiesen und

Hügel gar mit Schnee bedeckt. Die renaturalisierten Pferde auf der Weide blickten entgeistert drein, die denaturierten in den Boxen zitterten unter ihren Satteldecken und verlangten gierig nach mehr Futter; das Telefon klingelte unablässig, weil alle ihre Reitstunden und Spazierritte absagen wollten. Der Schnee war nach ein paar Stunden geschmolzen, Kälte und Wind aber blieben. Einen Schubkarren voll Mist zu schieben kostete mich unsägliche Mühe, und beim Hochheben einer Forke Heu stieß ich an die Grenzen meiner Möglichkeiten; doch das war nichts im Vergleich zu dem Gefühl der Fremdheit, das ich empfand.

Meine Exfrau kam und brachte meinen Sohn Paolo für das Wochenende; als sie ging, sagte sie zu mir: »Sieh zu, daß du wieder auf die Beine kommst, Luca«, als bezöge sie sich nur am Rande auf die physischen Schäden durch den Sturz. Ich fragte meinen Sohn, ob ich ihm seltsam vorkäme, aber er wollte nicht darüber nachdenken und auch nicht aufrichtig sein, er sagte: »Nein, Papa«, nur um das Thema zu beenden.

Die anderthalb Tage, die ich mit ihm verbrachte, waren eine Übung in fortgesetzter Enttäuschung, denn ich hatte keine einzige Idee, mir fiel kein Satz und keine Geste ein, um seine Aufmerksamkeit zu wecken und länger als fünf Sekunden zu fesseln. Ich überredete ihn, mir ein bißchen bei der Arbeit zu helfen, aber sein Interesse an dem, was ich tat, schien ebenso verflogen wie das meine. Ich stellte ihm Fragen, die ich mir eigentlich selbst hätte beantworten müssen, wie: »Freust du dich nicht, daß du auf dem Land bist?« Und: »Ist das nicht herrlich? Die frische Luft und der freie Blick?« Und: »Magst du den Geruch von Heu und

Pferdemist und Holzfeuer denn nicht? Daß man einen Unterschied zwischen draußen und drinnen spürt? Und Geräusche weithin zu hören sind? Oder hast du lieber Autogestank und ständigen mechanischen Lärm und gleichbleibende Temperaturen und eine Luft, die immer stickig ist, egal, ob du im Haus oder auf der Straße bist?«

Er nickte oder schüttelte den Kopf, wartete, bis sich mein Drängen auf Antworten von selbst erschöpfte. »Warum sagst du nicht, was du *denkst*, Herrgott noch mal?« sagte ich. »Aber ich *sag* es doch«, antwortete er. »Bin ich ein so verrückter und unausstehlicher Vater?« fragte ich. Er rieb die Hände aneinander und wischte sie sich an den Hosenbeinen ab und schaute woanders hin: ein kleiner Mensch von elf Jahren, der es satt hatte, jemandem, der sich sonst nie für seine Meinung interessiert hatte, jetzt plötzlich so viele Antworten auf einmal geben zu sollen.

Anna dagegen hatte so was wie einen Kräftemultiplikator in sich; sie lief hin und her, ohne einen Augenblick innezuhalten, verschickte Faxe und verhandelte am Telefon mit der Bank und mit dem Bauunternehmer und mit Agenturen und Redaktionen von Fachzeitschriften, entwarf Plakate und Kalender und mischte Vitaminpräparate für die Pferde, schleppte Lasten, öffnete und schloß und schrubbte und putzte und fettete ein und hob und schob und warf Sachen mit wütender Entschlossenheit durch die Gegend, als müsse sie die Welt ganz allein in Gang halten und empfände dabei auch noch eine Art bitterer Befriedigung. Ich sah sie hierhin und dorthin und von einer Tätigkeit zur anderen eilen und fragte mich, seit wann die Gründe für unser

Zusammensein sich auf jeden von uns so gegensätzlich auswirkten.

Der naturnahe Reiterhof schien auf dem besten Weg, sich in eins der vielen Gefangenenlager für Pferde zu verwandeln, von Menschen eingerichtet, die sich an der Natur schadlos halten und den Instinkt der Tiere unterjochen und durch sinnlose Dressur kanalisieren wollten. Die Anzeichen dafür waren überall zu sehen, wie Symptome einer sich vollziehenden Mutation: weißrot gestreifte Hindernisse auf der rechteckigen Reitbahn, Stapel von Zementsäcken und Eisengittern neben dem Bauplatz für die neuen Ställe, Planierraupen, die im Hinblick auf steigende Besucherzahlen den Parkplatz vergrößerten. Es kam mir absurd vor, daß ich es hatte geschehen lassen, ohne viel mehr als passiven Widerstand entgegenzusetzen, und daß ich beharrlich weitergemacht hatte, während Anna sich verändert und sich mit Groll angefüllt und viel realistischere Methoden und Ziele entdeckt hatte. Es war mir unbegreiflich, wie ich die Spielregeln der Welt auch dann noch ignorieren zu können glaubte, als sie mir längst von allen Seiten den Horizont versperrten.

Am Sonntag wurde das Wetter besser, und die Lage erhielt einen weiteren Schub ins Negative.

Vormittags um zehn kam meine Exfrau und holte meinen Sohn ab, um ihn zur Geburtstagsparty eines Klassenkameraden zu bringen; ich sah die beiden wegfahren und fühlte mich noch elender als sonst, ein mieser, egoistischer und unreifer Vater, der spontane Bewunderung und Zuneigung erwartet, ohne sich je im geringsten bemüht zu haben, sein Territorium zu verlassen.

Gegen elf füllte sich der erweiterte Parkplatz mit Autos, die mir fast alle länger und neuer und glänzender als die bisherigen vorkamen. Ich betrachtete die Leute, die ausstiegen: ihre Stiefel und Jacken, ihre durch erste Unsicherheit kaum gemilderten besitzergreifenden Blicke. Anna wurde noch energischer und tatkräftiger, warf mit Begrüßungen und Anweisungen und Empfehlungen und Kommandos um sich, lief im Stechschritt zwischen den Leuten und Autos und Tieren und Gebäuden umher, stellte Verbindungen und Beziehungen her. In mir erzeugte sie eine Mischung aus Wut, Mitleid, Schuldgefühl und Verlegenheit; ich hätte mich gern am Rand der Szene versteckt, mich unsichtbar gemacht.

Ich beantwortete die Fragen einiger alter Kunden zu meinem Gesundheitszustand und verzog mich, um einen Drahtzaun um die kleine Weide zu spannen, denn es kostete mich mehr Mühe, über Pferde zu sprechen, als die Krampen festzuhalten und mit einem stechenden Schmerz bei jedem Hammerschlag in die Pfosten zu treiben. Ich beobachtete dabei zwei kleine Jungen in Miniaturjagdanzügen und ihren Vater, vermutlich Rechtsanwalt oder Manager irgendeiner halbstaatlichen Gesellschaft, der in seinen englischen Schuhen auf und ab lief und sich ein nahezu unsichtbares Handy ans Ohr drückte. Ich versuchte zu rekonstruieren, wie sie an uns geraten waren; warum ich sie nicht gleich weggeschickt hatte, so wie ich es jahrelang mit Besuchern dieser Sorte getan hatte.

Anna kam mit einem Pferd am Halfter auf mich zu, sagte: »Na?«

»Na?« sagte ich und hantierte weiter mit dem Draht.

»Wie geht's?« fragte sie mit einem sondierenden, von tausend dringenden Angelegenheiten gehetzten Blick.

»Bestens«, sagte ich.

»Warum kommst du nicht mit rüber zu den Leuten?« fragte sie und kraulte das Pferd am Maul. »Den Zaun kannst du später machen.«

»Ich mach ihn jetzt«, sagte ich.

Sie sah mich nochmals kurz an, zuckte mit den Achseln und ging, das Pferd hinter sich herziehend, weiter in Richtung Sattelplatz.

Ich hatte wirklich nicht unfreundlich zu ihr sein wollen, aber das Gefühl der Fremdheit und die Bestürzung, die ich in mir fühlte, ließen nichts anderes zu. Ich war wie eine Art lebendiger Seismograph, der eher Schwingungen als Worte zu registrieren vermag: Die Nerven taten mir weh, so sehr waren sie sensibilisiert.

Ich arbeitete weiter an der Einzäunung, kämpfte gegen die Unfähigkeit an, mich zu konzentrieren. Alle paar Minuten hielt ich inne, schaute zu der mutmaßlichen Fernsehansagerin hinüber, die einen für sie viel zu großen Hannoveraner striegelte und es dabei nicht einen Augenblick unterließ, ihre blondierten Haare und die Kampfameisensonnenbrille und die breite, kurze Nase und den von Stretchhosen gestrafften Hintern auf einem inneren Monitor zu kontrollieren. Auch einige der alten Kunden beobachteten sie unauffällig, und die Ironie in ihren Blicken erschien mir unendlich viel schwächer im Vergleich zu der unkontrollierten Bewunderung in den Augen der neuen Besucher. Die Atmosphäre des Orts, dachte ich, ist schon verflogen und durch nichts wiederherzustellen.

Bebend vor Ungeduld und Korrektheit kam Anna wieder zu mir, sagte: »An den Hindernissen wären ein paar Stunden zu geben, wenn du dich imstande fühlst. Ich hab den Ausritt mit der Gruppe.«

»Du weißt doch, daß ich was gegen Hindernisse habe«, sagte ich. »Sie ruinieren die Pferde, machen ihnen die Gelenke kaputt. Außerdem ist es erniedrigend für sie.«

»Ach, sind schließlich nur Pferde«, sagte sie. »Und dies hier ist eine Reitschule.« Ich konnte sehen, welche Mühe es sie kostete, sich zu beherrschen: die Nerven zum Zerreißen angespannt.

»Dies ist eine Schule für *naturgemäßes* Reiten«, sagte ich, als könnte die Betonung des Worts das schon Geschehene rückgängig machen.

»Es ist eine Reitschule und *basta*«, sagte Anna, drehte sich um und winkte den Kunden zu, die zwischen Parkplatz und Klubhaus startbereit im Sattel saßen.

Aber ich war dabei, den chemischen Prozeß gedanklich zurückzuverfolgen, der zwei Menschen, die sich vor langer Zeit nicht einmal kannten, mit so tiefsitzender, unterdrückter Gereiztheit miteinander sprechen läßt wie zwei symbiotische Wesen, die von ihrer Symbiose zermürbt sind. Ich dachte an den unsichtbaren Kleister, der sie auch dann noch aneinanderbindet, wenn alle kreativen und freudigen und optimistischen Gründe für ihr Zusammensein sich längst verflüchtigt haben: an das zähe Geflecht aus Gewohnheit, Vertrautheit und Selbsttäuschung, an die Angst vor der Leere.

Anna sah mich an und federte dabei ständig in den Kniegelenken. »Es geht also in Ordnung?« fragte sie.

Ich nickte, als hätte ich es mit jemandem zu tun, dessen Sprache und Gesichtszüge mir ebenso unzugänglich waren wie der Grund, warum er mich aus nächster Nähe so durchdringend fixierte.

Sie drehte sich weg und ging zu der Gruppe hinüber: Ich sah auf ihre stämmigen Beine und das kompakte Reiterinnengesäß, den Rücken und die Schultern, die kerzengerade in der Jacke mit Rautenmuster steckten, den kräftigen Kopf unter der schwarzen Samtkappe. Ich glaube nicht, daß sie es angestrebt hatte, dieser Typ Frau zu werden, als ich sie kennenlernte, oder daß sie es sich als mögliche Fortentwicklung ihres unsicheren Assistentinnendaseins an der soziologischen Fakultät auch nur hatte vorstellen können. Jetzt bewegte sie sich voll geballter Kompetenz zwischen ihren Schülern und achtete auf die Haltung der Fersen und Hände jedes einzelnen, als seien dies die Parameter, auf denen das Gleichgewicht des gesamten Universums beruhte. Ich fragte mich, zu welcher Art Aufhebung der Urteilskraft es kommen kann, wenn man so eng zusammenlebt; welche Form pathologischer Duldsamkeit oder abgestumpfter Sensibilität einen daran hindert zu bemerken, wie sich der Mensch, den man einst mochte, in jemanden verwandelt, für den man nicht mal mehr vage Sympathie empfindet.

Ich beobachtete, wie sie den in Reih und Glied folgenden Reitern durch das Gatter und auf die zu den Weiden führende Straße voranritt, und konnte an ihrer Gestalt, die sich mir im Profil zeigte, keinerlei Neugier oder Anziehungskraft oder Begeisterung, keine Zweifel oder Ähnlichkeiten, kein Lächeln, keine Zärtlichkeit, keine Verlegenheit erkennen: nichts.

Die mutmaßliche Fernsehansagerin kam auf mich zu und fragte, ob wir mit der Reitstunde an den Hindernissen beginnen könnten, und der mutmaßliche Manager und Vater der in Minijagdanzügen steckenden Jungen versuchte durch Winken meine Aufmerksamkeit auf sich zu lenken. Ich rührte mich nicht, kniff ohne eindeutige Empfindungen die Augen zusammen; mir gingen nur zerstückelte Eindrücke und Kommentare, ja sogar blödsinnige Witze durch den Kopf.

Dann drehte ich mich um, weil ich ein Geräusch gehört hatte, und sah auf der Straße den alten roten Kastenwagen mit Höchstgeschwindigkeit vorbeifahren. Fast am Ende des Zauns machte er mit quietschenden Bremsen halt und kam zurück. Die Frau mit dem blonden Zopf, die Alberta hieß, streckte den Kopf zum Fenster heraus, rief: »Hey!«

»Hey«, sagte ich und mußte den Versuch, den linken Arm zu heben, abbrechen. Ich sah zu ihr hinüber und wußte nicht recht, ob es mit dieser Begrüßung getan war oder ob sie irgendeiner Art der Fortsetzung bedurfte.

Sie schaute immer noch zum Autofenster heraus, und so ging ich zum Zaun, obwohl hinter mir der Vater der kleinen Jungen in seinem blechernen Tonfall »hören Sie?« rief. Alberta streckte mir die Hand hin, aber ich konnte sie in meinem Zustand von dort, wo ich stand, nicht ergreifen. Ihre Wangenknochen waren so hoch, wie ich sie in Erinnerung hatte, ihr Blick offen und fröhlich, und ihre Augenbrauen bildeten zwei Bögen, die noch goldener waren als ihr straff zurückgekämmtes aschblondes Haar. »Wie geht's?« fragte sie. Das Kind, das neben ihr saß, starrte mich reglos an, der Terrier sprang hin und her und bellte in seinem rauhen Register.

»Geht so«, sagte ich; mir schien, daß sie mich nur anzusehen brauchte.

»Hast mir einen schönen Schrecken eingejagt, neulich. Irgendwann unterwegs hab ich dich angeguckt, und da dachte ich, du bist *tot*. Mein Gott, ich wußte nicht mal, ob ich dich ins Krankenhaus oder sonstwohin bringen sollte.« Sie sprach schwungvoll, bewegte Kopf und Schultern und die Hände auf dem Lenkrad, sagte lächelnd: »Nach allem, was mir schon passiert war, auch noch die Leiche eines fremden Mannes im Auto.«

Ich mußte über die Bilder, die sie hervorrief, und über ihren freundschaftlichen und lockeren Ton lachen; die Muskelkontraktionen taten mir weh, ich schrie: »Au!«

»Ach, du Ärmster«, sagte sie. Sie sah wie ein großes Kind aus, mitteilsam und zerstreut und natürlich, von gutwilligen Gefühlen beseelt.

»Trittst du zur nächsten Runde mit dem alten Riccardo an?« fragte ich.

»Er ist weg.« Sie machte eine Handbewegung, die Verschwinden bedeutete, sagte: »Er schien sich für immer dort drinnen verschanzen zu wollen, aber dann hat er gestern plötzlich angerufen und gesagt, daß er geht, einfach so.«

»Sah wirklich nicht aus, als würde er nachgeben«, sagte ich, den Hirschkampf vor Augen, so wie ich ihn von der Pritsche des Kastenwagens aus beobachtet hatte.

»So kann man sich täuschen«, sagte Alberta, sah in die Richtung, in der ihr Haus lag, sah zu mir, sagte:

»Willst du mitkommen? Dann ertrage ich den Schock besser.«

»Entschuldigung«, rief hinter mir die scheppernde Stimme des mutmaßlichen Managers. »Entschuldigung«, rief die Haifischhautstimme der mutmaßlichen Fernsehansagerin. Ich drehte mich in der vom Sturz verursachten geschraubten Art und Weise um: Meine angehenden Reitschüler hatten sich zu einer kleinen Einheitsfront zusammengeschlossen. »Wir wären soweit. Es kann losgehen«, sagte der Vater der zwei kleinen Jungen.

Ich machte eine nichtssagende Handbewegung in seine Richtung und schüttelte kaum merklich den Kopf.

»Macht nichts, wenn du zu tun hast«, sagte Alberta. »Dann eben ein andermal.«

»Nein, warte, ich komme mit.« Ich ging zum Gatter und dachte, mit welcher Leichtigkeit ich noch vor ein paar Tagen über den Zaun gesprungen wäre.

Das Kind und der immer aufgeregter bellende Hund schlüpften nach hinten auf die Ladefläche; Alberta zerrte und stieß und rüttelte an der Wagentür, bis sie schließlich aufging. »Siehst du, wie gut man sie mir repariert hat?« sagte sie.

Mit vorsichtiger Behutsamkeit, die mir auch als minimaler Schutzfilter diente, stieg ich ein und begrüßte das Kind mit einer Handbewegung.

»Das ist Arturo«, sagte Alberta. Sie zeigte auf den Hund, sagte: »Und das ist Speke.« Der Hund bellte, das Kind verzog keine Miene, beide starrten mich an.

»Luca«, sagte ich.

Alberta tippte sich mit dem Zeigefinger an die Brust, sagte: »Alberta.«

»Weiß ich«, sagte ich. »Wenn du so fährst wie gestern, lasse ich mich rausfallen.«

»Ich fahre ganz langsam«, sagte Alberta mit einem Blick auf meine ungläubig am Parcours stehenden Reitschüler.

Das niedrige Haus hatte etwas bestürzend Verwahrlostes; es begann gleich im Garten, wo eine Glyzinie die Hälfte ihres Klettergerüsts auf das Gras und die verdorrten Blumen niedergedrückt hatte, und setzte sich drinnen fort, in der Küche, in der es keine Stühle gab, dafür überall schmutzige Teller und Gläser, alte Briefe, Fotos und Bücher, leere Joghurtbecher und Medizindöschen ohne Deckel. Neben dem Telefon lag ein karierter Notizblock mit einer langen Reihe Punkt für Punkt aufgelisteter Gründe: Schlüsselwörter und Daten und Namen mit Fragezeichen und Ausrufezeichen, kleine, obsessive Zeichnungen, mit Kugelschreiber immer wieder nachgezogen, bis ein Loch im Papier war. Das Ganze wirkte wie der aufgegebene Vorposten in einem Stellungskrieg, in der Luft hing noch der Geruch von Blut und Schießpulver und aufgewärmter Mannschaftskost, der Nachhall von Vorwürfen und Drohungen, Selbstbemitleidung und Erpressungen, von gegen das feindliche Sperrfeuer vorgebrachten Überzeugungen, zweiten und dritten und letzten Versuchen, Scheinrückzügen.

Alberta lief ratlos herum; wischte Brotkrümel von einem Blatt Papier, schob eine Schuhschachtel mit alten, für wer weiß welche Wiederverwertung aufbewahrten Elektrosteckern und Lichtschaltern zur Seite, hob ein

Buch auf und ließ es wieder fallen, als wäre es zu schwer, um es in der Hand zu halten. Doch die lebendige Natürlichkeit ihrer Gesten, ihr kräftiger Körper und ihre gute Grundverfassung schienen ihr einen gewissen Schutz gegen die triste Umgebung zu verleihen, gaben ihr etwas Leuchtendes in all dem Staub und Krempel. Sie deutete auf eine hellere Stelle an der Wand, sagte: »Hier stand eine Kredenz, die haben wir in der Toskana gekauft«, ihre Stimme klang dabei eher erstaunt als betrübt.

Ich wollte etwas sagen, bewegte aber nur leicht die Lippen; mein Magen krampfte sich zusammen angesichts der stummen Gewalt der Szene; ich fühlte mich wie erschlagen.

Der Hund Speke beschnupperte das auf dem Boden herumliegende Zeug, als habe er Angst, sich daran zu verbrennen: mit vorgerecktem Kopf, ohne die Beine zu bewegen. Auch der kleine Arturo schien auf eine verspätete Explosion zu warten; irgendwann schaute er zur Tür und fragte: »Wo ist Papa?«

»In der Stadt«, sagte Alberta. »Du siehst ihn morgen.«

Ich öffnete eine der Glastüren zum Garten, holte tief Luft. Ich dachte an den Tag, als ich von meiner Frau und meinem Sohn weggegangen war, nachdem ich mit ihr noch Tortellini mit Joghurt gegessen hatte, während der Kleine schlief, und dabei hatten wir über alles mögliche geredet, als hätten wir alle Zeit der Welt, und dann über uns, als hätten wir nur zehn Sekunden, und wie ich mich dann mit einem Koffer voller Dinge, die ich nicht brauchte und nicht wollte, auf der Straße wiederfand und von einem Auto der Carabinieri angehalten wurde, weil ich ihrer Meinung nach einen seltsamen

Gang hatte. Ich dachte an andere Situationen in meiner Vergangenheit, die mir dauerhaft erschienen waren und dann ganz plötzlich zu Ende gingen, ohne Übergangsphase, um auf die Leere vorzubereiten, die gleich darauf folgte, oder sie abzumildern oder ihr einen Sinn zu geben. Ich dachte an das Profil von Anna, als sie ihren Schülern vorausgeritten war, und empfand dabei eine Mischung aus Fremdheit und Angst, Fluchtdrang und Trostbedürfnis. Alberta ging von der Küche ins Wohnzimmer hinüber, und ich ging hinter ihr her, zwischen unbezogenen Sofakissen und den Spielsachen Arturos und löchrigen Strümpfen und dicken Staubflocken, den helleren Rechtecken an der Wand, wo Riccardo Bilder oder Poster abgenommen hatte, bevor er endlich abgehauen war. »Habt ihr euch hier auch mal wohl gefühlt?« fragte ich, ohne zu überlegen.

Alberta drehte sich mit komisch verzogenem Mund zu mir um, sagte: »Boh.«

»Ich spreche nicht von einer kurzen Phase«, sagte ich. »Und auch nicht von einem Archipel kurzer Phasen mitten in einem Meer von Nichtwohlbefinden. Ich meine eine lange und ausgedehnte, ununterbrochene Phase.«

Sie nestelte an ihrem Zopf, der noch länger war als in meiner Erinnerung, er reichte ihr bis zum Hintern. »Weiß nicht«, sagte sie. »Das letzte Jahr war wirklich schlimm.«

»Vergiß das letzte Jahr«, sagte ich. Ich hatte einfach das Bedürfnis zu reden, und daß sie mich auf so ungestüme Art in ihre Ehekrise hineingezogen hatte, gab mir eine Art moralischer Berechtigung, weiterzumachen. »Wenn du die Phase, als es anfing schlechtzugehen, außer acht läßt. Bleibt dann ein Zeitraum, der lang und ausgedehnt genug ist, um die Reise durch das ganze Nichtwohlbefinden zu rechtfertigen? Wenn es ein Kanu oder ein Floß gäbe, mit dem du zurückkehren könntest?«

Alberta schüttelte den Kopf, sie hatte Mühe stillzustehen. »Weiß nicht«, sagte sie. »Was für Fragen du stellst.«

»Fragen eben«, sagte ich, den Kopf voller Fragen. »Die Antwort heißt also ja?«

»Die Antwort heißt ich weiß nicht«, sagte sie und bewegte sich schon auf einen anderen Punkt des Zimmers zu. »Am Anfang vielleicht.«

»Bist du ganz sicher?« fragte ich. »Ein anhaltender Zustand voll Phantasie und Vergnügen und Leidenschaft und reiner Freude darüber, zu genau diesem Zeitpunkt an genau diesem Ort zu sein? Ohne daß es dabei Unterbrechungen oder neutrale Pausen oder überhandnehmende negative Pausen gab?«

Alberta lachte. »Hast du denn viele solcher Phasen erlebt?«

»Nein«, sagte ich.

Sie ging im Wohnzimmer umher, sammelte Sachen vom Boden auf oder schob sie mit dem Fuß weg, sagte dem Kind, was es tun sollte, sah mich an. Obwohl sie alles mit der größten Natürlichkeit tat, lief die Verständigung zwischen uns nicht ganz reibungslos ab, weil sie dazu neigte, ganz verschiedene Kategorien auf einer Ebene zu behandeln, Signale auf mehreren Kanälen zu empfangen und alle gleich wichtig zu nehmen. Ich wußte nicht recht, woran ich war, und kam mir vor wie einer meiner Schüler, der dem Pferd die Sporen gibt und sich gleichzeitig an den Zügeln festklammert; ich hatte ein Zügelsyndrom, es gelang mir nicht, sie ganz locker zu lassen, sosehr ich mich auch bemühte.

»Bist du der Meinung, daß sich eine Beziehung zwischen zwei Menschen immer erst im *nachhinein* deuten läßt?« fragte ich. »Aus dem, was daraus geworden ist, also rückwärts, vom Ende zum Anfang?«

Sie schaute durch die Glastür nach draußen: zu ihrem Sohn, der sich in dem ungepflegten Garten unter Kreischen und Kläffen vom Hund Speke jagen ließ, und meinte: »Sag mal, bist du immer so, oder hat es dich gerade heute gepackt?«

»Weiß nicht«, antwortete ich. »Vielleicht liegt es daran, daß ich jahrelang nur Pferde und praktische Dinge im Kopf hatte. Da blieb überhaupt kein Platz zum Nachdenken, bis gestern.«

Sie versuchte, mit dem Fuß eine Stehlampe anzuschalten: Sie funktionierte nicht.

Als ihre Fahrigkeit stärker wurde als ihre Neugier, überkam mich ein Gefühl äußerster Unsicherheit; dabei hat es in meinem Leben eine Zeit gegeben, in der ich, wenn ich mich recht erinnere, mit Leichtigkeit mit fast jedem Typ Frau kommunizieren konnte. »Der alte Riccardo war am Anfang jedenfalls ganz anders, stimmt's? Eine viel bessere Version seiner selbst.«

»Ja«, sagte Alberta, mit dem Kopf im Lampenschirm. »Er hatte nichts von dem, was du neulich gesehen hast.«

»Und wie war er?«

»Wie der freieste Mensch der Welt«, sagte sie, während sie die Glühbirne herausschraubte. »Er arbeitete für verschiedene Zeitungen, ohne festes Arbeitsverhältnis und ohne feste Arbeitszeiten, hatte keine Wohnung, nichts. Er schlief bei seiner Mutter oder bei Freunden, schrieb seine Artikel in irgendeiner Bar oder sonstwo, aß so gut wie nichts, rauchte und trank und schluckte Tabletten wie verrückt. Zwei von drei Texten, die er schrieb, wurden nicht veröffentlicht, weil es angeblich keinen Platz gab, aber es machte ihm nichts aus.«

Ich nickte und verspürte dabei eine Art heftiger Sehnsucht nach der Zeit, die seitdem verstrichen war, auch wenn es ihre und Riccardos Zeit gewesen war.

»Ja, so war er«, sagte Alberta. Sie hatte die Glühbirne in der Hand, betrachtete sie gegen das Licht von der Glastür her, schüttelte sie an ihrem Ohr. »Als er bei mir einzog, hat er seine Sachen im Koffer gelassen, denn er wollte immer zum Wegfahren bereit sein. Länger als ein, zwei Tage hintereinander hielt er es nirgends aus. Manchmal nahm er den Zug und machte eine dreistündige Fahrt, nur um in Neapel den Sonnenuntergang zu sehen. Oder er fuhr nach Triest, um ein bestimmtes Buch in einer Bibliothek zu suchen, und blieb drei Tage fort. Fuhr zum Blumenmarkt nach Orvieto und kam mit einem Riesenstrauß Tulpen zurück. Jeder Vorwand war ihm recht, um rauszukommen. Irgendwann beschloß er dann, mit dem Schreiben aufzuhören, und wollte unbedingt Brotbacken lernen, bei einem Bäcker in Todi, den er interviewt hatte. Wenn ich von der Arbeit nach Hause kam, wußte ich nie, ob er da wäre oder nicht, er hatte den Kopf immer voller Pläne und war ständig unterwegs.«

»Hat es dir nichts ausgemacht?« fragte ich und dachte, daß meine Sehnsucht eigentlich nicht der verstrichenen Zeit galt, sondern der Tatsache, daß es auch zwischen den beiden lebendige Gefühle gegeben hatte und daß sogar jemand wie Riccardo eine unbeschwerte Lebensphase voller Überraschungen erfahren hatte. Ich fühlte mich hintergangen, in meiner Wahrnehmungsfähigkeit beschränkt, noch mehr durcheinander als vorher.

»Doch. Es hat mich beunruhigt«, sagte Alberta und legte die Glühbirne auf den Boden. »Aber er war sympathisch. Und sah auch gut aus. Erschreckend mager.«

»Und dann?« fragte ich.

»Dann hat er sich verändert.« Sie ging in die Küche, als wollte sie dem Thema und unserem Gespräch ausweichen, kam aber mit einem Karton in der Hand gleich wieder zurück und begann, den ganzen Kleinkram hineinzuwerfen, der auf dem Fußboden herumlag.

»Nach und nach?« Ich hob eine Schere auf, legte sie in die Schachtel. »Ganz allmählich, so daß du es nicht mal gemerkt hast?«

»Es ging ziemlich schnell«, sagte sie. »Mein Vater ist hier ausgezogen, weil er in den Bergen leben wollte, und hat mir und meiner Schwester das Haus überlassen. Weil meine Schwester nie da war und das Haus leerstand, sind Riccardo und ich eingezogen. Ein paar Wochen später hat ihm eine Zeitung angeboten, die Fußballseite zu übernehmen. Zuerst wollte er nichts davon wissen, er sagte, es käme ihm wie Sklaverei vor. Dann aber überlegte er es sich und sagte, er tue es nur seiner Mutter zuliebe, und binnen kürzester Zeit wurde aus ihm der eigenbrötlerischste und langweiligste und besitzergreifendste Mensch der Welt. Er saß den ganzen Tag vor dem Fernseher oder am Computer und war nicht mal mehr zum Spazierengehen zu bewegen. Ins Dorf ging er nur, um die Zeitung zu kaufen und seine Artikel zu lesen.«

»Und dir gegenüber?«

»Mir gegenüber fing er an, sich als Boß aufzuspielen.« Sie trat von einem Bein aufs andere, sah zu Boden, sagte: »Eben noch war er wie ein schwieriger, zartbesaiteter kleiner Junge, der viel Verständnis brauchte und umsorgt und gefüttert werden mußte, damit er nicht verhungerte oder erfror oder an seinen Pillen oder vor nervöser Anspannung zugrunde ging, und auf einmal wollte er alles allein entscheiden. Er machte mir sogar Eifersuchtsszenen, wenn ich in die Stadt zur Arbeit fuhr, und behauptete, Frauen sollten nicht arbeiten. Möbel zu verkaufen sei fast so wie auf den Strich zu gehen.«

»Du verkaufst Möbel?«

»Ich suche alte Möbel und richte sie her und verkaufe sie wieder, wenn ich Glück habe«, sagte sie und fuhr ohne innezuhalten fort: »Wenn ich eine Schallplatte oder eine Kassette hören wollte, regte er sich auf, weil er meine Musik nicht mehr ertrug, obwohl er sie anfangs stundenlang gehört hat und phantastisch fand. Er regte sich sogar auf, wenn ich ein Buch lesen wollte, denn er selbst las außer seinen Sportzeitungen überhaupt nichts mehr. Und er wollte unser Geld ganz allein verwalten, weil nur er ein festes Einkommen hatte, obwohl wir am Anfang von meinem Geld gelebt hatten und er immer behauptet hatte, Geld sei nicht wichtig.«

»Und du?« fragte ich. »Wieso zum Teufel bist du bei ihm geblieben, wenn er so geworden ist?«

Sie zuckte die Schultern, hob ein paar Reißnägel vom Boden auf, sagte: »Wir lebten eben hier zusammen, was weiß ich.« Sagte: »Ich war einfach nicht darauf gefaßt. Ich dachte, es sei nur eine Phase.«

»Und dabei ist es immer schlimmer geworden?« fragte ich.

Sie nickte; kratzte sich am Schenkel, sagte: »Dann fing er immer häufiger damit an, wir sollten unbedingt heiraten. Er wollte meine Familie kennenlernen und nervte mich so lange, bis ich ihn offiziell vorstellte und so weiter. Er hatte plötzlich diese Manie, so werden zu wollen wie sein Vater, dabei hat er seinen Vater *gehaßt*, als wir uns kennenlernten. Nach der Geburt von Arturo wurde er noch schlimmer. Der italienische Ehemann, der sich wie ein Muttersöhnchen aufführt und zugleich den Pascha spielt und Aufmerksamkeit beansprucht, als sei er ständig krank, und nie einen Finger rührt und aus allem eine Grundsatzfrage macht, wenn du verstehst, was ich meine.«

»Ja«, sagte ich. Ich hielt mir zugute, daß ich selbst nie diese Sorte Mann gewesen war, bei all meinen Fehlern und Mängeln und Unterlassungen; trotzdem hatte ich es geschafft, den Frauen in meinem Leben mehr als genug Gründe zum Unzufriedensein zu geben. Ich dachte daran, wie verbittert Anna war, weil ich bei ihr eben nicht die Rolle des Ehemanns hatte übernehmen wollen; wie sie das, was ich gleichberechtigte Beziehung nannte, nur als Flucht vor meiner speziellen Verantwortung als Mann betrachtete.

»Zum Schluß hatte ich von der ganzen Geschichte die Nase voll. Ich hab ihm gesagt, daß ich es leid bin und gehen will. Da ist er plötzlich ganz zahm geworden und hat versprochen, sich zu ändern. Du hast selbst gesehen, was er für eine Szene gemacht hat, nach fast einem Jahr.«

»Aber wieso passiert so was?« fragte ich.

»Weil die Frauen blöd sind«, sagte sie. Sie lächelte, obwohl sie auf ihre ansteckende und offene kindlich-bärinnenhafte Art wütend war. »Weil wir alles glauben, was ihr uns vorschwindelt.«

»Und warum schwindeln wir euch was vor?«

»Um uns bumsen zu können und uns bei Laune zu halten und von uns verwöhnt zu werden«, sagte Alberta. »Irgendwann habt ihr es dann allerdings satt, uns was vorzuschwindeln. Es wird euch zu mühsam, nach einer Weile. Wenn ihr euch eurer Sache sicher seid.«

»Aber so ist es doch nicht immer«, sagte ich. »Männer und Frauen sind doch nicht wirklich wie zwei unterschiedliche Rassen.«

»Meine Schwester meint, ja«, sagte Alberta. »Sie sagt, daß Männer und Frauen letztendlich völlig unvereinbar sind, wenn man hinter die Fassade der Worte und Verhaltensweisen und hinter die falsche Tünche der ersten Zeit blickt.«

»Unvereinbar in welchem Sinn?« fragte ich, obwohl meine Hör- und Sehnerven von noch nicht weit zurückliegenden Beispielen der Unvereinbarkeit gesättigt waren.

Alberta sah mich schräg an, um herauszufinden, ob meine Fragen ernst gemeint waren. »Meine Schwester sagt, Männer haben das Bedürfnis, sich ständig *gegen* die Dinge zu betragen, während Frauen versuchen, die Dinge zu begreifen. Alles, was dazwischen liegt, sind nur Anpassungsbemühungen der einen oder anderen Seite.«

»Was meint sie damit, sich gegen die Dinge zu betragen?« fragte ich, denn es schien mir ein etwas eigenartiges Argument, bei allen, die sie hätte anführen können.

»Immer alles ergründen zu wollen und Herausforderungen zu suchen und alles zu erforschen und auf den Kopf zu stellen und zu verändern und nie zur Ruhe zu kommen«, sagte Alberta. »All eure Erfindungen und Eroberungen und Kriege und Herausforderungen und Konkurrenzkämpfe und so weiter.«

»Ich kenne aber jede Menge Frauen, die sich genauso gegen die Dinge betragen wie die Männer und durch nichts zu bremsen sind.«

Alberta zuckte erneut mit den Schultern, sagte: »Nach Ansicht meiner Schwester sind das Anpassungsbemühungen. Um zu überleben und sich von den Männern nicht völlig erdrücken zu lassen.«

»Und was meinst du dazu?« fragte ich. In meinem lädierten Zustand hatte ich ein intensives Bedürfnis, mit Wohlwollen behandelt zu werden: besser als meine Geschlechtsgenossen wegzukommen, als attraktiv eingestuft zu werden.

»Ich warte immer noch«, sagte Alberta. »Wie eine Idiotin. Ich falle weiter auf den Schwindel rein.«

»Aber es ist doch nicht *immer* Schwindel«, sagte ich. »Jedenfalls kein *bewußter*. Manchmal glaubt einer wirklich dran. Alle beide glauben dran und sind überzeugt, den wunderbaren Menschen fürs Leben gefunden zu haben.«

Alberta bückte sich, um eine angeschlagene Vase aufzuheben, sie schien jetzt wieder weit weg.

»Und jeder versucht wirklich, den Erwartungen des anderen zu entsprechen, meinst du nicht? Als bäte er das Leben um die Chance, ein besserer Mensch zu werden oder zumindest anders, als er immer war«, fuhr ich fort. »Er gibt sich enorme Mühe, mehr als wenn er sich an einer neuen Schule oder an einem neuen Arbeitsplatz oder in einer neuen Stadt eingewöhnen müßte.«

»Kann sein«, meinte Alberta und sah zu Boden, mit dem Pappkarton in der Hand.

»Und dann ist es, als würde ihn ein riesiger Magnet wieder zu dem zurückziehen, was er wirklich ist. Zu dem, was er unvermeidlich sein muß. Und wenn der andere es merkt, fühlt er sich betrogen und ist voller Wut, denn er hat sich ja so viel Mühe gegeben.«

»Vielleicht«, sagte sie, hob einen Kugelschreiber vom Boden auf, eine Rolle Klebstreifen, ein Schwarzweißfoto, einen Schraubenzieher, einen Kronkorken. Sie machte den Rücken krumm und streckte die Hand aus, ohne dabei die Knie zu beugen: mit genau aufeinander abgestimmten Bewegungen, wie bei einer eigenartigen Art des Angelns.

»So läuft es doch, oder?« sagte ich.

Sie drehte sich zu mir und sah mich unsicher an. »Bei mir fast immer. Und bei dir?«

»Bei mir auch«, sagte ich.

Gleich darauf lachten wir beide los. Mich verblüffte, daß es zwischen uns keine festgelegten Rollen gab: keine Standpunkte, die es zu verteidigen, keine Thesen, die es zu beweisen galt, keine Einstellungen, auf denen man beharren mußte. Ich konnte mich nicht erinnern, wann ich mit jemandem so fließend und so frei geredet hatte; vor wie vielen Jahren.

Sie ging in die Küche hinüber, fragte: »Möchtest du was trinken?«

Ich folgte ihr, blieb aber auf der Schwelle stehen und sah zu, wie sie im Durcheinander des geplünderten Küchenbüfetts zwischen angebrochenen Nudelschachteln und H-Milch-Packungen und leeren Flaschen und Dosen und Gläsern voller Schrauben und Nägeln kramte. Sie wirkte weder zuversichtlich noch entmutigt, sie kramte mit einer Art Interesse für die Überreste ihres Ehelebens in den Fächern herum; dann rief sie »ha!« und zog eine Flasche Rotwein hervor, sah mich mit einem überaus offenen Lächeln an.

Wir standen ein, zwei Sekunden lang still da, in einer Vertrautheit, die durch nichts begründet war und doch so dicht war wie die Luft, die ich auf der Haut und an der Oberfläche der Gedanken spürte. »Ist das nicht irre?« sagte sie, mit der Flasche in der Hand.

Wir suchten zu zweit in den Schubladen und in den Regalen und auf dem Küchenboden, bis sie einen Korkenzieher mit halb abgebrochenem Griff fand. Sie öffnete die Flasche, goß Wein in zwei trübe Gläser. Wir stießen an und nahmen beide einen tiefen Schluck; ich hatte seit Jahren, seit ich mit Anna zusammen war und ein natürliches Leben anstrebte, keinen Wein mehr getrunken, er begann sofort in mir zu kreisen und machte die Situation noch weicher.

»Tut gut«, sagte ich. Ich spürte die Schmerzen von meinem Sturz kaum noch und konnte mich fast so unbeschwert bewegen, wie ich atmete.

»Ja«, sagte Alberta in ähnlichem Ton wie ich. Sie gab mir ein Zeichen und ging durch die Glastür nach draußen, auf den heruntergekommenen Rasen, wo der kleine Arturo und der Hund Speke sich um einen Ball balgten.

Wir blieben draußen, taten nichts weiter, als Rotwein zu trinken und dem Kind und dem Hund zuzusehen; wir bewegten uns kaum. Die Sonne war warm, die Luft vom Trillern und Schnalzen und Zwitschern der Vögel erfüllt; die aus lauter miteinander verketteten Gesten, aus Gewichten und Gegengewichten bestehende Realität des Reiterhofs schien mir Lichtjahre entfernt.

Dann begann der kleine Arturo zu jammern, er habe Hunger, und Alberta ging in die Küche zurück und ich hinter ihr her, ich half ihr, in der ausgeplünderten Speisekammer die Reste aus fünf oder sechs Packungen mit verschiedenen Nudelsorten zusammenzusuchen. In der Tiefkühltruhe fand sie einen Beutel mit kleinen Tomaten, die sie im letzten Jahr im Garten angebaut und eingefroren hatte, und in einem Schrank eine Flasche mit zwei Fingerbreit Öl, eine Kaffeetasse halbvoll mit Salz und ein Döschen Oregano. Ich war voller Bewunderung, wie sich ihre Absichten fast reibungslos in Handlungen verwandelten, wie vergnügt sie die Zutaten zusammenmischte und auf dem Herd erhitzte und sich die Hände an der Hose abwischte und immer wieder einen Schluck Wein trank. Im Vergleich zu ihr schien ich Jahre in einem unerträglichen Spannungszustand verbracht zu haben: verkrampft und mit ständig angespannten Muskeln, um immer wieder neu auftretende Hindernisse zu überwinden und Anstrengungen zu bewältigen und Widerstände zu bezwingen.

Wir aßen die Pasta im Garten, auf einem Sessel und zwei übriggebliebenen Stühlen mit wackligen Beinen hockend. Alberta und ich sprachen in knappen Sätzen oder einzelnen Wörtern, mit halbgeschlossenen Augen im warmen Licht. Der Kleine bekleckerte sich mit Soße, sprang auf, ließ sich vom Hund die Nudeln vom Teller stibitzen; Alberta sagte hin und wieder etwas zu ihm, ohne dabei die Stimme besonders zu heben und ohne die Augen zu öffnen, ohne aus der Atmosphäre des Einander-Nahseins herauszutreten. Sie erzählte mir von ihrer Arbeit; sie suchte alte Möbel und richtete sie her und verkaufte sie auf Märkten oder an Antiquitätengeschäfte; ich erzählte ihr von der naturnahen Reitschule und wie sie sich in letzter Zeit, fast ohne daß ich es gemerkt hätte, veränderte. Ich brauchte gar nicht weiter ins Detail zu gehen, es genügte der Tonfall eines Wortes oder der begleitende Blick, und schon wiegten wir uns in reinstem Einverständnis. Wir lachten, nickten zustimmend. Die Chemie zwischen uns war unkompliziert, ganz anders als das schwerfällige Hin und Her umständlicher Erklärungen, an das ich gewöhnt war, das Meter um Meter erkämpfte oder zugestandene Terrain, die zu Slogans erstarrten Argumente und die durch ständige Wiederholung abstrakt gewordenen Begründungen. Unsere Kommunikation bestand aus Klängen und Temperaturen: Es war, als müßten wir einfach nur dasitzen, um davon durchdrungen zu werden.

Wir leerten die Flasche Wein, und die Szene wurde so stimmungsvoll, daß mir der Hund Speke mit seinen senkrechten Sprüngen geradezu anmutig vorkam. Ich fragte mich nicht, wie lange ich von zu Hause weg war und wie lange ich noch bleiben konnte; ich war ohne Gedanken und ohne Absichten, ohne jede Lust, die Zeit oder die Räume zu messen.

Dann glitt die Sonne hinter eine graue Wolkenbank, und schlagartig sank die Temperatur, der kleine Arturo fiel hin und schlug sich das Knie auf und begann zu schreien, Alberta sprang hinzu, um ihn zu trösten, stellte die Teller zusammen, trug sie ins Haus zurück.

»Ich helfe dir«, sagte ich, den leeren Topf in der Hand wie eine Reliquie des Augenblicks, weil sie darin Wasser aufgesetzt hatte.

»Bist du sicher, daß du nicht auf der Reitbahn zu tun hast?« fragte Alberta. »Du schienst so in Druck, als wir vorbeikamen.«

»Ach was, das hat alles Zeit«, sagte ich, obgleich die Zeit mich schon wieder in den Strom der Anforderungen reißen wollte. Ich versuchte mich dagegen zu wehren, bestand darauf, das Geschirr zu spülen, sagte: »Ich mach das schon.« Aber ich schaffte es nicht mit der verstauchten linken Hand, ich ließ einen Teller fallen, und er zerbrach.

»Laß nur«, sagte Alberta. »Mach dir keine Gedanken.«

Ich fühlte mich erneut von praktischen Sorgen und Mühen bestürmt, fassungslos, wie die Sonne und die Leichtigkeit und Geschmeidigkeit von einem Augenblick zum andern verflogen waren. »Ich sollte vielleicht doch besser nach Hause fahren«, sagte ich.

»Meinst du?« sagte Alberta einen Meter von mir entfernt, mit plötzlich enttäuschtem Blick.

»Ich glaube schon«, sagte ich, mit nach oben gedrehten Handflächen und gerunzelter Stirn, Bedauern signalisierend.

Dann wechselten wir ohne Vorwarnung unsere Positionen, und plötzlich küßten wir uns, preßten Brust an Brust und Bauch an Bauch in einem Wirrwarr von Empfindungen, und gleich darauf ließ mich ein jäher Schmerz »au« schreien und zurückzucken.

Alberta ließ mich ebenso schnell los, auch sie fuhr zurück. »Oje, entschuldige. Ich hab nicht mehr dran gedacht.« Sie hatte gerötete Wangen und atmete rasch.

»Ich auch nicht«, sagte ich und versuchte mit dem Schmerz fertig zu werden. »Wirklich nicht.« Ich streckte die Hand aus und berührte sie über die Unterbrechung und die wiederhergestellte Distanz hinweg an der Schläfe. Aber der Augenblick war vorüber; ich zog die Hand zurück, während der kleine Arturo und der Hund Speke aus dem Garten hereingerannt kamen und uns verdutzt ansahen.

Auch ich atmete rasch, mein Herz klopfte unregelmäßig; mir war nicht ganz klar, was geschehen war. Ich hätte Alberta gern danach gefragt, aber zwischen uns standen der Hund und das Kind und eine durchsichtige Barriere unausgesprochener Dinge.

Sie beugte sich zum kleinen Arturo hinab, der quengelnd nach irgend etwas verlangte, und sagte zu ihm: »Wollen wir Luca nach Hause bringen? Er muß wieder an die Arbeit.«

VIER

Auch in dieser Nacht fand ich kaum Schlaf, jede Bewegung löste Schmerzen und Phantasien und Überlegungen und widersprüchliche Impulse in mir aus. Anna wachte davon auf und beschwerte sich und wälzte sich hundertmal hin und her, bis sie schließlich reglos an der äußersten Kante ihrer Betthälfte lag, schnaufend wie ein großes Tier aus dem Wald, wie immer, wenn sie wirklich erschöpft war. Ich dachte daran, wie wir uns tags zuvor angesehen hatten, als ich aus Albertas Auto gestiegen war und sie an der Tür zum Sattelplatz auftauchte, wie mir ihr Gesicht und ihr ganzer Körper nur zu eng umgrenzten Gefühlen fähig erschienen waren, ohne Spielraum für Überschwenglichkeit.

Ich fragte mich, ob dies der Grund dafür war, daß sie keinerlei Sehnsucht nach Berührungen mehr in mir weckte; ob es an ihrer Unfähigkeit lag, sich selbst zu überraschen und sich hinzugeben, an ihrem emsigen Bemühen, ihr Leben in einem Raster genau kontrollierter Beweggründe zu führen. Die Vorstellung, mit ihr Liebe zu machen oder jemals gemacht zu haben, kam mir absurd vor; ich vermochte mir nicht einmal mehr die entsprechenden Gesten oder Blicke oder mögliche Gründe dafür vorzustellen, wenn man von der Tatsache absah, daß wir ganz allein in diesem entlegenen Winkel lebten. Der Reiz des Neuen, die Unschuld und Verletzlichkeit, die mich anfangs zu ihr hingezogen hatten, waren irgendwann zwischen unserem ersten und zweiten Jahr verflogen, zusammen mit meinem etwas raubtierhaften Interesse, und geblieben war nichts als die Kenntnis von Details und die Fähigkeit, Verhaltensweisen vorauszusehen und Reaktionen vorwegzunehmen. Nach und nach waren wir zu Geschäftspartnern und Geschwistern geworden, es gab zwischen uns keine Schattenzonen und keine Neugier mehr; wir konnten uns abends nackt mustern, so wie wir tagsüber unsere Pferde musterten, und oft redeten wir noch unter der Bettdecke über die Arbeit, bis wir in Schlaf sanken. Unsere körperliche Beziehung war zu einer Art ritueller Gymnastik geworden, die wir hin und wieder absolvierten, zusätzlich zu den Mühen des Tages, eine bloße Suche nach Bestätigung, die nichts bestätigte außer dem automatischen, kurzen Lächeln am Ende, wenn wir uns ansahen, als sei da etwas gewesen, was uns befriedigt hätte. Es tat mir für sie genauso leid wie für mich: wegen unserer unerfüllt gebliebenen Wünsche und Erwartungen, wegen unserer Unzufriedenheit und wegen der Zeit, die wir wie Wasser aus einem Wasserhahn hatten fortfließen lassen, wegen des Mangels an Überraschungen, der uns stur und unsensibel und boshaft machte.

Ich wälzte mich zwischen den Bettlaken hin und her und dachte an Alberta in der Küche ihres heruntergekommenen Häuschens. Vor mir sah ich bruchstückhafte Bilder unseres Kusses: Die Szene brach immer wieder ab und wiederholte sich aus so vielen verschiedenen Winkeln, daß ich mir keine klare Vorstellung machen konnte. Ich verwechselte die Blicke von kurz zuvor mit denen von kurz danach, und es gelang mir nicht, die genaue Abfolge ihrer und meiner Bewegungen zu rekonstruieren, nichts von allem, was wir uns gesagt hatten, lieferte eine ausreichende Erklärung für das Geschehene.

Ich dachte an die Mißverständnisse, die sich für mich aus anderen Küssen in anderen Lebensphasen ergeben hatten: an das sich sofort einstellende Gefühl, dem andern etwas zu schulden für seine Hingabe, die Verpflichtung zu Wechselseitigkeit und Ausweitung. Ich dachte an die Küsse, die mich in eine endlose Spirale der Forderungen und Angebote hineingezogen hatten, tief in Geschichten, in die ich eigentlich nur kurz hineinschauen wollte; an die Küsse, die ich später am liebsten rückgängig gemacht hätte, wie zurückgespulte Gesten. Der Kuß mit Judith Ertieri beim Aussteigen aus dem Ruderboot nach einem Ausflug, der ohne diesen Kuß unsere einzige gemeinsame Unternehmung geblieben wäre. Der Kuß mit meiner Exfrau, als wir nach einer Party im Lift von der obersten Etage hinunterfuhren und ich an eine andere dachte, die noch oben war und mit der ich gern eine Reise in ein fernes Land unternommen hätte. Der erste Kuß, zu dem Anna und ich uns vor vier Jahren nach einer Reitstunde hatten hinreißen lassen: der Zusammenprall unserer Atemzüge und unserer sich vermischenden Konsistenzen, die darauf folgende Trübung der Urteilskraft, das konfuse Verlangen, mit dem ich sie noch am selben Abend angerufen hatte, um ihr vorzuschlagen, bei mir einzuziehen und mit mir zu arbeiten.

Ich fragte mich, ob ich an romantischer Sentimentalität oder an einem ernsten Charakterfehler litt; ob das Gefühl des Unglücklichseins, das mich nach meinem Sturz mit solcher Macht gepackt hatte, von der Tatsache herrührte, daß ich mich immer von den Umständen hatte überrollen lassen, als seien sie das Schicksal, statt anhand vernünftiger Regeln weiterzusuchen und auszuwählen und zu entscheiden. Ich fragte mich, ob ich vielleicht die Frau meines Lebens gefunden hätte, wäre ich mit offenen Augen durch die Welt gegangen, anstatt mich in das Leben der Erstbesten hineinzustürzen, die mir entgegenkam, und mich dann wie ein Gefangener zu fühlen und Unzufriedenheit entstehen zu lassen, bis ich nur noch Schluß machen wollte, bloß um bald darauf wieder von vorn anzufangen. Ich fragte mich, ob es die Frau meines Lebens wirklich irgendwo gab oder ob es nur eine Erfindung der Trivialliteratur und der Werbung war, eine Empfindung, die angepriesen wurde wie das Haus des Lebens oder der Job des Lebens oder das Auto des Lebens und all das andere Außergewöhnliche und Wunderbare und immer noch Bessere; fragte mich, ob für mich der Zug wohl schon abgefahren war. Dann kehrten die Bilder vom Tag zuvor bei Alberta zurück: Licht und Gesten und Blicke aus nächster Nähe.

Als ich schließlich mit getrübtem Blick und zermarterten Nerven aufstand, war es halb acht und Anna schon aus dem Bett und aus dem Schlafzimmer und aus dem Klubhaus, der Kaffeeduft aus der Bar, die wir auch als Küche benutzten, fast verflogen. Sonst stand ich immer als erster auf, der Landmann, der im Morgengrauen auf den Beinen ist und nach den Pferden schaut und tut, was zu tun ist, der schon Frühstück gemacht hat, wenn seine Frau, die Städterin, endlich wach wird. Jetzt war alles anders, aber ich sehnte mich nicht zurück, ich empfand nur Ratlosigkeit und Niedergeschlagenheit, Wut auf mich selbst, den Drang zu fliehen.

Ich rasierte mich in dem kleinen Badezimmer, aber es gelang mir nicht, den Blick auf mein Gesicht im Spiegel zu konzentrieren. Ich glaubte eine leichte Verschwommenheit in meinen Zügen zu bemerken, als seien sie es leid, sie selbst zu sein, und wüßten noch nicht recht, welche Form sie annehmen sollten. Es war kein Zeichen von Altern, dessen war ich mir einigermaßen sicher; schon bevor ich aufs Land gezogen war, hatte ich mir vorgenommen, mich von den Jahren nicht niederdrücken zu lassen, ja, wenn möglich sogar gegen den Strom der Zeit mehr aus mir zu machen. Und es war mir bis jetzt gelungen, denn mit zweiundvierzig konnte ich schwerere Lasten heben und länger laufen, ausdauernder und beherrschter lieben und subtilere Empfindungen aufnehmen als mit fünfundzwanzig oder mit sechzehn. Ich trauerte dem zarten und unsicheren Jüngling von einst nicht nach, überhaupt nicht. Aber ich hätte gern gewußt, ob die Tatsache, daß ich so übel gestürzt war, in gefährlicher Weise mit meinem Verhältnis zur Zeit zusammenhing; ob es einen Bruch gegeben hatte und wie tief er war.

Dann hätte ich gern gewußt, ob auch ich Anna gegenüber eine Rolle rezitiert hatte, als wir uns zusammengetan hatten, den Part dessen, der sich auskennt und Lebenserfahrung hat und ihr alles erklären und beibringen kann, bis sie es irgendwann satt hatte, meine Gehilfin zu sein, und mich aus der Hauptrolle hinausgedrängt hatte. Ich hätte gern gewußt, wer von uns beiden es als erster satt hatte; ob einer von uns mehr Schuld daran hatte oder der andere oder ob es ein unvermeidlicher Prozeß war; ob es mit der Frau des Lebens, sofern sie überhaupt irgendwo auf der Welt existierte, genauso gekommen wäre oder ob sich mit dem Idealpartner kein Gefühl des Eingesperrtseins eingestellt hätte und keine wachsende Unduldsamkeit für das Gesicht und die Stimme des andern, für die Art, wie er sich bewegte und wie er aß und schlief und morgens aufwachte.

Ich versuchte in dem engen Raum den linken Arm zu heben, schon auf halber Höhe benahm mir der Schmerz in den Rippen den Atem. Ich trat mit dem Fuß gegen die Holzwand; aber auch das half nichts gegen mein Gefühl der Kontaktlosigkeit. Bei der Arbeit mit den Pferden hatte ich mir am Ende eingeredet, unverwundbar zu sein; ich war bestimmt hundertmal gestürzt und hatte Tritte aller Art abbekommen und war jedesmal, ohne irgend etwas zurückzubehalten, wieder in den Sattel gestiegen. Meinen Schülern gegenüber vertrat ich die Ansicht, ein Sturz mache gar nichts, man tue sich nur weh, wenn man sich weh tun wolle. »Man stürzt schon, *bevor* man stürzt«, pflegte ich zu sagen. Oder: »Ein Sturz ist immer ein Sprung in zwei Möglichkeiten.« Oder: »Man kann kaputt sein oder einfach wieder aufstehen und basta.« Ich sagte: »Ganz einfach«, mit einer Geste, die ein Aufspringen bedeuten sollte. Das erschien mir jetzt als die Art von Schmalspurphilosophie, die man sich vor einem zahlungskräftigen und interessierten kleinen Publikum leisten kann, wenn man eine Reihe glücklicher Zufälle hinter sich hat; es stimmte aber trotzdem, daß ich mir meine Verletzungen schon zugezogen hatte, als ich noch in der Luft war. Ich wurde wütend, wenn ich daran dachte: daß ich erst beinahe draufgehen mußte, um innezuhalten und die Wahrheit zu erkennen. Es war keine besonders angenehme Art, sich zu rasieren: Die Dinge um mich herum hatten etwas Beunruhigendes, jedes Handtuch an den Haken, jeder Flakon auf der Konsole schien in schrecklicher Ungewißheit zu vibrieren.

Ich sah aus dem Fenster: Anna diskutierte an der Baugrube für die neuen Ställe eifrig mit Aldo, dem Chef der Baufirma, und zwei Arbeitern neben einem sich drehenden gelben Betonmischer, in dem der zerkleinerte Kies ratterte. Ihre totale Konzentration machte sie mir noch fremder; sie folgte unbeirrbar einem Weg, der uns heillos voneinander entfernte, und es war zu spät für irgendeinen Kurswechsel. Ich stand da und beobachtete sie, und es tat mir weh: ihre Gestik und ihre Schritte, mit denen sie gegen die Dinge agierte, ihre Lippen, die Wörter hervorbrachten, die ich nicht hörte und die mit Bildern verbunden waren, die ich nicht mehr teilte.

Ich trank Kaffee und aß Getreideflocken in der Bar mit Kochnische, die Anna, ebenso wie alles andere, renovieren lassen wollte; ich überlegte mir, wie ich ihr klarmachen konnte, was ich empfand. Mir fielen nur einleitende Sätze ein wie: »Ich muß mit dir reden« oder: »Da wäre was, worüber wir sprechen sollten« oder: »Hättest du mal fünf Minuten Zeit?« Aber keiner schien mir geeignet, ein Gespräch über das Scheitern unseres gemeinsamen Lebens zu eröffnen.

Dann sah ich sie zusammen mit dem Maurermeister Aldo auf das Klubhaus zugehen, beide mit angespannten Gesichtszügen vor lauter praktischen Sorgen. Ich lief, ohne zu überlegen, die Treppe hinauf und blieb oben stehen und hörte zu, wie sie sich an der Espressomaschine Kaffee machten und über Geld und Kubikmeter und Gewichte und Zeitpläne redeten. Der Gedanke, daß ich mich an dem Ort, den ich mir in mühsamer Kleinarbeit als meine persönliche Alternative zum Rest der Welt eingerichtet hatte, wie ein Eindringling versteckt hielt, brachte mich zum Lachen; der Tonfall, in dem sie miteinander redeten, schien mir all das zu enthalten, wovor ich ursprünglich geflüchtet war.

Als die Stimmen schließlich verstummten und die Tür sich schloß, ging ich hinunter: Anna stand mit der Kaffeetasse in der Hand da; sie wandte sich mir zu und sah mich ohne eine Spur von Herzlichkeit oder Wut an. Es erschreckte mich, wie zwei Menschen weiterhin das Gefühlsleben des anderen in Beschlag nehmen konnten, ohne lebendige Gefühlsäußerungen zu zeigen oder zu erwarten, wie Mieter in einem von irgendeiner Wohnungsgesellschaft zugeteilten Haus in der grauen Stadt, in der sie geboren sind. Seit Tagen fühlte ich in mir eine grundlegende Ungläubigkeit gegenüber den Dingen: wie sie sind, jenseits der Codes und der Namen.

»Alles in Ordnung?« fragte ich, bloß um eine Sonde abzuschicken.

»Alles beschissen«, sagte Anna mit zusammengepreßten Lippen. »Gerade stellt sich raus, daß nicht genügend Zement da ist, um die Mauern bis zum Dach hochzuziehen. Und das am ersten Arbeitstag, nachdem ich den Kostenvoranschlag für das schlüsselfertige Gebäude unterschrieben habe, und nach den ganzen Verhandlungen im Januar und Februar. Aldo schiebt die Schuld auf den Vermesser, und der Vermesser schiebt die Schuld auf Aldo, und die Dummen dabei sind natürlich wir.«

Ich nickte, schaffte es aber nicht, mit meinen Lippenmuskeln Anteilnahme zu simulieren. Ich sagte: »Ich wollte mit dir über was anderes reden.«

»Wir dürfen jetzt auf keinen Fall auch nur einen Millimeter von meiner Linie abweichen, das heißt, wir machen keine Lira zusätzlich locker, denn der Fehler liegt bei einem von den beiden, und uns kann es auch scheißegal sein, bei wem, Aldo hat jedenfalls genug Zeit gehabt, um die Kosten auszurechnen, er hat den Voranschlag unterschrieben und die Anzahlung kassiert, und jetzt muß die Arbeit programmgemäß weitergehen und darf sich um keinen Tag verzögern, wenn wir nicht wollen, daß alles platzt und wir als Versager dastehen, die ihre Verpflichtungen gegenüber den neuen Kunden nicht einhalten, und daß unser guter Ruf ruiniert wird und die Leute sich über uns lustig machen und wir die Einkünfte von Monaten verlieren und wieder in der Scheiße stecken.«

Obgleich sie im Plural sprach, schien sie nicht zu erwarten, daß ich mich einmischte: Sie war für den Alleingang bestens gewappnet. Ich hatte praktische Probleme jahrelang auf sehr wirkungsvolle und nötigenfalls auch knallharte Art und Weise angepackt und gelöst, war mit Dürre und Frost und lahmenden Pferden, mit undichten Dächern und Geldmangel fertig geworden, mit Stürzen von nicht versicherten Kunden, der Launenhaftigkeit von Nachbarn und den Auseinandersetzungen mit Heulieferanten und Tierärzten und Jägern und mit Grenzstreitigkeiten und Erpressungen seitens der lokalen Gesundheitsbehörden, aber all diese Fähigkeiten, die ich mir angeeignet hatte, erschienen ihr jetzt genauso unbrauchbar wie mir. Beide bedienten wir uns der Folgen meines Sturzes als Schutzschild und Trennwand, als eine gute Rechtfertigung, uns mit wachsender Geschwindigkeit voneinander zu entfernen. Es gab mir ein Gefühl der Leere und der unverhofften Freiheit; ich kam mir gemein vor und fühlte mich zugleich beschwingt, unsicher in bezug auf meine Bewegungsmöglichkeiten, ich sagte: »Das, worüber ich mit dir sprechen wollte, ist aber auch ziemlich dringend.«

»Und worum geht's?« fragte Anna und rang den sie beherrschenden Gedanken mühsam ein Fitzelchen Aufmerksamkeit ab.

»Um uns.«

Sie verzog den Mund. »Muß das jetzt sein?«

Mir fiel ein, wie oft ich ihre Lippen aus der Nähe betrachtet und im Geist korrigiert und weicher gezeichnet hatte; wie oft ich ihre Art zu reden und sich zu bewegen und ihr ganzes Auftreten im Geist korrigiert hatte, um ihrem Bild das des Menschen überzustülpen, als der sie mir anfangs erschienen war. Ich sagte: »Ja. Macht aber nichts.«

»Verschieben wir's auf später, ja?« sagte sie, und ihr Blick und ihr Atem und ihre Beinmuskeln zogen sie bereits zur Tür und hinaus zur Baugrube für die neuen Ställe, die sie mit so viel verzweifelter Entschlossenheit haben wollte.

Ich blieb in der Bar stehen und betrachtete die Fotos an der Wand, mit Pferden und Besuchern des Reiterhofs. Ich dachte an die vielen Abende, die ich hier im ersten Jahr allein verbracht hatte; an all die Abende mit Anna, an denen wir Punkt für Punkt besprachen, was wir tagsüber gemacht hatten und was wir am nächsten Tag machen wollten. Ich dachte an all die kalten

Winter und all die heißen Sommer, an die zyklische Wiederholung, die uns vorangetrieben hatte, ohne daß wir noch einen Unterschied zwischen Vergnügen und Langeweile sahen; an die Abende, an denen ich mich geborgen fühlte, sobald sich die dünne Holztür hinter mir schloß; an die vielen Male, an denen ich mich eingesperrt fühlte und es nicht zugeben wollte.

Ich ging wieder ins Schlafzimmer hinauf und stieg auf einen Stuhl; zerrte mit viel Mühe meinen alten Lederkoffer vom Schrank. Er war schrumplig und hart wie ein ausgestopftes Tier, ganz steif vom Nichtbenutztwerden. Auf dem Fußboden klappte ich ihn auf: Er roch muffig, die Gummibänder innen waren brüchig und ausgeleiert. Ich stellte mir vor, wie ich ein paar unentbehrliche Dinge hineinwarf, eine Nachricht für Anna schrieb und ging. Ich sah die ganze Sequenz vor mir, jede einzelne Bewegung, aber mit der gleichen unwirklichen Genauigkeit, mit der ich mir auch hätte ausmalen können, wie ich aus dem Fenster springe oder unsere neuen Kunden erschieße oder den ganzen Reiterhof in Brand stecke.

Wieder fiel mir Alberta ein: die großzügige Art, wie sie die Füße auf dem Boden aufsetzte und lächelte und die Hände bewegte, die reibungsfreie Atmosphäre in ihrem verwahrlosten Haus; die unverhoffte Körperberührung zwischen ihr und mir in der Küche. Ich war mir nicht sicher, was ich für sie empfand, aber sie tauchte immer wieder in meinen Gedanken auf und erfüllte mich mit Unruhe; ich hatte Lust, sie wiederzusehen und ihre Stimme zu hören, Signale auszusenden und zu empfangen, nicht länger zu warten.

Mit dem Fuß schob ich meinen alten Koffer unters Bett, ging nach unten und zur Tür hinaus. Anna stand noch immer mit dem Maurermeister Aldo an der Baustelle, sprach in ein Handy, das sie sich von ihm ausgeliehen haben mußte, und kickte mit nervösen Fußtritten die helle Erde weg. Mich überkam eine Anwandlung, zu ihr zu gehen und ihr mit der bedingungslosen Solidarität, die wir einander immer entgegengebracht hatten, bei der Lösung des Zementproblems zu helfen, die Distanz zwischen uns wieder zu schließen; aber es währte kaum eine Sekunde. Gleich darauf war ich so weit von ihr weg wie die Erde vom Mond und ging rasch zu dem alten Renault, ohne ihr auch nur zuzuwinken.

Ich fuhr langsam, denn ich konnte nicht gerade sitzen und spürte jedesmal, wenn ich auf das Kupplungspedal trat, einen Stich in der Hüfte; an der Weggabelung schlug ich die Straße zu Albertas Haus ein. Ich wollte mir nicht vorstellen, was für ein Gesicht sie machen würde, auch nicht, was sie denken würde, und schon gar nicht, was zwischen uns geschehen könnte. Ich dachte an nichts Bestimmtes: Mein Kopf war voller Erwartungen, die so unstet waren, daß ich sie nicht stoppen konnte.

Das hölzerne Gartentürchen stand weit offen; mein Herz schlug rascher, als ich in die Zufahrt bog. Aber auf dem kleinen Platz vor dem Haus stand nicht Albertas roter Kastenwagen, sondern eine auf einer Seite eingedellte dunkelblaue Limousine, die ich noch nie gesehen hatte. Ich schaltete den Motor aus und ging auf die Haustür zu, den in ihrer Abwesenheit heimlich zurückgekehrten alten Riccardo im Kopf, oder Diebe, die plünderten, was noch übriggeblieben war. Ich griff mir einen Hackenstiel, der an der halb eingestürzten Pergola lehnte, trat durch die Haustür. Ich war mir nicht sicher, ob ich in meiner Verfassung wirklich eingreifen könnte, aber ich war in einem Zustand zunehmender Orientierungslosigkeit, ich fand keinen triftigen Grund, warum ich vorsichtig sein sollte.

Die unordentliche Leere in der Küche war unverändert, nur war das Licht kälter, und die Temperatur war gesunken, alle Flächen wirkten unvergleichlich viel härter. Vom Wohnzimmer her hörte ich knarrende Schritte; mit dem erhobenen Stock in der Hand ging ich, so schnell ich konnte, von einem Zimmer ins andere.

Im Wohnzimmer stand ein dicker Kerl in blauem Sakko und grauen Hosen; er fuhr erschreckt herum, sagte: »Wer sind denn Sie?«

»Und wer sind *Sie*?« fragte ich in Angriffshaltung, den Stock in der rechten Hand.

»Maggi, von der Agentur«, sagte der Typ; seine Bräune wirkte unnatürlich, seine Haare waren mit viel Gel zurückgekämmt, und er hatte große dunkle Kalbsaugen. »Hat die Signora Sie nicht informiert?«

»Worüber?« fragte ich. Ich war überaus enttäuscht, Alberta nicht anzutreffen; ich fand sein Gesicht unerträglich.

»Über die Hausbesichtigung«, sagte Maggi. »Wegen der Schätzung.«

»Sie meinen Alberta?« fragte ich.

Maggis Blick veränderte sich. »Sagen Sie mal, wer sind Sie überhaupt?«

»Wohin ist sie gegangen?« fragte ich mit einem Verlustgefühl, das mir außer Kontrolle geriet.

»Sind Sie der Ehemann?« fragte Maggi; er hatte eine Art, sich mit leichtem Druck an den Kopf zu fassen, als wolle er eher sein Bild von sich selbst bekräftigen, als sich die Haare glattstreichen.

»Ich bin nicht der Ehemann«, sagte ich. »Wo ist sie hingefahren?«

»Die Signora ist in Rom«, sagte Maggi mit einem Blick auf meinen Stock. »Wer sind Sie?«

»Ich bin ein Freund von ihr«, sagte ich und dachte, daß dies nicht die richtige Definition war, daß es aber auch keine bessere gab. »Hat sie Ihnen keine Telefonnummer oder Adresse hinterlassen?«

Maggi faßte sich an den Kopf, sagte: »Wir dürfen keine persönlichen Daten der Kunden weitergeben. Wenn Sie an der Immobilie interessiert sind, können Sie sich einen Besichtigungstermin geben lassen.«

»Ich bin nicht an der Immobilie interessiert«, sagte ich, und mein Ton und mein Blick und die Art, wie ich auf den Hackenstiel gestützt dastand, mußten das Bild eines so bedenklichen Gleichgewichts bieten, daß er schließlich Albertas Nummer in Rom herausrückte, als hätte ich sie ihm gewaltsam abgepreßt.

FÜNF

In Rom stellte ich das Auto auf einem der Parkplätze längs des Tibers ab und lief durch den lärmenden Verkehr drauflos. Die Stadt hatte eine sonderbare Wirkung auf mich, jetzt, da ich sie von innen und fast aus dem Stillstand sah, nachdem ich jahrelang immer nur hergerast war, um meinen Sohn abzuholen oder etwas einzukaufen oder rasch das Nötige zu erledigen, und noch schneller wieder hinaus aufs Land gefahren war. Fassungslos beobachtete ich, wie sich Bewegungen und Absichten und Zielrichtungen ungestüm übereinanderlagerten: Ich schien die Fähigkeit verloren zu haben, gleichzeitig ausgesandte Botschaften zu entziffern, und hatte mich daran gewöhnt, statt dessen immer nur eins und eins zusammenzuzählen. Ich ging schwerfällig und schaute mich um wie ein entsprungener Häftling, der an jeder Ecke fürchtet, erkannt und festgenommen zu werden.

Aber da war niemand, der mich erkannte; ich hätte mit der gleichen Gemütsverfassung durch jede andere Stadt der Welt laufen können und wäre überall dem gleichen absoluten Mangel an Reaktionen begegnet. Es erschreckte mich, daß fünf Jahre Landleben das Geflecht meiner städtischen Beziehungen so zerfasert hatten, daß nichts mehr davon übriggeblieben war. Auf einem von mechanischen Geräuschen überfluteten kleinen Platz blätterte ich mein Adreßbuch durch; es war beängstigend dünn und leer, wenn ich den Sattelhersteller, den Hufschmied, den Tierarzt, den Heulieferanten und die fünf, sechs Uraltkunden des Reiterhofs ausklammerte, mit denen ich über nichts als über Pferde hätte reden können. Ich dachte an die zehnmal dickeren und volleren Adreßbücher, die ich in anderen Phasen meines Lebens geführt hatte: an die seltsam klingenden ausländischen Namen, an die Adressen, die ich nur ein einziges Mal oder nie aufgesucht hatte, die aber dennoch als Rückversicherung darin geschrieben standen, an die Vielfalt von Gesichtern und Stimmen und Orten und Atmosphären, die ich zu jener Zeit abrufen konnte, einfach indem ich mit dem Finger an den Buchstaben entlangfuhr. Die einzigen Telefonnummern, die mich nicht an Pferdehufe und Mähnen erinnerten, waren jetzt die neben den Namen meines Sohns und meiner beiden Schwestern und meiner Mutter sowie der Mutter meines Freundes Diego Ulmari, der seit über sieben Jahren irgendwo in Ozeanien verschwunden war.

Doch da stand die Nummer von Alberta, fast unleserlich, so wie ich sie nach den Angaben von Maggi, dem Immobilienmakler, hingekritzelt hatte, und obwohl ich nur dieser Nummer wegen in der Stadt war, stürzte sie mich jetzt in Widerstreit zwischen Optimismus und Ungewißheit. Ich hätte gern mit vergleichbarem Elan angerufen, mit dem ich vom Reiterhof abgefahren war, aber ich brachte es nicht fertig. Ich ging vor einer überfüllten Bar auf und ab und sah dabei immer wieder unsere durch nichts vorbereitete, unkommentiert gebliebene Kußszene vor mir, ich hörte ihre Stimme, als sie mich zum Reiterhof zurückgefahren und »bis bald« gesagt und in ihrer offenen Art gelächelt hatte, bevor sie unter Annas Blick weggefahren war und schon wußte, daß ich sie am nächsten Tag nicht mehr in ihrem Häuschen antreffen würde. Aber diese Gedanken brachten mich nicht weiter; mir war immer noch nicht klar, ob ich allzu skeptisch oder allzu schwärmerisch war oder ob ich seit meinem Sturz einfach zuviel grübelte.

Ich trat in die Bar, schlängelte mich durch die Menge der Büroangestellten, die sich an den kleinen Tischen sitzend oder stehend oder am Tresen lehnend mit Reiskroketten und Focaccia und Lasagne vollstopften und ununterbrochen quasselten und mit lüsternen Blicken umherschauten. Ich ging zielstrebig zum Telefon, schob eine Münze in den Schlitz und hackte Albertas Nummer in die Tasten, während würzige und moschusartige und fruchtige Parfüms auf mich eindrangen, augenzwinkernde Blicke und gestikulierende Hände, Kragen, Krawatten, Mokassins, Manschetten, Strümpfe, Uhren, Fingernägel, Haare. Ich wartete auf Albertas Stimme und fragte mich, ob es mir mit etwas Übung wieder gelingen würde, Signale so auszusortieren wie früher, bevor ich aufs Land gezogen war, oder ob ich schon an einer Art dauerhafter Immunschwäche litt und in der kleinsten Menschenansammlung in Gefahr geriet.

Albertas Stimme ertönte, nachdem es etwa zehnmal geklingelt hatte und ich mit nahezu gleich großen Anteilen Enttäuschung und Erleichterung eben wieder auflegen wollte. »Wer ist da?« sagte sie, nicht gerade freundlich.

»Ich bin's, Luca«, sagte ich.

»Wer?« fragte sie; im Hintergrund bellte der Hund Speke.

»Luca!« sagte ich. »Der mit den Pferden. Den du ins Krankenhaus gebracht hast!« Ich warf die Worte hin wie Baumaterial für eine Notbrücke über den Graben ihres Mich-nicht-Erkennens. »Mit dem du gestern im Garten Nudeln mit Tomatensoße gegessen hast.«

»Ach ja, Luca«, sagte sie. Sie klang zerstreut; im Hintergrund bellte der Hund. »Wie geht's?«

»Ganz gut«, sagte ich, was überhaupt nicht stimmte, ich war noch mehr von Enttäuschung durchdrungen als vorhin, als ich sie nicht in ihrem Häuschen angetroffen hatte. »Ich bin für ein paar Stunden in Rom«, sagte ich. »Ich dachte, wir könnten uns vielleicht sehen. Wenn du Zeit hast, meine ich.«

»Moment, warte mal«, sagte sie. Das Hundegebell überlagernd, hörte ich die helle Stimme des kleinen Arturo; die Geräusche im Telefon vermischten sich mit den Geräuschen in der Bar.

Ich hätte nicht genau sagen können, was ich erwartet hatte, aber das gewiß nicht; ich dachte, daß ich in meiner augenblicklichen Lage irgend etwas tun mußte, um ein Minimum an Weltgewandtheit zurückzugewinnen, wenn ich nicht endgültig zum Eremiten werden wollte, daß ich aber auf keinen Fall jemals wieder eine Unbekannte küssen durfte.

»Hallo?« sagte Alberta mit einer Atemlosigkeit, die in keiner Weise mit mir zusammenzuhängen schien.

»Wenn es zu umständlich ist, verschieben wir es auf ein andermal, macht nichts«, sagte ich, drauf und dran, wieder einzuhängen.

»Nein, nein«, sagte sie. »Ich würde dich gern sehen.«

»Wann?« fragte ich, die Ohren voller Hundegebell

und Geschrei, Gelächter von Unbekannten und Zurufen an die Kellner.

Sie zögerte erneut. »Paßt es dir gegen drei? Was meinst du?«

»Gut«, sagte ich, fast erdrückt vom Gedränge in der Bar und von Albertas zerstreutem Ton.

Sie gab mir die Adresse und nannte mir das Kürzel, das auf der Klingel stand, und legte ohne bestätigende oder ermutigende Worte auf.

Ich blieb ein paar Sekunden stehen und sah auf die wogende Front von Augen und Händen und Mündern, dann rief ich meine Exfrau an und fragte, ob ich meinen Sohn von der Schule abholen und mit ihm zu Mittag essen könne.

»Wieso bist du in Rom?« fragte meine Exfrau mit wegen ihrer klassischen Abneigung gegen spontane Unternehmungen ganz steif klingender Stimme.

»Zufällig«, sagte ich und sah auf die Uhr. »Also?«

»Wenn du pünktlich bist«, sagte meine Exfrau. »Und wenn du ihn hinterher gleich nach Hause bringst, er muß Schulaufgaben machen.«

»Ja, ja, einverstanden«, sagte ich und setzte schon zum Durchqueren der Menge von Essenden und Redenden und Schauenden an.

Bis zur Schule meines Sohns war es nicht weit, drei nach halb eins war ich dort; gleich würden die Schüler auf die Straße strömen. Einige Mütter und Väter von Fünftkläßlern warteten in kleinen Grüppchen, an gigantische Motorroller oder in zweiter Reihe geparkte Autos gelehnt, zum Portal gewandt oder miteinander plaudernd, wobei sie immer wieder zur Seite oder nach hinten blickten. Ich kannte sie vom Sehen, von meinen

Stippvisiten jeden zweiten Freitag, aber sie waren mir nicht sympathisch. Sie sahen aus wie aufgeblasene ehemalige Schüler, jeder Gesichtszug und jede Gebärde vergröbert und von der Welt endgültig bestätigt. Ich sah mir die blondierten Köpfe und die Plateausohlen der Frauen und die ausrasierten Nacken und kleinen Sonnenbrillen der Männer an, ihre Art, die Nasenlöcher zu blähen und auf den Füßen zu wippen und mit kaum geöffnetem Mund zu lachen und die Hände in die Taschen zu schieben. Ich spürte ihre ständigen Bemühungen, mit der Welt Schritt zu halten: die Konzentration auf sich selbst, die sie wie ein Mühlstein zermürbte.

Ich dachte daran, daß Anna und ich jahrelang kaum in den Spiegel geschaut und keine Kleider gekauft und uns nicht um unser Äußeres gekümmert hatten; heftiges Mitleid mit ihr durchzuckte mich, weil sie immer versucht hatte, mir zu gleichen, und ihre bescheidenen, aber ehrlichen Bemühungen ganz darauf ausgerichtet hatte, etwas Dauerhaftes aufzubauen. Gleich darauf kam mir wieder Alberta in ihrem Haus auf dem Land in den Sinn, das sie nun nicht mehr bewohnte: die entspannte Atmosphäre, das offenherzige Lächeln, der unerwartete Körperkontakt.

Das Portal wurde aufgestoßen, und ein Strom von kreischenden und gestikulierenden Jungen und Mädchen kam heraus, alle so gleichermaßen unbekannt, daß mir angst wurde. Mit fast schmerzhafter Konzentration tastete ich ein Gesicht nach dem andern ab, auf der Suche nach etwas Vertrautem, das es ebensogut nicht hätte geben können. Schließlich aber sah ich meinen Sohn in der nun schon übersichtlicher gewordenen Menge und rief »Paolo!« in einer Lautstärke, die eher für ein hundert Meter entferntes Pferd auf der Weide angebracht gewesen wäre. Er drehte sich in meine Richtung, mehr bestürzt als überrascht.

Wir aßen in einem Lokal, in dem es Pizza vom Blech gab; es war voller, als mir lieb war, aber etwas Besseres war mir nicht eingefallen; wir mußten lange im Gedränge warten, bevor wir bedient wurden und zwei Plätze an einem langen Holztisch fanden. Mit der Fähigkeit, Signale zu erkennen, war mir auch die Vertrautheit mit geschlossenen Räumen abhanden gekommen; ich mußte meine Aufmerksamkeit immer wieder bewußt auf meinen Sohn richten, während ich ihn zum Sprechen zu bringen suchte.

Er hatte keine Lust dazu, er war müde und hungrig, und es waren auch kaum zwei Tage vergangen, seit er mich auf dem Land besucht hatte; in der Zwischenzeit hatte sich weder an seiner Situation noch an unserer Beziehung etwas geändert. Ich löcherte ihn mit Fragen über Lehrerinnen und Schulkameraden, Schulfächer und Lehrstoffe, versuchte seinen Blick einzufangen und festzuhalten, wobei mir sehr wohl bewußt wurde, daß ich selbst viel zu unaufmerksam war. Um es wettzumachen, hob ich die Stimme und fuchtelte mit der rechten Hand herum, suchte nach Worten im allgemeinen Wortgetöse, aber sie waren alle gleichermaßen unangebracht und unwirksam.

Ich sah mich auf einmal mit seinen Augen, eine Art unzeitgemäßer Hippie, wie Anna sagte, besessen von seinen paar fixen Ideen und unfähig zuzuhören, weltfremd und durch einen lächerlichen Sturz schwer lädiert. Es kam mir absurd vor, daß ich ganz selbstverständlich davon ausgegangen war, er amüsiere sich, wenn ich ihn auf den Sattelplatz schleppte oder ihn mit technischen Informationen und Geschichten und Charaktermerkmalen von Pferden traktierte, während seine Neugier Jahr für Jahr schwächer wurde und sich schließlich ganz woandershin wandte. Ich dachte an die Haltung, die ich ihm gegenüber eingenommen hatte, als wäre jede Geste eine Gelegenheit, ihm eine Weltsicht darzulegen, aus der seine Stadt und seine Mutter und seine Freunde und die Schule und seine Spielsachen und alles, was ihm wichtig war, ausgeschlossen waren, und daß ich ihn damit wahrscheinlich dazu gebracht hatte, Pferde und die Natur im allgemeinen zu hassen; und dann hatte ich von einem Augenblick zum andern selbst das Interesse daran verloren und wußte nicht einmal, wie ich es ihm erklären sollte.

Ich fragte: »Würdest du dich freuen, wenn ich nicht mehr auf dem Land leben würde?«

»Was?« fragte er.

»Wenn ich Schluß machen würde«, sagte ich. »Schluß mit dem Landleben und Schluß mit den Pferden. Schluß mit allem.«

Er hörte auf, seine Pizza zu kauen. »Wieso denn das?«

»Weil alles mal zu Ende ist«, sagte ich. »Man hat es irgendwann satt. Man ändert sich.«

»Und die neuen Fohlen?« fragte mein Sohn. »Und der alte Tico? Und Oskar? Und Pamina?«

»Um die kümmert sich dann Anna«, sagte ich. »Sie kann sehr gut mit Pferden umgehen.«

»Wieso, bleibt sie denn dort?« fragte mein Sohn und sah mich so durchdringend an, daß ich mich unbehaglich fühlte.

»Ja«, sagte ich. »Sie würde weitermachen. Es ist ihr Job. Es gefällt ihr.«

»Und was ist dein Job?« fragte er: ein elfjähriges Kind getrennt lebender Eltern, dessen Weltsicht viel zuverlässiger war als meine.

Ich sagte: »Ach, ich hab schon andere Dinge gemacht, vor den Pferden. Das kann ich jetzt auch wieder machen.«

»Was zum Beispiel?« fragte er.

»Alles mögliche«, sagte ich. Es schien mir unvorstellbar, daß ich nie mit ihm darüber gesprochen hatte; daß ich ihm eine so eindimensionale und nur wenige Jahre zurückreichende Sicht meines Lebens vermittelt hatte, als hätte ich von Geburt an in der Abgeschiedenheit des Reiterhofs gelebt, ohne je von einem Zweifel oder irgendeiner nach außen gerichteten Neugier auch nur gestreift worden zu sein. »Iß deine Pizza«, sagte ich.

»Was genau?« fragte er und aß immer noch nicht weiter.

»Das letzte war die Sache mit den Filmen«, sagte ich.

»Du hast Filme gemacht?« fragte mein Sohn. Seine Augen waren den meinen sehr ähnlich, aber die Gesichtsform hatte er von seiner Mutter; jetzt drückten alle seine Züge ein dringendes Verlangen nach ganz präzisen Antworten aus.

»Nein«, sagte ich. »Es waren schon fertige Filme. Ich habe sie im Ausland gesucht und nach Italien gebracht und übersetzt. Du weißt schon, ausländische Filme, die du dir hier anguckst, in denen aber italienisch gesprochen wird.«

»Du warst Filmimporteur?«

»Verleiher nennt man das«, erklärte ich und hatte das Gefühl, im Vergleich zu ihm und seiner ständigen Weiterentwicklung zum Erwachsensein hoffnungslos zurückgeblieben zu sein. »Das ist jemand, der Filme importiert und dafür sorgt, daß sie gezeigt werden.« Ich war schweißnaß, es strengte mich mehr an als körperliche Arbeit. »Capito?«

»Ja«, sagte er, nicht ganz überzeugt. »Und wann war das?«

»Früher«, sagte ich. Die Pizza war mir im Hals stekkengeblieben, ich brachte jetzt selbst keinen Bissen mehr hinunter. »Das war das letzte, was ich gemacht habe, vor den Pferden.«

»Und wo hast du das gemacht?« wollte mein Sohn wissen.

»Hier in Rom«, sagte ich. »Du müßtest dich eigentlich noch dran erinnern, oder?«

»Hab ich die Filme gesehen?«

»Einen oder zwei vielleicht«, sagte ich, aber ich erinnerte mich auch nicht mehr. »Es waren aber keine Kinderfilme. Iß jetzt deine Pizza.«

»Und warum hast du damit aufgehört?«

»Es hat mir keinen Spaß mehr gemacht«, sagte ich. »Ich hatte Lust, was anderes zu machen. Ich hatte das Bedürfnis nach Weite und nach etwas Neuem.« Auch jetzt hatte ich das Bedürfnis nach Weite, im Stimmengewirr und in der Hitze der gedrängt sitzenden Menschen, unter seinem bohrenden Blick und den neugierigen Gesichtern unserer Tischnachbarn.

»Und Mama?« fragte mein Sohn.

»Mama was?« sagte ich. Ich wäre gern draußen an der frischen Luft gewesen, ein Stück gelaufen.

»Warum ist sie nicht mit aufs Land gegangen?«

»Weil wir uns nicht mehr verstanden haben«, sagte ich und trank einen Schluck von dem zu kalten Mineralwasser. »Wir haben uns getrennt, und ich bin aufs Land gegangen.«

»Habt ihr gestritten?«

»Hin und wieder«, sagte ich. Auch darüber hatten wir nie wirklich geredet, sondern immer nur beiläufig oder zu oberflächlich und ohne ganz aufrichtig zu sein. »Wir hatten uns einfach satt«, sagte ich. »Wie wenn du einen Freund oder Schulkameraden satt hast, weißt du? Ohne daß er dir was Böses getan hat, nur daß er eben so ist, wie er ist, und überzeugt ist, zu wissen, wie du bist.«

»Ja«, sagte er und nickte kaum merklich.

»Das schlimmste daran ist, daß jeder von beiden so genau zu wissen glaubt, wie der andere ist, daß er ihm überhaupt keine Freiheit mehr läßt, irgendwie anders zu sein.«

Mein Sohn sah mich ohne ein Zeichen von Einverständnis oder Mißbilligung an.

»Wenn alle beide meinen, sie hätten sich schon alles gesagt und alles miteinander gemacht, was sie sich sagen und miteinander machen können, und keine Überraschung mehr voneinander erwarten, nicht mal die allerkleinste.«

Er bedeutete mir, leiser zu sprechen, obwohl es in der ehemaligen Werkstatt mit Gewölbedecke so laut war, daß ich mein eigenes Wort kaum verstand.

Ich sagte: »Wenn es so weit gekommen ist, daß dich am andern die Form seiner Nase stört oder die Art, wie er beim Trinken das Wasser runterschluckt, weißt du?

Es ist nicht seine Schuld und auch nicht deine, keiner von beiden kann etwas dafür.«

»Ja, ja«, sagte er mit gesenktem Blick, als wären ihm meine Erläuterungen peinlich.

»Na ja, war nur so eine Idee von mir, wieder in die Stadt zu ziehen. Es steht noch nicht fest. Ich wollte nur wissen, was du davon hältst. Und jetzt iß deine Pizza, sonst wird sie kalt und ekelhaft hart.«

Er biß mit vorgeschobenen Zähnen ein Stück ab und sah dabei aus, als hätte ich soeben das Weltbild zerstört, das er sich in den letzten Jahren mühsam aufgebaut hatte.

»Was machst du so ein Gesicht? Hab ich dich durcheinandergebracht?«

»Nein«, sagte er mit seinem Stück Pizza in den Händen, die viel größer waren, als ich sie in Erinnerung hatte. Mir fiel ein, wie ich ihm zum ersten Mal die Fingernägel geschnitten hatte: meine Bestürzung angesichts der wunderbaren Winzigkeit seiner Finger.

Ich sagte: »Du siehst so verdammt verunsichert aus, als hätte ich dir wer weiß was gesagt. Hättest du denn lieber einen ganz normalen Vater? Einen, der jeden Morgen ins Büro geht und feste Arbeitszeiten hat? Der jedes Jahr Urlaub am selben Ort am Meer bucht, damit du genau das gleiche machen kannst wie im Jahr zuvor?«

»Nein«, sagte er, aber sein Gesicht sagte vielleicht eher ja.

»Doch, es wäre dir lieber«, sagte ich und dachte, daß er mit mir auch nicht gerade viel Spaß hatte, daß es ihm nicht viel gebracht hatte, einen nicht normalen Vater zu haben.

»Nein«, sagte er.

»Wie sollte ich denn sein?« fragte ich. Zum Selbstschutz hätte ich ihn gern ebenso unter Druck gesetzt wie er mich, aber meine Macht als Erwachsener hätte das Ganze zu unfair werden lassen; ich sagte: »Wie hättest du mich gern?«

»So wie du bist«, sagte er. »Daß du auf dem Land lebst und mit Pferden arbeitest und alles. Das ist schon in Ordnung.«

»Aber wenn es dir auf dem Land doch todlangweilig ist«, sagte ich so laut, daß sich zwei Tischnachbarn nach uns umdrehten. »Neulich hast du dich für gar nichts mehr interessiert, das hab ich doch gesehen.«

»Schon, aber es ist ja auch nicht mein Job, sondern deiner«, sagte mein Sohn.

»Wieso ist es mein Job?« fragte ich. »Wer zum Teufel sagt das?«

»Du«, meinte er.

»Und wenn ich will, kann ich es mir anders überlegen«, sagte ich mit wütender Unduldsamkeit, weil ich mich in die Enge getrieben fühlte. »Und ich hab es mir anders überlegt, denn ich bin frei, und ich bin erwachsen. Glaub bloß nicht, daß du einen Vater hast, der nur, weil es dich beruhigt, wie ein Esel immer im alten Trott weitermacht, wenn ihn etwas nicht mehr interessiert und begeistert und ihm keinen Spaß mehr macht.«

Er legte sein Stück Pizza auf den Teller zurück und sah mit der abweisenden Miene, die er jedesmal aufsetzte, wenn wir uns stritten, zur Seite.

Und von einer Sekunde zur andern schlug mein ganzer Zorn in reines Bedauern um: Ich dachte, daß ich nie wirklich mein Bestes gegeben hatte, es nie genügend versucht hatte. »Jetzt sei nicht beleidigt«, sagte ich. »Ich ertrage es eben nicht, wenn du mich wie einen Esel behandelst.«

Er sah mich immer noch nicht an, sein Gesicht war das einzige unbewegte unter Dutzenden von Gesichtern, die keinen Augenblick stillhielten.

»Das kannst du doch verstehen, oder?«

Er sah mich nicht an, er schaute auf irgendeinen unbestimmten Punkt.

Ich berührte ihn am Arm. »Na komm.«

Er rückte von mir ab, sagte: »Laß mich in Ruhe.«

»Du brauchst mich nur so zu behandeln, wie du irgendeinen deiner gleichaltrigen Freunde behandeln würdest, anstatt mich wie einen bescheuerten alten Esel zu behandeln.«

»Du bist kein gleichaltriger Freund«, sagte mein Sohn.

Einer der Tischnachbarn, der vermutlich bei irgendeiner Partei oder bei einem Ministerium arbeitete, starrte mich an wie eine Schnecke; ich sagte zu ihm: »Kümmern Sie sich gefälligst um Ihre Pizza!«

Mein Sohn verschloß sich noch mehr; er haßte alle Bekundungen von Mißstimmung.

Aber er war trotz allem ein elfjähriger Junge; nachdem wir hinausgegangen und schweigend ein Stück gelaufen waren und ich ihm mindestens dreimal gesagt hatte, daß es mir leid tue, entspannte er sich schließlich. Er lächelte sogar und fragte mich, ob ich ihm eins der Videospiele mit endlosen Verfolgungsjagden und vielfachen Morden kaufen würde, das er bei einem Schulkameraden ausprobiert hatte.

An der Haustür, die einmal auch meine war, machte ich kehrt; seinen zerstreuten Abschiedsgruß und seine dicksohligen Segeltuchschuhe noch vor Augen, ging ich den Bürgersteig entlang, erfüllt von einem zähen Gemisch aus Traurigkeit und Ungeduld und Schuldgefühlen, Lust auf Neues, Lust, alles beim alten zu lassen. Ich fragte mich, welche langfristigen Auswirkungen ein instabiler Vater auf ein Kind haben konnte; ob Instabilität auch für den, der sie erleiden muß, eine kreative Seite hat, oder nur für den, der sie verursacht.

Ich überquerte den Fluß und kehrte zum Auto zurück, fuhr zur Adresse, die Alberta mir am Telefon genannt hatte, in den alten Stadtteil mit niedrigen, zwischen den Fluß und einen kleinen Berghang eingebetteten Häusern. Die Nummer war fast am Ende einer kopfsteingepflasterten schmalen Straße mit kleinen Autowerkstätten und Schreinerbetrieben im Erdgeschoß der Häuser; als ich ausstieg, mischten sich die vibrierenden und hämmernden Laute in das ununterbrochene Rauschen des Verkehrsstroms auf der Uferstraße hinter mir.

An der Gegensprechanlage suchte ich nach dem Kürzel H_2O, das Alberta mir genannt hatte, und fand es sofort, aber ich klingelte nicht. Mein Herz war von Ungewißheit erfüllt, mein ganzer Körper voller widersprüchlicher Empfindungen. Ich blickte nach oben: auf die rötliche Fassade des zweistöckigen kleinen Gebäudes, auf die teils offenen, teils geschlossenen Fensterläden, die Fensterbänke, die spiegelnden Glasscheiben. Ich kam mir vor wie einer, dem das richtige Werkzeug fehlt, wenn er es am dringendsten braucht, und der seine Ausrüstung verloren hat, die er sich im Lauf der Jahre, ungeachtet aller Mißverständnisse und Enttäuschungen, zugelegt hatte; meine Füße und meine Schultern waren schwer, der Kopf voll gewichtiger, aber unbrauchbarer Gedanken.

Mit schleppendem Schritt ging ich bis ans Ende der Straße und horchte auf die Geräusche, atmete den Geruch von Ziegelsteinen, feuchten Kleidern und Katzenpisse. Man kam sich wirklich wie in einem der Stadt eingemeindeten alten Dorf vor; der im Hintergrund aufsteigende Hügel war dank eines glücklichen Versäumnisses der Garten- und Parkverwaltung ganz mit wilden Bäumen und wucherndem Gebüsch bewachsen. Mir fiel ein, daß ich vor vielen Jahren schon einmal in dieser Straße war, aufgekratzt und als Ninja-Krieger maskiert, mit einem als Tuaregfrau verkleideten Mädchen, auf einer Karnevalsparty in einem Haus mit Musik und Lichtern und übermütigen Leuten, die ich nicht kannte. Ich fragte mich, wie es dahin kommen konnte, daß ich den Schlüssel zum unbeschwerten Umgang mit der Welt, den ich damals besaß, weggeworfen hatte und jetzt hier stand und nicht einmal mehr das unbestimmte Drängen in mir zu deuten wußte. Wut auf mich selbst überkam mich, Lust, die Dinge voranzutreiben: Ich lief zurück zu Albertas kleiner Haustür, klingelte, ohne weiter nachzudenken, an der Gegensprechanlage.

Doch aus dem oxydierten Gitter des Lautsprechers kam kein Ton. Auf der Straße waren weder Menschen noch Autos unterwegs; ich hörte nur Hammerschläge und das Kreischen einer Kettensäge, den fernen Autoverkehr. Ich klingelte noch einmal, obwohl es mir nutzlos erschien; meine Wut auf mich selbst war schon umgeschlagen in Angst vor der Leere.

Dann erwachte die Sprechanlage plötzlich zum Leben, eine Stimme, die nicht Albertas war, fragte: »Wer ist da?«

»Luca«, sagte ich.

»Was willst du?« sagte die Stimme hastig, wie von anderen Gedanken fortgezogen.

Ich fragte: »Ist Alberta da?«, aber am liebsten hätte ich nichts mehr gesagt, mich abgewandt und auf den Weg zum Auto gemacht.

»Worum geht's?« sagte die Stimme aus dem Lautsprecher, auch sie offenbar im Begriff, sich abzuwenden.

»Wir waren verabredet, ich bin ein Freund von ihr, ich wollte sie besuchen«, sprudelten die Erklärungen wie von selbst aus mir heraus.

»Komm rauf«, sagte die Stimme, völlig unbeteiligt; das Haustürschloß schnappte auf.

Und plötzlich hatte ich nicht mehr die geringste Lust, hinaufzugehen und verfügbar zu sein und irgend etwas von irgend jemandem zu erwarten, aber die Haustür war offen, und ich trat ein, stieg zwischen weißgetünchten Wänden eine Steintreppe hinauf. Ich sah mir jede Wohnungstür an, fragte mich, welche wohl die richtige war; ich hoffte im obersten Stockwerk anzukommen, ohne auf irgendeinen Hinweis gestoßen zu sein, um schnell wieder auf die Straße hinuntergehen und davonfahren zu können und alles sausenzulassen.

Doch im dritten Stock war eine Tür nur angelehnt, und Musik drang heraus: Gitarre über langgezogenen Hammondorgelklängen. Ich klopfte an, obwohl mich niemand hören konnte, und trat ein, und da war der Terrier Speke und rannte bellend in einem von Musik durchfluteten kleinen Wohnzimmer hin und her; ein Mädchen, das nicht Alberta war, kniete neben einem blauen Sofa, und Alberta lag mit dem Gesicht nach unten auf dem Fußboden, Arme und Beine wie beim Kraulschwimmen, aber so reglos, daß mir das Herz stillstand.

Ich rief: »Was ist passiert?«, oder vielleicht rief ich gar nichts bei dieser Musik, die sämtliche Frequenzen abdeckte, außer der schrillen des Hundes; ich ging auf das Sofa zu wie im Sog einer gedehnten Frage.

Das Mädchen auf den Knien hob den Blick; sie kam mir bekannt vor, auch wenn ich nicht hätte sagen können, wo und wann ich sie schon gesehen hatte: Ihr weizenblondes Haar war kurzgeschnitten, ihre Augen glichen vielleicht denen von Alberta, gingen aber mehr ins Graue. Ich glaubte sie sagen zu hören: »Sie bewegt sich nicht mehr«, aber ich war mir nicht sicher; ich versuchte ihre Lippenbewegungen zu deuten und versuchte gleichzeitig, mir die mit dem Gesicht nach unten auf dem Boden liegende Alberta und das Zimmer und die überall verstreuten Sachen zu erklären; ich schaffte es nicht, meinen Blick und meine Aufmerksamkeit auf einem Bestandteil der Szene verweilen zu lassen.

»Was ist passiert?« fragte ich noch einmal in die bewegte Fülle der Musik hinein. Ich ging in die Hocke und versuchte, Alberta herumzudrehen, aber sie war schwer und unhandlich, und mein linkes Handgelenk war unbrauchbar, der Hund Speke bellte immer aufgeregter und rannte in Achtern durchs Zimmer.

Das Mädchen mit den kurzgeschnittenen Haaren sagte: »Sie lag so da« oder: »Sie lag schon da« und starrte immer noch aus demselben Blickwinkel aus nächster

Nähe auf Alberta, sagte: »Vor drei Minuten« oder: »Vor fünf Minuten.« Hinter ihr waren von der Zimmerdecke bis zum Fußboden zwei schräge Stoffbahnen in Orange und Blau gespannt; davor stand ein Klavier aus Nußbaumholz.

»Kannst du die Musik abschalten?« fragte ich, denn die Musik überschwemmte meinen Kopf und überschwemmte das Zimmer, warf meine vorgestellten Bilder und möglichen Gesten durcheinander und ließ sie mir unterschiedslos vor den Augen verschwimmen.

Sie begriff nicht; sie strich mit der Hand über Albertas Schläfe, berührte ihren Hals.

»Die Musik!« schrie ich.

Sie sah mich mit bebenden Lippen an.

Auch die Linie ihrer Augenbrauen glich der von Alberta, aber ihr Gesicht war insgesamt klarer und feiner gezeichnet. Als sie zur Stereoanlage ging und sie ausschaltete, meinte ich zu erkennen, daß ihre Bewegungen ausgewogener und geschmeidiger waren als Albertas. Das Wohnzimmer wirkte plötzlich leer ohne Musik. Der Hund Speke erstarrte vor Überraschung und wippte nur noch leicht auf den Pfoten. Auch das Mädchen mit den kurzen Haaren erstarrte, fünf Schritte von mir entfernt. Ich betrachtete sie und betrachtete Alberta in ihrer Haltung einer von der Ebbe überraschten Schwimmerin; mich durchzuckte der Gedanke, daß wir nur reglos so stehenzubleiben brauchten, damit sich alles wieder einrenkte.

Dann kam wieder Bewegung in die Szene, und gleich darauf ging alles zu schnell, jeder Blick und jede Geste und jeder Atemzug wurden so rasch hinweggewirbelt, daß man nur versuchen konnte, hinterherzujagen, ohne zu überlegen. Ich zog meine dicke Jacke aus und warf sie auf den Boden und drehte Alberta auf den Rücken und schob ihr eine Hand unter den Nacken und versuchte sie aufzusetzen; dabei spürte ich einen schmerzhaften Stich in der linken Schulter, aber ich hatte keine Zeit, ihn richtig zu registrieren, ich legte das Ohr an ihren Mund, sie atmete, wenn auch schwach, ich sagte: »Sie atmet«, das Mädchen mit den kurzen Haaren kauerte sich neben mich, sagte: »Es geht ihr schlecht.« Ich sagte: »Bist du ihre Schwester?« Das Mädchen sagte: »Es geht ihr sehr schlecht.« Ich sagte: »Aber sie atmet.« Sie bejahte, ich sagte: »Was ist passiert?« Sie sagte: »Was sollen wir bloß machen?« Ich sagte: »Wie ist es passiert?« Sie sagte: »Sie hat mir nicht geantwortet.« Ich sagte: »Wann?« Sie sagte: »Sie ist einfach umgefallen.« Ich sagte: »Warum?« Sie sagte: »Tabletten.« Ich sagte: »Was für welche?« Sie sagte: »Ich hab's gewußt.« Ich sagte: »Was?« Sie sagte: »Ich hab's gewußt. Ich hab's gewußt.«

Albertas Schwester sprang auf und lief ziellos im Wohnzimmer hin und her, und ich schaute auf ihre nackten Füße und schaute auf ihren Po in den grauen Jeans und schaute erneut in ihre angsterfüllten Augen, als sie sich umwandte, und schaute zu Alberta auf dem Fußboden und konnte nicht glauben, daß sie so reglos dalag, während ich so viele bewegte Bilder von ihr im Kopf hatte; ich versuchte noch einmal, sie aufzusetzen, und dachte daran, wie sie in ihrem ehemaligen Haus auf dem Land herumgelaufen war und geredet und den Oberkörper und die Hüften und den Kopf bewegt hatte in ihrer kindlich-blondbärenhaften Art, und dann gelang es mir, sie aufzusetzen, und ihre Schwester kam herbeigelaufen, und ich sagte: »Wir müssen sie dazu bringen, sich zu erbrechen«, sagte: »Sie muß aufstehen«, aber wir schafften es auch zu zweit nicht, sie auf die Füße zu stellen, sie sackte uns immer wieder zwischen den Händen weg, und ich versuchte, ihren Puls zu fühlen, und fand die richtige Stelle nicht und dachte an den Druck ihres Körpers, als sie sich bei unserem unverhofften und unerklärten Kuß an mich gepreßt hatte, und jetzt lag sie so leblos und schlaff da, und ich wäre gern nützlich und tatkräftig gewesen, aber die Nützlichkeit und Tatkraft rannen mir durch die Finger wie die Zeit und wie das Gefühl für die Dinge, und alles ging drunter und drüber und immer schneller. »Wir müssen jemanden holen«, sagte Albertas Schwester und schob mich weg, ihre Schulter an meiner Schulter, ihr Knie an meinem Knie, ich sah auf ihren Hals, der fast so hell war wie der ihrer Schwester, und sagte: »Einen Rettungswagen«, der Hund Speke sprang aufgeregt herum, ich fragte mich, wo der kleine Arturo war, und Albertas Schwester sagte: »Ich rufe an«, und ich dachte, ich sollte Anna anrufen, dachte an Albertas Tonfall am Telefon, ihre Schwester stand da, und ich schaute auf ihre Füße, keiner von uns tat etwas Nützliches, der Hund Speke kläffte, und sein Gebell bestand aus aneinandergereihten, abgehackten Tönen, *wau wau wau*, bei jedem Kläfflaut ein Rückstoß wie bei einer kleinen Kanone auf Rädern, ich schaute auf die Uhr, ohne etwas zu erkennen, mein Kopf war angefüllt mit Blicken von Anna mit in die Hüften gestemmten Händen in fragender Haltung, in wütender Haltung, in verzweifelter Haltung, ich fragte mich, ob ich in irgendeiner Weise ernsthaft mitverantwortlich war an dem, was Alberta getan hatte, ihre Schwester kam zurück und versuchte, sie wachzurütteln, rief: »Betta«, rief: »Hey«, ich prüfte noch einmal Albertas Puls, tastete seitlich am Hals danach, sagte: »Beruhige dich«, die Pupillen ihrer Schwester waren geweitet, tiefschwarz im Graublau, sie rannte wieder aus dem Wohnzimmer, ich wollte mir meine Erste-Hilfe-Kenntnisse ins Gedächtnis rufen, aber sie bezogen sich nur auf Knochenbrüche und Sturzverletzungen, über Selbstvergiftungen wußte ich nichts, ich versuchte Albertas Arme zu bewegen und dachte dabei an den Hirschkampf zwischen ihr und ihrem Exmann vor ihrem Exhaus, dachte an den weißen Schaum, den er am Mundwinkel hatte, als er mich aus dem roten Kastenwagen zerren wollte, dachte an das Gesicht meines Sohns in der Pizzeria, dachte an die Haustür, die vor meiner Nase ins Schloß gefallen war, dachte an Anna, die von Zementsäcken und Ziegelsteinen sprach, als gehe es um Leben oder Tod, und spürte, *zic*, einen jähen Schmerz am rechten Fußknöchel, der Hund Speke hing mit seinen spitzen kleinen Jagdhundzähnen daran und sprang und kläffte schon wieder an einem anderen Punkt des Wohnzimmers. »Sie kommen«, sagte Albertas Schwester, »die Ambulanz ist da«, sie war nicht mehr barfuß, sondern hatte sich schwarze Ballerinas angezogen, ihre Gestalt war von erstaunlicher Beweglichkeit, sie hielt ein leeres Tablettenfläschchen in der Hand und sagte: »Die hier hat sie genommen«, sagte: »Alle«, das Fläschchen fiel ihr aus der Hand und prallte vom Fußboden ab. Alberta schien jetzt tiefer zu atmen, ihre Schwester lief zwischen dem blauen Sofa und dem Fenster hin und her, ihre Ballerinas auf dem Holzfußboden, das Ganze kam mir wie ein Wettbewerb in Hektik und Verwirrung vor, ich bewegte die Arme ihrer Schwester auf und ab, sie schaute zum Fenster hinaus, sagte: »Wie lange brauchen die denn noch?«, der Hund Speke machte *wau wau wau* und lief Achterkreise und Zickzacklinien, seine inneren Sicherungen schienen kurz davor durchzubrennen, mir tat der Knöchel weh, wo der Hund zugebissen hatte, aber es war nur ein zusätzliches Element im irrsinnigen, abgehackten, sich beschleunigenden und wieder erstarrenden Drunter und Drüber; dann rief Albertas Schwester: »Da sind sie«, und war schon fort vom Fenster und wir beide mit Alberta zwischen uns fort vom Fußboden und an der Tür.

SECHS

Wir saßen, ich weiß nicht, wie lange, stumm und ohne uns zu bewegen auf zwei im rechten Winkel stehenden Bänken in einem eklig anstaltsgrün getünchten Raum in der von Zugluft und Heizungsgluckern, Aufzugrumpeln, Türquietschen, Geschirrklappern und Stimmen am Ende des Flurs durchsetzten Stille.

Es kam mir seltsam vor, zweier Menschen wegen hier zu sein, die ich kaum kannte, und doch konnte ich mir nicht vorstellen, irgendwo anders zu sein. Ich fragte mich, ob es überhaupt jemanden gab, den ich gut kannte, und ob jemanden gut zu kennen heißt, dieselben Wesensmerkmale so oft bestätigt gefunden zu haben, daß man sich, wie ich zu meinem Sohn gesagt hatte, vor Überraschungen sicher fühlt. Bei Anna war ich keineswegs vor der Überraschung bewahrt geblieben, daß ich mich für sie und für das, was wir gemeinsam machten, überhaupt nicht mehr interessierte; und sogar ich selbst, dachte ich, komme mir manchmal ziemlich unbekannt vor.

Albertas Schwester kramte aus ihrem kleinen schwarzen Rucksack ein Päckchen holländischen Tabak und Zigarettenpapier hervor und drehte sich eine sehr dünne Zigarette; als sie merkte, daß ich sie beobachtete, sah sie mich mit herausfordernd blitzenden Augen an.

Ich stand auf, machte ein paar Schritte entlang der Verbindungslinie zwischen den weißen und schwarzen

Bodenfliesen; nahm den Geruch von Desinfektionsmitteln und Gemüsesuppe irgendwo in der Ferne wahr, den würzigen Rauch, als sie die Zigarette anzündete; es schien nicht bloß Tabak zu sein. Immer wieder warf ich ihr einen verstohlenen Blick zu: Mein Mitteilungsbedürfnis war noch verzweifelter als vor Stunden, als ich vom Reiterhof weggefahren war, aber der bloße Gedanke, Wörter hervorzubringen, kostete mich irrsinnige Mühe. Ich überlegte mir unentwegt mögliche Bemerkungen und sagte schließlich: »Seit zwanzig Jahren war ich nicht beim Arzt, und jetzt bin ich innerhalb von ein paar Tagen gleich zweimal im Krankenhaus gelandet.«

Vornübergebeugt, die Ellenbogen auf die Knie gestützt, sog Albertas Schwester den Rauch ihrer dünnen Zigarette ein; sie schien meine Worte gar nicht registriert zu haben.

»Ich glaube, in der Mathematik oder in der Statistik gibt es sogar einen Namen für diese Art von Zufällen«, redete ich weiter.

Sie blies den Rauch aus, starrte auf einen unbestimmten Punkt am Fußboden.

»Es tut mir so leid, verdammt«, sagte ich. Wieder fragte ich mich, was es wohl bedeutet hatte, daß ihre Schwester und ich uns geküßt hatten: ein Versuch, sich zu verständigen, oder ein gegenseitiger Hilferuf, die bloße Folge körperlicher Nähe.

»Ja«, sagte sie. »Mir auch.« Sie streckte die Beine aus, lehnte den Kopf an die Wand. Ihre Proportionen hatten eine Ausgewogenheit, die nicht in die Kategorien von lang und kurz und klein und groß paßten: Sie war zierlich und zugleich kräftig, zart und doch wohlgeformt.

Vielleicht sollte ich still sein, dachte ich, und sie in

Ruhe lassen, aber ich brachte es nicht fertig; ich fragte: »Und der kleine Arturo?«

»Der ist bei seinem Vater«, sagte sie mit ihrer etwas rauhen Stimme, sah mich aber immer noch nicht an.

»Haben sie sich wieder so schlimm gestritten?« fragte ich.

Sie schüttelte den Kopf. »Ich hab sie vom Fenster aus beobachtet, als er Arturo abholte, sie wirkten ziemlich ruhig.«

Ich setzte mich auf eine andere Bank, gegenüber von ihr. Mir schien, daß ich ihre Augen und ihren Mund und ihre Nase und ihren Gesichtsausdruck allzu eingehend und aufdringlich musterte, während sie mich gar nicht ansah; ich stand wieder auf, tat erneut ein paar Schritte zwischen den weißen und schwarzen Fliesen, machte kehrt, sagte: »Ich heiße Luca«, drauf und dran, noch einen Schritt auf sie zuzugehen und ihr die Hand hinzustrecken.

»Maria Chiara«, sagte sie. Ihr Blick war schüchterner, als er mir vorher erschienen war, er hielt meinen nur einen Moment lang fest, aber es lag ein Glanz darin, der mich in Schwierigkeiten brachte.

Ich setzte mich wieder auf die andere Bank, die mit der, auf der sie saß, einen rechten Winkel bildete. Zwischen uns stand unsichtbar Alberta: ihre Art zu lächeln und zu gestikulieren und mit leicht vorgebeugtem Oberkörper dazustehen, als sei sie ständig im Begriff, etwas vom Boden aufzuheben oder auf den Boden zu legen; und die seltsame Starrheit und Farblosigkeit, als sie mit dem Gesicht nach unten dagelegen hatte. »Hast du eine Ahnung, warum sie es getan hat?« fragte ich Maria Chiara.

Sie blies den Rauch ihrer dünnen Zigarette aus und sagte: »Das ist schon das zweite Mal. Sogar das dritte, wenn man mitrechnet, wie sie sich mit einem Schweizer Messer an den Handgelenken rumgeschnippelt hat, als sie fünfzehn war.«

»Wieso macht sie das?« fragte ich. Ich dachte an Alberta, wie sie in ihrer ehemaligen Küche die Weinflasche entkorkte; wie sie dem Hund und dem Kind Anweisungen gab; wie sie voll ungefilterter Energie mit mir sprach. Ich sagte: »Sie wirkte so positiv.«

»Ist sie auch«, sagte Maria Chiara.

»So *unverwüstlich*«, sagte ich.

Sie schaute mir in die Augen, und ich verspürte ein leichtes Ziehen im Bauch. Ihre Bewegungen und ihre Art dazusitzen erstaunten mich immer wieder, dabei wollte ich gar nicht daran denken, ich wollte ganz auf die traurige Situation und die sorgenvolle Ungewißheit konzentriert bleiben.

»Aber?« fragte ich.

»Daß sie so unverwüstlich wirkte, war immer ihr Pech. Es hat ständig irgend jemanden gereizt, sie kaputtzumachen.«

»Wen zum Beispiel?« fragte ich.

»Es gab immer irgend jemanden«, sagte sie. »Schon als wir klein waren. Sie sah wie ein pausbäckiges, blondgelocktes Engelchen aus. Und sie war so offenherzig und mitteilsam, ohne Filter.«

»Ohne Filter«, wiederholte ich, denn genau das hatte ich auch gedacht.

»Ja«, sagte sie mit einem raschen Blick auf mich. »Einmal hat ein anderes Kind sie vom Sockel einer Statue geschubst, auf den wir beim Spielen im Park geklettert waren. Aus blankem Neid, ohne einen anderen Grund. Die Wunde mußte mit wer weiß wie vielen Stichen genäht werden, aber eine Woche später hielten wir sie wieder für genauso unverwüstlich wie zuvor. Und sie sich selbst auch.«

»Und dann?« fragte ich. Ich hörte sie gern reden, ich konnte nichts dagegen tun: Mir gefiel der Klang ihrer Stimme, und mir gefiel die Einstellung, die hinter ihren Sätzen steckte, die entschiedene und unverfestigte Sichtweise.

»Und auch später gab es immer irgend jemand, der sie irgendwo runterschubste«, sagte sie. »Immer aus den gleichen Gründen. Oder sie hat sich selber runtergestürzt, aber jedesmal so, daß sie unglücklich fiel.«

»Ich war überzeugt, den Trick zu kennen, wie man nie unglücklich fällt«, sagte ich.

Sie drehte sich zu mir und sah mich an: Ich meinte ein leises Lächeln um ihre Lippen zucken zu sehen.

Ich schwieg, ich hatte nicht die Absicht, über mich zu sprechen.

Maria Chiara drückte mit stummer Nachdrücklichkeit den Rest ihrer dünnen Zigarette aus, als wolle sie damit etwas gegen die Trostlosigkeit des Warteraums und des Krankenhauses und des Lebens im allgemeinen tun, aber als ich sie anschaute, sah ich, daß ihr Tränen in den Augen standen.

Ich hätte mich am liebsten neben sie gesetzt und ihr eine Hand auf die Schulter gelegt und ihr irgend etwas Tröstliches gesagt, aber die bedrückende Stille in dem kleinen Raum hielt mich davon ab, ich brachte es nicht über mich, von meiner Bank aufzustehen. Mit enormer Anstrengung sagte ich: »Du wirst sehen, sie erholt sich bald. Da bin ich ganz sicher.« Ich fragte mich, ob es stimmte: Ganz deutlich spürte ich noch das Gewicht ihres leblos scheinenden Körpers in den Armen.

Maria Chiara nickte, aber sie hatte mir wohl gar nicht richtig zugehört. »Kennst du jemanden, der glücklich ist?« sagte sie ganz unvermittelt.

Ich schüttelte den Kopf, ich fand es unglaublich, daß sie mir diese Frage stellte. »Weiß nicht«, sagte ich. »Ich glaube nicht.« Ich räusperte mich, sagte: »Die Leute, die mir einfallen, sind bestenfalls *überzeugt*, daß sie glücklich sind.«

»Vielleicht sind sie auch über die falschen Dinge glücklich?« fragte sie.

»Das auch. Oder glücklich über Dinge, die andere Leute unglücklich machen.«

»Und die andern?« fragte sie.

»Die andern sind unglücklich.«

»Dann gibt es also Leute, die so tun als ob, stimmt's?« sagte sie. »Die einem was vorspielen.«

»Die gibt es auch«, sagte ich. Mein Herz schlug unregelmäßig; ich sagte: »Kennst du welche von der Sorte?«

»Ein paar«, sagte sie. Vom Ende des Flurs kamen Stimmen, die gleich wieder verschluckt wurden. Wir schwiegen, jeder erstarrt in seiner Haltung. Man hörte Wasser rauschen, einen Ventilator, der sich drehte. »Was heißt glücklich sein für dich?« fragte Maria Chiara.

»Weiß nicht«, sagte ich. Ich spürte ein Ziehen, das mich von den Fußspitzen her durchlief und bis in den Kopf aufstieg. »So zu sein, wie man möchte, mit wem man möchte und wo man möchte«, sagte ich. »Sonst nichts auf der Welt zu brauchen.«

Ich sah sie an, ob sie mir zustimmte, aber sie schwieg. »Und du?« fragte sie schließlich.

»Was, ich?« Ich war auf eine so direkte Umkehrung der Perspektive in keiner Weise vorbereitet, dabei steckte ich schon mittendrin.

»Bist du glücklich? Oder es mal gewesen?«

»Nein«, antwortete ich. Ich setzte mich anders hin, aber das genügte nicht: Ich hätte durchs Zimmer laufen, mich um mich selbst drehen, mich neben sie setzen, mich in irgendeiner weit entfernten Ecke auf den Boden werfen müssen. »Nein«, sagte ich.

»Nie?« fragte sie. Sie sah mir in die Augen, und ich sah ihr in die Augen; es schien ein gefährliches, ein schrecklich ernstes Spiel.

»Nein.« Ich schüttelte den Kopf.

»Auch nicht als Kind?« fragte sie.

»Ich war ein absolut unglückliches Kind«, sagte ich. »Unglücklich über mich selbst und über die, mit denen ich zusammen war, und über den Ort, an dem ich war.«

»Und als Erwachsener?« fragte sie. Es war etwas Erlesenes an ihrem Interesse: an der glühenden und zugleich brüchigen Intensität, die in ihre Stimme und in ihren Blick strömte und nach Wahrheit drängte.

»Als Erwachsener war es noch ein bißchen schlimmer«, sagte ich und mußte lachen. »Auch die paar Male, als ich mir vom Glück begünstigt vorkam und beinahe alles zu haben glaubte, was man zum Glücklichsein braucht, immer hat einer der drei Hauptfaktoren gefehlt. Und ich wußte nie genau, welcher von den dreien es war und wo ich ihn finden konnte.«

»Also hast du nie danach gesucht?«

»Doch, ich hab danach gesucht. Wenn auch nicht systematisch und nicht immer mit der gleichen Intensität.« Als ich jetzt, mit ihr vor Augen, darüber nachdachte, schien mir, daß es nicht ganz stimmte, daß ich über lange Zeiträume hinweg vergessen hatte, danach zu suchen, und mich mit dem zufriedengegeben hatte, was ich besaß, ohne wirklich zufrieden gewesen zu sein; ich war ein Bewohner neutraler Zustände gewesen, hatte mich darin verkrochen wie ein Höhlentier. Ich sagte: »Es gab Phasen, da hab ich es vergessen. Aber dann fiel es mir plötzlich wieder ein, und ich hab weitergesucht.«

»Und hast es nie gefunden?« fragte sie.

»Irgendwann schien es mir gar nicht mehr so wichtig«, sagte ich. »Ich glaubte die erforderlichen Teile auf andere Weise zusammengefügt zu haben. Ich war lange Zeit davon überzeugt, ich hätte drauf schwören können.«

»Und dann?« fragte sie in einem Ton, der die gleiche äußerste Frequenz hatte wie ihr Blick.

»Dann bin ich dumm vom Pferd gestürzt«, sagte ich.

Sie seufzte, wandte den Kopf ab und blickte den Korridor hinunter: Ich glaubte die vitale Energie zu spüren, die durch ihren Körper strömte.

Ich hätte gern Raum für weitere Fragen und Antworten und Blicke und Ansichten gehabt, während die Uhren unsichtbar die Zeit wegtickten und Alberta sich unsichtbar in irgendeinem gut ausgestatteten Behandlungsraum erholte und Anna unsichtbar auf dem Reiterhof arbeitete, viel zu beschäftigt, um zu bemerken, daß ich nicht da war. Es kam mir vor, als hätten sich die Schäden von meinem Sturz noch um einen Grad verschlimmert, aber es war kein unangenehmes Gefühl, obwohl mir nicht klar war, weshalb.

»Und du?« fragte ich.

Maria Chiara bewegte die Lippen, als wolle sie mir antworten, statt dessen sprang sie mit einer Reaktionsschnelligkeit, auf die ich nicht gefaßt war, hoch und hielt den jungen Arzt an, der Alberta übernommen hatte, als wir in heller Aufregung hinter der Tragbahre und den Sanitätern hergerannt waren. »Wie geht es ihr?« fragte sie.

Der junge Arzt sagte: »Sie ist außer Gefahr.« Er wollte nicht einmal stehenbleiben. »Wir haben sie gerade noch rechtzeitig zurückgeholt.«

»Aber wie geht es ihr?« fragte Maria Chiara und versperrte ihm den Weg.

»Das können Sie sich ja denken«, sagte der junge Arzt mit seinem schmalen, arroganten Gesicht, als mache er sie irgendwie mitverantwortlich. »Wenn jemand eine ganze Packung Palfyx schluckt und dazu einen halben Liter Wodka. Es gibt Leute, die sind schon bei der Hälfte hinüber.«

»Es geht ihr aber besser?« fragte Maria Chiara.

»Den Umständen entsprechend, ja«, sagte der junge Arzt. Er sah gepflegt aus, mit glatt zurückgekämmten blonden Haaren und einer gaumigen Stimme. »Wir konnten ihr eine schöne Magenspülung verpassen, bevor es zu spät war. Wie es aussieht, gibt es keine organischen Schäden. Sie hat großes Glück gehabt, würde ich sagen.«

»Wo ist sie?« fragte Maria Chiara. »Ich will sie sehen.«

»Das geht jetzt nicht«, sagte der junge Arzt. Sein Blick hatte etwas Schleimig-Genüßliches. »Sie schläft ja sowieso. Da gibt's nicht viel zu sehen.«

»Und wann geht es?« fragte Maria Chiara. Ich spürte, wie sie sich angesichts der Provokation anspannte: Die Abwehrtechniken, die sie entwickelt hatte, um sich in der Welt zu bewegen und sich als Frau allein zurechtzufinden, voranzukommen.

»Morgen früh«, antwortete der junge Arzt. Er sah zu mir, der ich ihm von der anderen Seite den Weg versperrte, sagte: »Zur Besuchszeit.«

»Ich will sie jetzt sehen«, sagte Maria Chiara.

Der junge Arzt schüttelte den Kopf; aber er war angetan von ihr und von der unverschlüsselten Intensität, die sie spüren ließ, er fummelte mit den Daumen an den Taschenkanten seines Arztkittels. »Aber nur fünf Minuten«, sagte er schließlich, als mache er ihr ein außergewöhnliches Zugeständnis.

Er ging den Korridor zurück, und wir beide liefen hinter ihm her; er drehte sich immer wieder nach Maria Chiara um und machte blöde Bemerkungen über die Ungeduld der Frauen und die Ähnlichkeit zwischen Schwestern und über wirksame und theatralische Selbstmordmethoden. Maria Chiara hörte ihm gar nicht zu; sie ging jetzt neben ihm, ich spürte die gleiche diffuse Sensibilität wie vorher, als wir noch nicht miteinander geredet hatten.

Alberta lag auf einem Krankenbett in einem Durchgangsraum: etwas weniger bleich als bei der Einlieferung, aber mit schlaffen, verquollenen Gesichtszügen und geschlossenen Lidern, obwohl sie nicht richtig zu schlafen schien.

Maria Chiara ging zu ihr, während ich und der junge Arzt und eine Krankenschwester sie beobachteten. Sie beugte sich hinunter und strich ihr übers Haar, sagte: »Hey, du Spinnerin«, in einem sanften, kindlichen Ton, wie der Nachhall eines Wiegenlieds.

Alberta brummelte irgend etwas und drehte sich auf die Seite, zog sich das Laken über den Kopf.

Maria Chiara versuchte es noch einmal, redete leise auf Alberta ein, aber sie reagierte nicht; dann gaben uns der junge Arzt und die Krankenschwester durch Handzeichen zu verstehen, daß wir gehen sollten.

Wir blieben stumm auf dem Flur stehen und blickten auf unsere Schuhspitzen, auf den Fußboden und auf die Wände. Wir setzten uns fast gleichzeitig in Bewegung, gingen immer noch ohne ein Wort den Flur entlang und die Treppen hinunter und über einen anderen Flur zum Ausgang, und ich sehnte mich nach der Abgeschlossenheit des kleinen Wartezimmers zurück. Die auf einmal verlängerte und nach vorn offene Perspektive verschwamm mir vor den Augen, das Licht der Neonlampen ließ den Boden so rutschig wirken wie Eis; es gelang mir nicht mehr, in Worte zu übertragen, was mich bewegte.

Draußen war es feucht und schon beinahe dunkel, die Luft aufgewühlt vom Verkehrslärm auf der Straße längs des Tibers. Wir machten ein paar Schritte, beide in Abwehrhaltung, mit gesenktem Kopf, die Hände in den Taschen. Ich fühlte mich wie auf der Kippe von irgend etwas, ohne zu wissen, wovon.

Maria Chiara drehte sich um und sah auf das Krankenhaus und wieder auf das Getümmel auf dem Platz vor uns. »Na dann«, sagte sie fast unhörbar, beinahe schon fort, obwohl sich ihre Füße noch gar nicht bewegt hatten.

»Wohin gehst du?« fragte ich mit einem Ruck, um den Gedanken an Alberta in ihrem Krankenbett und den Gedanken an die wütend und besorgt auf mich wartende Anna und an den Rückweg in mein Leben abzuschütteln; dieses Leben interessierte mich nicht mehr.

»Weiß nicht«, sagte sie. Sie beobachtete den Straßenverkehr, sagte: »Und du?«

Ihr Ton klang in keiner Weise auffordernd oder einladend, aber die Tatsache, daß sie noch keine feste Route hatte, der sie folgen würde, versetzte mich in höchste Aufregung. Ich sagte: »Ich muß wohl nach Hause fahren. Aufs Land. Ich arbeite mit Pferden. Auf einem naturnahen Reiterhof. Nicht so ein Fuchsjagdklub und auch kein Ort für doofe Cowboys.« Es kostete mich Mühe, ich trat häufiger, als ich wollte, von einem Fuß auf den anderen. »Dabei bin ich auch so dumm gestürzt.«

Sie nickte; ich spürte immer noch ihre erlesene Aufmerksamkeit, jetzt aber durch dünne Schichten von Distanz, Traurigkeit, Mißtrauen und anderweitige Sorgen.

Ich probierte ein Lächeln, aber es mißlang; ich hob die geöffneten Hände und ließ sie wieder sinken. Ich fühlte mich zerschmettert und hatte das unerklärliche Bedürfnis, sie zu umarmen oder wenigstens die Stirn an ihre Schulter zu legen, die Beschaffenheit ihres kurzen grauen Wollmantels zu spüren und ihre Körperwärme in mich aufzunehmen, minutenlang nicht mehr den Blick zu heben.

Sie bewegte die Lippen, trat einen halben Schritt zurück.

Ich trat einen halben Schritt vor, verlangend und voll endloser Erklärungen, ich dachte nur, sie wird mir fehlen fehlen fehlen.

»Na dann, gute Fahrt«, sagte sie.

»Danke«, sagte ich, schon im Ansatz in der Regung blockiert, aus der heraus ich sie wirklich hätte umarmen können. »Hoffentlich geht es Alberta morgen besser.«

»Ja«, sagte sie und trat noch einen Schritt zurück. Der Straßenlärm war ohne Maß und ohne Form.

»Ja«, sagte ich. Ich stand bewegungslos da und sah sie an, sah wieder auf den Verkehr, während mir Dutzende von scheinbar unrealisierbaren Gesten durch den Kopf gingen.

»Mach's gut«, sagte sie: wunderbarerweise immer noch da.

»Warte«, sagte ich wie jemand, der sich aus dem stärksten Alleskleber zu befreien sucht, den es gibt. Die Kommunikation würde gleich zusammenbrechen, die Art, wie wir dastanden, war unhaltbar. »Ich hab dich noch gar nichts fragen können.«

»Was wolltest du mich fragen?« sagte sie. Wir konnten einfach nicht länger so stehenbleiben: Die Anstrengung zermürbte alle beide.

»Alles mögliche«, sagte ich in einem verschwommenen, unbrauchbaren Ton. Ich dachte, daß ich in den fünf Jahren auf dem Land mit den Pferden auch die Fähigkeit verloren hatte, Gedanken und Empfindungen und Absichten in Laute umzusetzen, die mein Gegenüber unmißverständlich hätte deuten können. Meine Art, mich mitzuteilen, kam mir plump und ungeschickt vor, sobald ich mich außerhalb eines Koppelzauns befand, in dem ich meinen Gesprächspartner festhalten konnte. Ich sagte: »Nächstes Mal.«

Maria Chiara ließ weitere Sekunden voller Störgeräusche verstreichen, sagte: »Nächstes Mal.«

»Nächstes Mal«, wiederholte ich, obgleich mein Instinkt und meine Erfahrung sagten, daß es gar kein nächstes Mal geben würde.

Sie zögerte immer noch, und die Zeit zog sie fort wie auf einem Laufband. Sie sagte »ciao«: mit einem Hauch Unsicherheit in der Stimme, einer winzig kleinen Reserve an überraschenden Möglichkeiten, die man der Zeit und dem Geschehen zwischen die Räder werfen konnte.

»Ciao«, sagte ich und blickte einem der großen Busse nach, die in rabiaten Wellen auf der Uferstraße herangebraust kamen.

Maria Chiara winkte mir zu und wandte sich zum Gehen, dabei hatten wir uns noch nicht einmal die Hand gegeben; sie huschte davon, ohne daß ich mich aufraffen konnte, etwas zu tun.

Ich stand da und sah ihr nach, wie sie sich durch den größer und größer werdenden und immer mehr Geräusche und Bewegungen und Autos und Menschen und fremde Erzeugnisse umfassenden Raum entfernte; ich dachte, daß ich außer der Fähigkeit, Signale zu deuten und Botschaften zu übermitteln, auch die Kontrolle über meine Empfindungen verloren hätte. Wie sollte ich das, was ich fühlte, definieren: Ich hatte keine Maßeinheit mehr, alles kam mir grenzenlos und auf nichts zusammengeschrumpft vor. Ich sah Maria Chiara die andere Straßenseite erreichen und dann den Bürgersteig entlangeilen, ihre flinke Gestalt war immer schwerer zu erkennen durch den Straßenverkehr, der gnadenlos Mauern zwischen uns zog, und plötzlich war mir, als schwänden mit ihr alles Licht und alle Wärme und der ganze Sinn der Welt.

Gleich darauf war der Szenenausschnitt zu breit und zu überfüllt und zu bewegt, als daß man ihn noch mit einem Blick hätte erfassen können, und Maria Chiara verschwand darin, und mein Verlustgefühl wurde so unkontrollierbar, daß es mich aus dem Alleskleber herausriß, der mich festgehalten hatte. Ich stolperte vom Gehsteig und rannte über die Straße, ohne auf die Autos und Motorräder und Mopeds und Busse und Lkws zu achten, die herangeschossen kamen und den Raum verschlangen.

Mir schwirrten Sätze und einzelne Wörter durch den Kopf, Laute und Tonfälle und Gesten und Blicke, angetrieben von meinem rasenden Herzklopfen: »Maria Chiara?« und: »Hey, Maria Chiara!« und: »Ich will dich ja nicht belästigen, aber« und: »Es macht dir doch nichts aus?« und: »Könnten wir nicht ein Stück zusammen gehen?« Dazu im gleichen angstvollen und atemlosen Rhythmus zahllose Möglichkeiten, wie sie reagieren könnte: wie sie sich lächelnd umdreht, wie sie mich mit gehetzter Miene anstarrt, wie sie »laß mich in Ruhe« sagt, wie sie weitereilt, ohne sich auch nur umzudrehen. Mit ungelenken Bewegungen wegen der Verletzungen von meinem Sturz rannte ich gegen die Entfernung an, die ich immer größer hatte werden lassen, gegen das Bedauern, nicht so lossprinten zu können wie noch vor einer Woche, wenn ich einem Pferd den Weg abschneiden mußte.

Doch als ich unter Bremsenkreischen und Gehupe und unflätigem Zurufen der Autofahrer auf der anderen Straßenseite ankam, war Maria Chiara nicht mehr da. Ich sah nur die Stämme der Platanen und die an der Ufermauer entlangeilenden Gestalten, Rücken und Mäntel und Köpfe, die mir unerträglich fremd waren, wenn ich sie einholte und anstieß und vorbeiging. Ich lief bis zur Kreuzung, wo sich der Strom der Autos und Mopeds und Fußgänger auf zwei Straßen und eine Brücke und eine Unterführung und vier Gehsteige aufteilte und vervielfachte; ich zögerte, welche Richtung ich nehmen sollte, und unterdessen verringerten sich um mich herum in schwindelerregendem Tempo die Möglichkeiten, in einem so weiten, wimmelnden Raum einen besonderen Gang und besondere Gesichtszüge zu erkennen.

Wie ein Hund, der die Fährte und das Terrain und seinen Herrn verloren hat, trottete ich im Zickzack bis zur Mitte der Brücke, machte kehrt und wechselte erneut die Richtung, rannte bis zum andern Flußufer, wo sich die Möglichkeiten noch unüberschaubarer vervielfachten. Ich blieb stehen und versuchte im Verkehrs- und Menschengewühl irgend etwas zu erkennen, dann ging ich über die Brücke zurück, ohne mich noch weiter umzusehen.

Ich kam mir vor, als sei ich in eine Version meiner selbst zurückgefallen, die einer längst abgeschlossen geglaubten Phase der blockierten Anläufe und heillosen Verspätungen angehörte, mit aus der Ferne erspähten und gleich wieder entschwundenen außergewöhnlichen Landschaften, als ich mir noch einzureden suchte, daß die dazugehörenden Augenblicke wie auf einem wundersamen Endlosgepäckband immer wiederkehrten. Sie waren jedoch nie wiedergekehrt, und die raren Umstände, die ich nicht hatte festhalten können, hatten sich allesamt im unendlichen Geflecht nichtrarer Umstände verloren, wie sie Eintönigkeit, Langeweile und Enttäuschung durchziehen. Ich dachte daran, wie ich mir in der Abgeschlossenheit meines Reiterhofs vorgemacht hatte, ich sei zu einem Mann geworden, der Gelegenheiten beim Schopf packt, und voll Abschätzigkeit auf den zurückgeblickt hatte, der ich früher war; dabei hatte ich nichts erreicht. Ich stellte diese Überlegungen inmitten des Lärms und der Abgase und der vielfältigen rollenden Bewegungen an, und sie deprimierten mich dermaßen, daß ich mich unter den erstbesten Bus hätte werfen können, der mir entgegengebraust kam: Der Abstand zwischen Denken und Handeln war winzig klein, mein linker Fuß war schon an der Bordsteinkante.

Dann hob ich ohne besonderen Grund den Blick und sah Maria Chiara, die mit gedankenverlorener Miene auf mich zukam. Mich durchfuhr eine so heftige Erleichterung, daß ich beinahe ausgewichen wäre, als sie an mir vorbeiging, doch im letzten Moment berührte ich doch noch ihren Arm und konnte »hey« rufen.

Sie fuhr zusammen und blieb stehen, machte eine halbe Umdrehung und wich vor Schreck zurück.

»Ich wollte dich nicht erschrecken«, sagte ich in fast unverständlichem Ton; alle meine Gesichtsmuskeln waren vor Ungläubigkeit erstarrt, ich bekam nicht einmal ein Lächeln hin.

Wir standen in der aufgewühlten Luft reglos da, und ich war schon nahe daran, sie ein zweites Mal weggehen zu lassen. Ich gab mir einen Ruck, damit es nicht dazu käme, und sagte: »Ist das nicht irre?«

Sagte: »In diesem Chaos?« Fuchtelte mit der rechten Hand, trat von einem Bein aufs andere, um die Überraschung zu verarbeiten und nicht wieder in den unerträglichen Alleskleber zurückzufallen, zu dem meine verqueren Gedanken und zwiespältigen Empfindungen und Selbstzweifel verschmolzen waren.

»Ich wollte nach Hause gehen«, sagte sie fast entschuldigend und sah auf den Verkehr.

Ich mußte mir einen noch stärkeren Ruck geben, um ein »Wenn du willst, begleite ich dich« herauszubringen und nicht auf den Teil von mir zu achten, der nichts fragen und nichts vorschlagen oder sich jedenfalls so verhalten wollte, daß er riskierte, ein Nein zu hören.

»Wenn du willst«, sagte sie. Sie schien weder besonders verärgert noch erfreut, sie ging bereits weiter auf die Seite des Flusses zu, wo wir uns getrennt hatten.

Ich lief neben ihr her und versuchte, die negativen Signale auszublenden, nicht zu registrieren. Ich dachte, wie sehr ich dadurch verwöhnt worden war, daß ich mich auf dem Reiterhof stets auf einem Feld feststehender Angebote und Nachfragen bewegte, wo eine Geste oder eine simple Bewegung wirkungsvoller war als jedes Wortgefüge. Jetzt dagegen schienen Worte die einzig möglichen Flügel, mit deren Hilfe ich mich halbwegs emporschwingen konnte, und ich mußte diese Flügel mit aller Kraft bewegen, wenn ich nicht am Boden bleiben wollte.

Ich sagte: »Ich hatte es schon aufgegeben.«

»Was aufgegeben?« Sie lief genauso rasch und leichtfüßig wie vorhin, als sie weggegangen war.

»Dich zu finden«, sagte ich. Ich wußte ihren Gesichtsausdruck nicht zu deuten: Ich verfolgte ihr Profil und beschleunigte meinen Schritt, versuchte schneller zu sprechen, als ich denken konnte. »Ich war ziemlich niedergeschlagen, als du plötzlich weg warst. Am Boden zerstört, um die Wahrheit zu sagen.«

»Ich weiß«, sagte sie. »Man fragt sich, ob man nicht mehr hätte tun können, vorher.«

»Ja«, sagte ich, verwundert über ihre Worte. »Ich kam mir wie ein feiger Frosch vor, der sich nur in den stillen Gewässern des Nachher zu schwimmen traut.«

Sie warf mir einen raschen Blick zu, sagte: »So ist es aber immer mit Alberta. Man kann nie irgendwas verhindern. Sie läßt es einfach nicht zu.«

Ich hatte überhaupt nicht an Alberta gedacht, als ich von Niedergeschlagenheit und Am-Boden-Zerstörtsein gesprochen hatte, aber das hätte ich ihr nicht sagen können. Ich sagte: »Sie läßt sich auch nichts anmerken.« Mir gingen zwei, drei Bilder von Alberta durch den Kopf; taktile Erinnerungen an die kurze Nulldistanz zwischen uns.

Wir überquerten die komplizierte Kreuzung gleich hinter der Brücke, gingen eine Querstraße hinunter, die ein paar Meter tiefer lag als die Uferstraße, wo eine Mauer zur Linken teilweise Schutz vor dem Verkehrslärm bot. Ich bekam Angst, daß uns die plötzlich weniger gesättigte Luft allzu ungedeckt lassen könnte; ich sagte: »Ist es nicht absurd, wenn du es bedenkst? Die Art, wie sie das sehen, was Alberta getan hat? Als wäre es ein teils peinlicher und teils ärgerlicher Defekt in einem perfekten Mechanismus.«

Maria Chiara wandte mir den Kopf zu; der Glanz in ihren Augen trieb mich, weiterzureden, ohne auf die Wahl der Worte zu achten.

»Wir kommen von wer weiß woher in diese Körper, und man läßt uns Codes lernen und im Gedächtnis speichern, als müßten wir sie bis in alle Ewigkeit benutzen, dabei sind wir total vergänglich. Aber das sagt uns niemand, wir kommen von selbst drauf, aber meistens erst dann, wenn es zu spät ist.«

Sie hatte ihren Schritt verlangsamt, so daß ich ein kleines Stück vor ihr gehen und immer wieder in ihr Gesicht schauen konnte, ohne ihr anzusehen, was sie dachte.

»Man baut sich eine Wesensart auf, und alle tun, als sei es die endgültige, garantierte Form für eine unbegrenzte Anzahl von Kilometern.« Ich schwatzte drauflos, immer wieder stockend wie jemand, der sich mit vorgestreckten Armen durch einen dunklen Flur tastet und irgend etwas zu greifen hofft.

Maria Chiara sagte nichts und sah mich nicht an.

»Man geht von dieser künstlichen Ewigkeit aus. Von dieser falschen Weite der Horizonte, damit wir glauben, wir segeln einer grenzenlosen Zukunft entgegen, obwohl wir uns in Wirklichkeit in einem Tümpel mit gemalten Kulissen befinden.«

Mir war nicht klar, ob sie einverstanden war mit dem, was ich sagte, oder ob es sie ärgerte, oder ob sie an Alberta dachte, oder ob sie mir gar nicht zuhörte.

»Man verliebt sich, und die ganze Welt will einen glauben machen, daß es auf unabsehbare Zeit so bleibt. Dann ist es plötzlich vorbei, und man meint, man ist selbst daran schuld und hat irgendwas falsch gemacht. Man lebt vor sich hin, und dann merkt man, daß das Leben schon zu einem Viertel oder einem Drittel oder zur Hälfte abgelaufen ist, und alle sind fröhlich und sagen, man dürfe nicht dran denken, das sei sinnlos und gefährlich. Wie ein Hindernis auf der Autobahn, das man beseitigen muß, damit man weitermachen kann wie bisher und derselbe bleiben kann, der man immer gewesen ist.«

Sie hatte die Hände in den Manteltaschen und sah geradeaus; es war keine richtige Unterhaltung. Ich ging neben ihr her und redete in einem fort, als hätte ich unbegrenzt Zeit und Kraft und Aufmerksamkeit.

Doch ich wußte, daß es damit bald zu Ende wäre, und dieses Bewußtsein wurde immer schärfer, je näher wir ihrer Wohnung kamen. »Wir denken überhaupt nicht daran, daß Zeit ein Gut ist, das sich verbraucht«, sagte ich. »Und daß es Dinge gibt, die einem zwischen den Fingern entgleiten und sich nicht wieder einfangen lassen, wenn man sie nicht gleich ganz festhält.«

Wir waren an der Ecke der schmalen Straße angelangt, und ich hatte das Gefühl, daß mir alles zwischen den Fingern entglitt: meine Worte und die Straße und das restliche Abendlicht und sie. Wenige Schritte vor dem kleinen Haustor, an dem ich nachmittags geklingelt hatte, blieb ich stehen, sagte: »Und jetzt?«

Sie blieb einen Meter weiter stehen; sie war im Dunkeln und ich nicht. »Jetzt was?« fragte sie.

Ich versuchte zu lächeln, aber es gelang mir nicht; ich hatte schlimmes Herzklopfen.

Sie senkte den Kopf, betrachtete ihre Fußspitzen und trat ins Licht zurück; am Ende der Straße fuhr brummend wie ein verrückt gewordenes Insekt ein Moped vorüber.

»Jeder geht nach Hause, und das war's dann? Aus und vorbei?«

Sie sah mich an; ihre Züge waren angespannt, aber sie entschied sich nicht für einen Gesichtsausdruck. Sie sagte: »Ich weiß nur, daß ich jetzt unbedingt Wasser brauche.«

»Ich auch«, sagte ich mit noch größerer Erleichterung als vorhin, als ich sie auf der Brücke wiedergesehen hatte. »Dort drüben in der Seitenstraße war eine Bar.«

»Ich rede nicht vom Trinken«, sagte sie. Sie wandte sich zu ihrem Haus, wandte sich zu mir, sagte: »Ich muß dieses Zeug loswerden.« Sie fuhr sich mit beiden Händen rasch über den Körper, um ihre Kleider zu bezeichnen oder sich selbst oder das, was am Nachmittag passiert war.

Schlagartig wurde mir klar, welche Mühe es sie kostete, auf den Beinen zu stehen und einen Gesichtsausdruck oder einen Tonfall beizubehalten: Ich hätte ihr gern den Arm hingestreckt, damit sie sich aufstützen konnte. »Klar«, sagte ich, obwohl ich nicht begriff, was sie genau meinte und wer sie genau war.

»Ich rede vom Schwimmen«, sagte sie, diesmal ohne eine Geste.

Wieder standen wir still auf dem unregelmäßigen Kopfsteinpflaster mit schon im Ansatz blockierten Gebärden und Bewegungen und Worten; jeder von uns hätte etwas Beliebiges oder auch gar nichts sagen oder tun können. Sie sagte: »Also dann«, und ich sagte fast im selben Augenblick: »Warte«; wir schwankten auf den sich überlagernden Lauten.

»Kann ich nicht mitkommen?« fragte ich.

Sie überlegte zwei, drei Sekunden und sagte dann: »Wenn du willst«, als sei sie in sicherem Abstand von dem Gedanken und als hätte ich nicht wie jemand gesprochen, der um ein Almosen bittet. »Ich geh kurz rauf. Bin gleich wieder da«, sagte sie mit einer Handbewegung zum Haus hin.

Ich folgte ihr bis zur Haustür und sah sie drinnen verschwinden; ich blieb draußen stehen, so aufgewühlt, daß mir die Beine zitterten. Ich verstand nicht, was mich mit solcher Macht trieb, bei ihr zu bleiben, fern von Anna und von meinem alten Leben, aber ich hatte eine sehr lebendige Wahrnehmung des Augenblicks, der genau an dieser Stelle vor Stunden begonnen hatte und uns immer noch beherrschte.

Ich ging in der engen Straße auf und ab, drehte alle paar Sekunden den Kopf, um zu sehen, ob sie heruntergekommen war; blickte an der Fassade ihres Hauses hinauf, aber keins der Fenster war erleuchtet, ich war mir nicht einmal mehr sicher, ob sie überhaupt gesagt hatte, ich solle auf sie warten. Die Abenddämmerung sog die Konturen der Dinge auf, ließ jeden Bewertungsversuch ungenau werden. Dafür hatte sich mein Gehör geschärft: Meine Ohren waren erfüllt von entfernten Schritten und dem Fauchen verborgener Katzen und von Fernsehgeräuschen, die durch die Häuserwände drangen, ich hätte sogar Maria Chiara die Treppe herunterkommen hören, aber ich hörte sie nicht.

Als ich schon überzeugt war, daß sie nicht mehr kommen würde, sah ich sie mit ihrem kleinen Rucksack auf dem Rücken vor der Haustür stehen, ohne daß sie irgendein Geräusch erzeugt hätte. Ich trat zu ihr, sie sagte: »Gehen wir?«

Wir gingen schweigend durch schmale Straßen, beide gleich rasch und gedankenverloren. Hin und wieder streiften wir einander für den Bruchteil einer Sekunde, wenn es unvermittelt um die Ecke ging, ihr Arm meinen Arm oder ihre Hüfte meine Hüfte, aber wir blickten dabei geradeaus. Ich hatte keine improvisierten Wortketten mehr, die ich vibrierend in der Luft schweben lassen konnte, keinen bangen Gedanken, der sich als Sonde oder Verbindungsglied verwenden ließ. Wir gingen am Rande des Verkehrs und der normalen Rhythmen der Stadt nebeneinander her, und das schien mir schon sehr viel. Es gab nur wenige Geräusche aus der Ferne, die gleich wieder verebbten, wenige Bewegungen im wachsenden Dunkel, in dem die Lichter aufflammten.

Vor einer Tür in einer antiken Fassade blieb Maria Chiara schließlich stehen. Wir traten ein; drinnen saß eine dicke Frau in einer hellblauen Kittelschürze, die Maria begrüßte und uns vorbeiwinkte. Durch einen Bogengang gelangten wir in eine Art Garten, in dem neben einem verglasten Pavillon mit einem beleuchteten grünen Schwimmbecken ein großer Feigenbaum stand. »Bin gleich wieder da«, sagte Maria Chiara und war schon verschwunden, bevor ich sehen konnte, in welche Richtung.

Ich trat in die dichte, warme Treibhausluft des verglasten Pavillons, zog mir die Jacke aus und setzte mich auf eine Holzbank am Rand des Beckens. Ich atmete langsam, als gehörte ich zu den ersten Amphibien auf der Evolutionsskala, ohne Gedanken oder bildliche Vorstellungen, ich ließ nur die Atmosphäre des Orts auf mich wirken.

Nach einem schwer meßbaren Zeitraum kam Maria Chiara wieder, in einem schwarzen Badeanzug, gegen den ihre Haut weiß aussah, mit einem grünen Handtuch um die Schultern. Sie deutete auf das Wasser, fragte: »Willst du nicht?«

Ich hätte gewollt, aber ich hatte weder Badehose noch Handtuch bei mir und fühlte mich von dem Sturz zu sehr mitgenommen, um so zu schwimmen, wie es zu der Amphibienstimmung gepaßt hätte, von der ich erfüllt war. Ich schüttelte den Kopf, sagte: »Ich bleibe hier sitzen.«

Sie ließ es gut sein; sie streifte das Handtuch ab, rannte ein kleines Stück und sprang ins Wasser.

Ich sah sie unter dem Wasserspiegel langgestreckt und geschmeidig bis ans Beckenende schwimmen. Sie tauchte auf und holte Luft, und ihr Gesichtsausdruck war völlig anders als zuvor, als sie bekleidet und in Abwehrhaltung gegen die Welt auf den Füßen stand: Ihre Züge waren gelöst und von einer urtümlichen Heiterkeit. Sie tauchte erneut unter, durchmaß das Becken mit stetigen Arm- und Beinschwüngen. Ich hörte ihren prustenden Atem zwischen den Glaswänden, mit einem kurzen, harten Laut, wie ein Wort aus einer fernen Sprache. Ich blickte auf die sich kräuselnde Wasseroberfläche, auf Maria Chiaras Gestalt, die unter den kleinen Wellen, die sie erzeugte, wieder zurückschwamm. Mir war warm, aber ich hätte nicht sagen können, in bezug worauf, ich verfügte über keinen Mittelwert mehr, anhand dessen ich irgend etwas hätte messen können.

Maria Chiara schwamm noch immer unter Wasser, dann schwamm sie an der Oberfläche weiter, Brust und Rücken und Kraul und auf der Seite, alles mit dieser freudigen und verzweifelten Gier, als äße sie von einer lebenswichtigen Speise und verschmachte zugleich dabei. Sie stieß die Luft aus und holte Atem, tauchte, schlug mit den Füßen, bis mit einem letzten Zug auch diese verschwanden; in der bewegten Transparenz des Wassers glitt ihre Gestalt bis dicht an den Grund. Jede ihrer Bewegungen schien mir eine Frage, zu einfach und zu vielschichtig, um formuliert zu werden; und die darauf folgende Bewegung schien mir eine Antwort. Ich beobachtete sie von der Bank am Beckenrand aus und dachte an all die törichte Mühe, deren es bedurft hatte, um die Teile meines Lebens zusammenzuhalten. Ich war mir sicher, daß ein Geheimnis in jedem der gedehnten Bilder steckte, die mir durch den Sinn gingen, in jedem tröpfelnden Laut, der an mein Trommelfell drang.

Schließlich stemmte sie sich mit den Händen am Beckenrand auf und schwang sich mit einer Hüftbewegung aus dem Wasser, griff so rasch nach dem Handtuch, daß ich sie kaum sehen konnte, rubbelte sich kräftig den Körper und die Haare ab, als gehörte es zu einem vorgeschriebenen Ritual. Ich nahm die Schwingungen, die sie erzeugte, und ihren Atem mit so konzentrierter Aufmerksamkeit auf, daß ich Schauer in den Gliedern spürte.

Sie wickelte das Handtuch um sich und ging an mir vorbei, ohne mich richtig anzusehen, aber mit dem Anflug eines Lächelns auf den Lippen. Ich drehte mich mit einer Sekunde Verspätung nach ihr um: Sie hatte den verglasten Pavillon schon verlassen, ich sah sie draußen im Bogengang.

Ich blieb noch eine Weile am Becken sitzen, und mir schien, als habe das Wasser eine chemische oder elektrische Erinnerung an ihr Schwimmen und an die Energie bewahrt, die sie dabei freigesetzt hatte. Dann ging ich hinaus und wartete auf dem Gang auf sie, an die

Wand gelehnt, mit meiner warmen Jacke in der Hand. Ich hatte keine Eile, ich hätte die ganze Nacht so warten können.

Als sie schließlich kam, waren ihre Wangen gerötet von der Bewegung, das kurze Haar noch naß und strähnig. Sie sah mich an und ging zum Ausgang, ich folgte ihr ohne ein Wort. Draußen war es kälter und dunkler als bei unserer Ankunft, aber wir hatten jetzt einen Vorrat an Licht und Wärme, der uns durch die Straßen gehen ließ wie Besucher von einem anderen Planeten, durch unsichtbare Hüllen geschützt. Wir nahmen den Weg, auf dem wir auch gekommen waren, dann schlug sie ohne ein Wort plötzlich eine andere Richtung ein. Ich wollte etwas über das Wasser und über ihre Art zu schwimmen sagen, aber die Sätze kamen mir plump und linkisch vor wie eine schlechte Übersetzung; ich gab es auf und überließ mich wieder dem wortlosen Dialog unserer Profile und unserer Schritte.

Wir gingen über einen Platz, der von erleuchteten Bars und Restaurants und Besuchern belebt war, die sich zu Grüppchen sammelten und wieder trennten: Stimmen und Gelächter und Motorengeräusche erreichten uns wie ferne Signale. Ich fragte mich, wie lange unsere stumme Kommunikation noch andauern würde; wieviel noch fehlte, bis die Hülle des Augenblicks plötzlich zerreißen und uns schutzlos zurücklassen, uns zwingen würde, auseinanderzugehen oder wenigstens Erklärungen zu verlangen und zu geben.

Wir stiegen zwischen großen, schlummernden Gebäuden einen Hügel und dann die weißen Stufen einer Treppe hinauf, bis wir einen Platz mit einem beleuchteten Brunnen erreichten; jenseits einer niedrigen Mauer waren im leisen Rauschen des Verkehrs die Lichter der Stadt zu sehen. Maria Chiara drehte sich hierhin und dorthin und blickte in alle Richtungen und ging rückwärts, als hätte sie ein so feines und weitgespanntes Wahrnehmungsvermögen, daß sie die kleinsten Einzelheiten aufnehmen konnte, ohne stehenzubleiben oder auch nur langsamer zu gehen. Ich tat es ihr nach und schwamm durch die Landschaft und durch die Nacht, immer wieder angespornt durch ihre Gegenwart an meiner Seite. Ich versuchte nicht, mir über meine Empfindungen klarzuwerden, griff keiner möglichen Entwicklung vor; ich war angesteckt von ihrer Nähe, alle meine Körperzellen waren von ihr gesättigt.

Wir folgten der Straße, die zur unter uns liegenden Stadt zurückführte, gingen einen Pfad hinab, der die Kurven der Straße kreuzte; wieder auf dem Asphalt; auf Steinstufen; auf holprigem Kopfsteinpflaster: Es schien eine unendliche Vielfalt unterschiedlicher Steigungen und Bodenbeschaffenheiten zu geben, auf denen wir schweigend miteinander gehen konnten.

Dann waren wir fast ohne Vorwarnung oder Übergangsphase wieder vor dem kleinen Haustor in der engen Straße. Zum ersten Mal seit langem standen wir uns gegenüber, und es kam mir seltsam vor, anstelle eines sich bewegenden Profils, das mein Blick nur streifen konnte, ihr Gesicht vor mir zu sehen: Ich fühlte mich überfordert, ohne Anhaltspunkte.

Ich sagte »also dann«, bevor sie es sagen konnte; ich war auf jede Art Entwicklung unvorbereitet.

Sie kramte in ihrem Rucksack, zog die Schlüssel hervor, sagte: »Willst du mit raufkommen?« oder sagte es vielleicht auch nicht.

Ich erfaßte den Sinn ihrer Frage mit etwas Verspätung, falls sie sie überhaupt gestellt hatte; ich ging nur deshalb hinter ihr her, weil sie die Haustür aufgeschlossen hatte und mich erwartungsvoll ansah.

Ich folgte ihr die Stufen hinauf, die ich am Nachmittag emporgestiegen war, ohne auch nur zu wissen, daß sie existierte. Mein Blick pendelte zwischen ihren Füßen und meinen und verlor sich an den getünchten Wänden, ließ mich drei Stufen zurückbleiben.

Wir traten in das kleine Wohnzimmer, in dem wir vor Stunden aufgeregt und unnütz um die mit dem Gesicht nach unten am Boden liegende Alberta herumgestanden hatten: Der Raum wirkte still und leer. Maria Chiara zog sich die Schuhe aus, warf sie beim ersten Schritt über den hellen Holzboden in eine Ecke, öffnete eine Tür und verschwand irgendwo in der Wohnung. Der Hund Speke kam hervorgeschossen, bellte und knurrte und sprang mit gebleckten Zähnen um mich herum, als gäbe er mir die Schuld am Verschwinden seiner Herrin. Ich redete beschwichtigend auf ihn ein, aber es funktionierte nicht; so ließ ich mich von ihm in die Küche jagen, sprang mit einem Satz wieder hinaus und sperrte ihn ein.

Ich ging im Wohnzimmer auf und ab, ich hatte Lust, barfuß und mit ausgestreckten Armen im Kreis herumzulaufen; ich lief im Kreis herum, aber es gab nicht viel Platz, denn die Deckenbalken fielen in steilem Winkel ab, und die Schmerzen in der Schulter und an den Rippen und an der Hüfte schränkten mich auf lächerlich geizige Weise in meiner Bewegungsfreiheit ein. Ich sagte mir, daß ich auf dem ganzen Weg, während ich neben Maria Chiara hergegangen war, überhaupt nicht mehr daran gedacht hatte.

Ich betrachtete den Fußboden neben dem blauen Sofa, wo Alberta gelegen hatte wie eine gestrandete Schwimmerin: Es war keine Spur zu sehen. Nur die Leere im Raum wies auf das Geschehene hin, dazu die vom Bellen des Hundes hinter der Küchentür kaum angekratzte Stille. Ich versuchte mich nicht davon verschlingen zu lassen: Ich ging ans Klavier, ließ die Finger über die Tasten gleiten und klimperte ein paar Blues-Tonleitern. Das Instrument war leicht verstimmt, hatte aber einen weichen, vollen Klang.

Ich setzte mich und spielte den Anfang von *Time Passes Slowly* von Bob Dylan. Ich hatte seit fünf Jahren kein Klavier mehr angerührt, und links konnte ich nur den Daumen und den kleinen Finger benutzen, aber ich hatte die Melodie erstaunlicherweise im Kopf und in den Fingern, sie hatte die unendlich lange musiklose Zeit unversehrt überstanden. Ich spielte weiter, sang halblaut den Text dazu; als ich aufsah, stand Maria Chiara auf der Türschwelle, barfuß, die Hände in den Hosentaschen. Ich hörte sofort auf, sprang hoch, sagte mit einer Handbewegung zum Klavier hin: »Hat einen schönen Klang.«

Sie rührte sich nicht, sie starrte mich nur unverwandt an.

Mir tat die linke Schulter weh, ich wußte nicht, wie ich mich bewegen sollte.

»Wieso kannst du dieses Lied?« fragte Maria Chiara.

Ich sagte: »Ich kann es eben.« Sagte: »Ich wollte bloß das Klavier ausprobieren.«

»Ausgerechnet dieses Lied?«

»Es fiel mir gerade ein«, sagte ich mit Herzflimmern.

»Es ist eins meiner beiden liebsten Lieder auf der Welt«, sagte sie.

»Es ist eins *meiner* beiden liebsten Lieder«, sagte ich.

Wir standen vielleicht vier Meter voneinander entfernt, und es war, als würden wir uns aufeinander zubewegen wie zwei Himmel, die sich aufeinander zubewegen, in Wirklichkeit aber rührten wir uns nicht vom Fleck, und doch konnte ich die Schubkraft spüren: Wolken und Gesten und Worte, die über unseren Köpfen dahinzogen.

Sie sagte: »Du hättest jedes andere spielen können.«

Ich dachte, daß ich zu einem früheren Zeitpunkt in meinem Leben keine Schwierigkeiten gehabt hätte, auf sie zuzugehen, jetzt aber brachte ich es einfach nicht fertig.

Sie lächelte kaum merklich.

Ich fragte: »Darf ich mir die Schuhe ausziehen?«

»Mach nur«, sagte sie, ging aber weg, dabei wünschte ich mir, daß sie wenigstens dort blieb, wo sie eben noch war.

Ich zog mir Schuhe und Strümpfe aus, stellte sie in eine Ecke.

Maria Chiara ging zu einem Tisch am Fenster, drückte auf die Tasten eines Anrufbeantworters: Das Band knackte und rauschte, dann kam eine Männerstimme, die »Alberta? Alberta?« rief, das mußte Riccardo sein; eine andere Männerstimme, die »Alberta? Hier Gino, wegen dem Tisch« sagte; dann wieder Riccardos Stimme: »Alberta? Wo zum Teufel steckst du?«; wieder eine andere Männerstimme, die »Maria Chiara? Ich bin in Rom« sagte; erneut die Stimme von Riccardo mit diesem »Alberta? Alberta?«; die Stimme von vorher, die »Maria Chiara, ich bin's« sagte. Sie drückte jedesmal die Taste LÖSCHEN, noch bevor die Nachricht zu Ende war, *bip bip bip*, eine Stimme nach der andern; sie machte *puh*, mit einer kleinen Geste der Erleichterung.

Doch die Stimmen vom Band blieben zwischen uns hängen wie ein bewegliches Hindernis, besonders die letzte mit ihrem Schimmer von Vertrautheit. Ich trat ans Fenster und schaute hinaus: auf das Dach und die Fassade des gegenüberliegenden Hauses, auf die dunkle Gasse mit den Lichtkreisen weit voneinander entfernter Straßenlaternen. Ich dachte an Anna auf dem Land, die mittlerweile außer sich sein mußte vor Wut und wahrscheinlich auch vor Sorge; ich sollte heimfahren, dachte ich, oder wenigstens anrufen, mich bei ihr melden. Ich war in einem Schwebezustand, mir war unklar, welche Richtung ich einschlagen sollte.

Maria Chiara legte eine Schallplatte auf: *Visions of Johanna* erfüllte das Zimmer, Bilder und Empfindungen in jedem der wogenden und kreiselnden Töne.

Ich sagte: »Und das ist das andere«, oder dachte es nur; ich konnte es nicht glauben, ich schwankte, als ginge ich auf Gummi.

Maria Chiara lächelte, und mir schien, als hätte ich die Linie ihrer Lippen und die Art, wie sie sich bewegte, schon immer gekannt; sie setzte sich auf das blaue Sofa und drehte sich eine ihrer dünnen Zigaretten.

Ich sah sie an und sah woandershin, und jeder Blick pendelte zwischen nah und fern und verursachte mir eine eigentümliche Art von Schmerz in der Herzgegend. Ich ging in dem von Musik und von fließenden, elektrischen Visionen erfüllten Wohnzimmer umher, versuchte den Geschichten hinter der Form der einzelnen Gegenstände nachzuspüren: ein Fernglas an einem brüchigen Lederriemen, zwei vermutlich aus Südamerika stammende, aus leichtem Holz geschnitzte Masken mit Tierschnauzen, eine kleine Collage, die eine Dame mit einer echten Perlhuhnfeder auf dem Kopf darstellte. Ich strich mit den Fingern über alles, zog sie aber gleich wieder zurück, um nicht von allzu vielen Bedeutungsstacheln getroffen zu werden.

Ich ging zu Maria Chiara zurück; sie reichte mir wortlos die dünne Zigarette. Ich nahm zwei Züge, und auch das hatte ich seit Jahren nicht mehr getan: Meine Wahrnehmung der Zeit dehnte sich noch mehr.

»Phantastisch, wie du vorhin geschwommen bist«, sagte ich. Es war nicht das, was ich sagen wollte, aber wir waren so lange stumm und mit einer ganz anderen Art der Kommunikation nebeneinanderher gelaufen, daß es mir schwerfiel, mich in Worten auszudrücken.

»Es war komisch, dich dort sitzen zu sehen«, sagte sie und zog an der dünnen Zigarette.

»Für mich auch«, sagte ich.

»Es war mir peinlich«, sagte sie.

»Mir auch«, sagte ich mit einer kleinen Rückflußwelle, die mich nach hinten warf.

»Wirklich?« fragte sie mit lachenden Augen. Ihre Gestalt vibrierte vor Neugierde und Nichtgewißheit.

»Ja«, sagte ich und nahm noch einen Zug: Unsere Hände berührten sich. »Aber nur am Anfang. Dann saß ich einfach da.«

Sie blickte zu Boden. »Ich bin nicht daran gewöhnt.«

»Ich auch nicht«, sagte ich. Ich betrachtete ihr Haar, betrachtete ihre Hände und ihre nackten Füße; es war mir unvorstellbar, daß wir woanders als im selben Zimmer hätten sein können, etwa durch viele Kilometer dunkler, leerer Nacht voneinander getrennt. Ein Gefühl totaler Unsicherheit überkam mich; ich setzte mich ans andere Ende des Sofas, sagte: »In Wirklichkeit bin ich zur Zeit nämlich an *nichts* mehr gewöhnt.«

Sie lachte; mir gefielen die Wölbung ihrer Lippen und die Form ihrer Augen, die Linie ihrer Nase. Mir gefiel alles, was ich mir von ihr vorstellen konnte, und das wenige, was ich kannte: ihre Art, lebendig und aufmerksam und in Bewegung zu sein.

Wir schwiegen wieder, reichten einander die Zigarette, genauso, wie wir es auf einem Schiffsdeck hätten tun können, den Blick nach vorn gerichtet, obwohl es nichts zu sehen gab. Auch der Rauch erleichterte die Situation nicht: Er machte sie dichter und langsam.

»Meinst du, ich bin irgendwie mitverantwortlich für das, was Alberta getan hat?« fragte ich.

Sie wandte sich mit so komisch zusammengezogenen Augenbrauen zu mir, daß ich lachen mußte, obwohl ich ganz ernst war. »Wieso das?« fragte sie.

»Weiß nicht«, sagte ich. »Einfach so.« Meine Zunge war schwer, ich hatte das Gefühl, auf Widerstand zu stoßen, schon wenn ich nur ein wenig die Hände bewegte. »Wir haben uns insgesamt nur zweimal gesehen«, sagte ich. »Beim ersten Mal war ich halbtot, und wir haben kaum miteinander gesprochen.«

»Und beim zweiten Mal?« fragte sie.

»Beim zweiten Mal haben wir miteinander geredet.« Die linke Schulter tat mir so weh, daß ich nicht ans

Sofa gelehnt bleiben konnte. »Wir haben uns auch geküßt.« Es drängte mich, die Schattenzonen auszuleuchten, bevor sie womöglich von selbst darauf kam, und ihr auch meine Situation mit Anna zu erklären, mein ganzes Leben vor ihr auszubreiten wie eine vereinfachte, leicht lesbare Landkarte.

Sie lächelte flüchtig, sah weg.

»Aber es war überhaupt nichts«, sagte ich. »Wie es manchmal passiert zwischen zwei Menschen, die sich plötzlich nahe sind.« In meinem Erklärungsdrang riß ich jetzt den Mund zu weit auf, die Vokale wurden breit wie Türen und ließen unkontrollierte Bedeutungen passieren. »Ein Kuß, sonst nichts«, sagte ich.

»Du brauchst mir nichts zu erklären«, sagte Maria Chiara, die Hände nervös auf den Knien.

»Doch, doch«, sagte ich, obwohl ich bloß die Uhr um ein paar Minuten zurückdrehen und stumm dasitzen wollte.

»Nein, wirklich nicht«, sagte sie. Sie neigte sich vor und umfaßte ihre Fußknöchel, wippte zwei-, dreimal auf und nieder. »Mit dem, was Alberta getan hat, hast du jedenfalls nichts zu tun. Es ist wegen einer blöden Geschichte, die schon seit sechs Monaten läuft, mit einem feigen Schnösel, der sie will und doch nicht will.«

»Schon gut«, sagte ich. »Es ging mir nicht darum, mich beruhigen zu lassen.« Ich war auch nicht beruhigt: Ich hatte Angst, daß sie wegging, fortgetragen von einem Strom unausgesprochener und unverstandener Dinge.

Sie stand auf, und ich versuchte mir zu erklären, was so erstaunlich war an ihrer Art aufzustehen und sich hinzusetzen und überhaupt sich zu bewegen, als müsse sie sich nur eine neue Position im Raum ausdenken, um sie gleich darauf schon einzunehmen. Sie durchquerte das Wohnzimmer und öffnete die Küchentür; der Hund Speke schoß heraus und begann erneut wie rasend zu bellen und umherzuspringen.

Ich ging ihr nach, der Hund umkreiste mich knurrend; ich sagte: »Ich laufe normalerweise nicht in der Gegend rum und küsse fremde Frauen.«

»Nicht?« sagte sie. Sie sah in den Kühlschrank, aber es war wohl nichts Interessantes darin, sie machte ihn wieder zu.

Mir schien, daß ich ihr ohnehin nichts würde erklären können; ich hatte kein Vertrauen mehr in meine Kommunikationsmöglichkeiten. Ich tat ein paar Schritte an der Wand entlang; sagte: »Hey, Speke.« An der Kühlschranktür hafteten kleine magnetische Wortkärtchen, die, eins über das andere gesetzt, kurze Gedichte bildeten; eins davon lautete:

Die
Leere
soll
ich
füllen
lieber
zerreiße
ich
sie

Maria Chiara sah, daß ich es las, und sagte: »Die passieren auch einfach. So ähnlich wie ein Kuß zwischen zwei Leuten, die sich plötzlich nahe sind.« Sie nahm eine durchsichtige kleine Schachtel von einem Wandbord und zeigte sie mir, sie enthielt lauter kleine magnetische Wörter. »Das hat mir ein Freund geschenkt. Man nimmt Wörter heraus, aber ohne sie bewußt auszuwählen. Sie müssen einem in die Hände fallen. Es ist ganz anders, als wenn man sie sich ausdenkt und aufschreibt und sich entscheidet und alles bewußt tut. Es bleibt ein Bereich, auf den man keinen Einfluß hat.« Sie stellte die Schachtel zurück, machte eine Geste, um das, was sie gesagt hatte, wieder zurückzunehmen, ihm nicht zuviel Bedeutung zu geben.

Aber ich war entzückt; ich konnte den Blick nicht vom Kühlschrank lösen.

Ein anderes Gedicht lautete:

mir
gefällt
unser
gigantischer
Schatten

Ich fragte mich, wessen Schatten und wer der Freund war, der ihr die Wörterschachtel geschenkt hatte, und was sie unter Freund verstand; in welcher Stimmung sie die Gedichte zusammengesetzt hatte, wann, um wieviel Uhr; was sie kurz davor und kurz danach gemacht hatte.

Dann hielt sie plötzlich, ohne daß ich den Übergang bemerkt hatte, ein Glas Honig und zwei Löffel in der Hand und setzte sich an den Tisch, und ich setzte mich dazu, wir aßen Honig im warmen Licht des orangefarbenen Papierlampenschirms. Es war schwerer, dunkler Kastanienhonig, wir sahen zu, wie er zäh vom Löffel ins Glas tropfte; wir schoben uns den Löffel zwischen Gaumen und Zunge und saugten die zuckrige Süße mit ihrem bitteren Beigeschmack. Wir redeten nicht, wir saßen im schrägen Winkel zum Tisch, ein Bein abgespreizt; unsere Blicke schweiften umher, folgten den Umrissen, glitten über die Möbel, über den Rahmen der Glastür, die auf eine kleine Terrasse führte. Die Zeit war noch gedehnter: Sie verwischte die Konturen der Bewegungen, ließ sie wie langgezogene Pinselstriche wirken.

Maria Chiara stand auf und nahm eine Packung Milch aus dem Kühlschrank, holte zwei Gläser. Ich war voller Bewunderung für ihre Ausgewogenheit und für die Energie, die sie belebte, und zugleich unsicher, wie sich jede Bewegung entwickeln würde, ich war in der Schwebe zwischen Ungezwungenheit und Anspannung, zwischen dem Wunsch, mich meinen Empfindungen hinzugeben, und dem Drang, aufzuspringen und ihr alles zu sagen, was ich fühlte, sie zu umarmen und an mich zu drücken.

Sie stellte die Milchpackung auf den Tisch und sah mich an. Ich goß mit äußerster Behutsamkeit ein, als könnte der winzigste Tropfen, der verschüttet wurde, die Situation heillos beschädigen. Sie bemerkte es, beobachtete mit Laborblick, wie ich jedes Glas bis einen Fingerbreit unter dem Rand füllte. Wir lachten beide auf die gleiche Weise los: von der gleichen Strömung erfüllt.

Ich sagte: »Gott, ich hatte ganz vergessen, wie unwohl ich mich in meiner Haut fühlen kann.«

Sie lachte, sah mich mit zur Seite geneigtem Kopf an.

»Wenn man meint, man hat den falschen Ton und macht die falschen Gesten und das falsche Gesicht, verstehst du? Es ist wie mit Kleidern, die man gekauft hat, ohne sie richtig anzuprobieren, und die einem zu weit oder zu eng oder zu schwer sind und einen die ganze Zeit behindern, so daß man sich nicht bewegen kann, wie man will, und sie sich am liebsten vom Leib reißen würde.« Es kümmerte mich nicht, ob ich ihr kaputt und weltfremd vorkam; ich konnte mir nicht einmal vorstellen, wieder die Rolle des Tüchtigen und allen Widrigkeiten Trotzenden zu übernehmen, die ich bis zu meinem Sturz so gut gespielt hatte.

»Ich hatte auch nie die richtigen Kleider«, sagte sie und strich sich über ihren grauen Pullover: Mir schien, daß ich auch ihre Hände schon seit jeher kannte.

»Dabei habe ich nie jemanden gesehen, der eine so natürliche Eleganz hat wie du«, sagte ich. »Du könntest dir einen Jutesack umhängen und würdest trotzdem toll aussehen.« Ich sagte es nicht, um ihr Komplimente zu machen, und wir sprachen ja auch nicht von wirklichen Kleidern.

Sie faßte sich an die Stirn, sagte: »Das hat mir meine Mutter auch immer gesagt, als ich klein war und die Sachen meines Bruders auftragen mußte, aus denen er herausgewachsen war.«

»Mochtest du das nicht?« fragte ich mit zwei oder drei glaubwürdigen Bildern von ihr als Mädchen in Jungenkleidern.

»*Überhaupt* nicht«, sagte sie, als spräche sie von etwas, was noch nicht weit zurücklag. »Wenn ich auf der Straße ging, wäre ich am liebsten im Erdboden versunken, so plump und verfehlt kam ich mir vor.

Meine Schulkameradinnen hatten alle ihre Krägelchen und hübschen Röckchen, und ich kam mir wie ein armes Waisenkind vor.«

»Ich weiß, was du meinst«, sagte ich lachend. Es schien mir unglaublich, daß sie mir so ähnlich war und so nah: Jemand, der ganz anders aussah und ein anderes Geschlecht und eine andere Kindheit und Lebensgeschichte hatte als ich, der auf Wegen durch die Welt gegangen war, von denen ich nichts wußte. Es schien mir unglaublich, wie leicht wir miteinander reden konnten, aber wie kompliziert die Dinge dicht unter der Oberfläche waren. Mir wurde klar, weshalb ich Alberta geküßt hatte: Weil ein leichter Widerschein ihrer Schwester von ihr abstrahlte. Ich sagte: »Und als du erwachsen warst?«

»Da hab ich versucht, mich für alles schadlos zu halten. Als ich meinen ersten Arbeitslohn bekam, hab ich mir einen breitkrempigen Strohhut mit Band gekauft, um den ich eine Bekannte monatelang beneidet hatte. Den hab ich das ganze Jahr über getragen, obwohl es ein Sommerhut war.«

»Er stand dir aber gut«, sagte ich, denn ich hatte ein ganz deutliches Bild von ihr mit diesem Hut, und es gefiel mir, obwohl es mich auch mit Niedergeschlagenheit erfüllte.

»Ich sah lächerlich aus«, sagte sie.

»Und dann?« fragte ich.

»Dann hatte ich andere Kleider«, sagte sie. »Aber wenn sie mir auch ganz gut standen, paßten sie nie ganz zu mir.« Sie schob das Honigglas von sich, sagte: »Ich habe viele und ganz unterschiedliche Stile ausprobiert. Aber mein eigener war es nie.«

Sie stand auf und warf ihren Löffel ins Spülbecken, ließ Wasser über die Hände laufen. Was sie anhatte, schien genau zu ihr zu passen; doch ich hatte sie im grünen Wasserbecken schwimmen sehen, ich verstand, was sie meinte.

Ich stand ebenfalls auf, sagte: »Und du denkst, da ist nichts zu machen?«

»Nein«, sagte sie und schüttelte den Kopf. »Manche Leute finden nie und nirgends die Sachen, die zu ihnen passen.«

Ich lachte, aber ich merkte, daß ich ihr mit wachsender Unruhe zuhörte, als hätte ich Angst, enttäuscht zu werden von dem, was sie sagte, und nicht rechtzeitig darauf reagieren zu können.

Sie drehte sich zu mir und sagte: »War nett von dir, mit ins Krankenhaus zu kommen und alles.«

»Ich hab's nicht aus Nettigkeit getan«, sagte ich. Mir war, als könnte ich nicht mehr richtig aufrecht stehen, als würde infolge einer Muskel- oder Gefühlskontraktion eine Körperhälfte nach unten gezogen: »Mir blieb gar nichts anderes übrig.«

»War trotzdem nett von dir«, sagte sie. Auch diese Worte hätten durch andere ersetzt werden können: Was zählte, waren die Schwingungen zwischen uns.

Ich sagte: »Du bist eben etwas Besonderes.«

»Du auch«, sagte sie.

Es war schrecklich, uns diese Dinge aus zwei Meter Entfernung zu sagen und nicht aufeinander zugehen zu können, in den Worten verfangen zu sein wie Fische im Netz. Ich fragte mich, ob es an dem lag, was mit Alberta passiert war, oder daran, daß ich meine Vertrautheit mit Frauen verloren hatte, oder an den Schäden von meinem Sturz oder an den Gedanken an Anna in meinem Hinterkopf, an einfacheren oder umfassenderen Gründen.

Maria Chiara verließ die Küche, ohne etwas zu sagen, aber mit einem Blick, der mich in ihren Sog riß.

Ich folgte ihr ins Wohnzimmer und konnte mir nicht vorstellen, wegzugehen, aber genausowenig, zu bleiben. Das Zimmer schien zu ausgedehnt im Vergleich zu unserer Körperwärme, die Wände zu weit weg im Vergleich zur Spannweite unserer Gesten; wir waren müde und aufgewühlt, beide auf ähnliche Weise verwirrt.

Dann setzte sie sich ans Klavier, ein wenig schief und mit gesenktem Kopf. Mit behutsamen Fingern spielte sie eine langsame kleine Melodie, und trotz des schüchternen Anschlags war es ein Musik gewordenes Konzentrat dessen, was ich seit dem Nachmittag in ihr gesehen und in ihr gespürt und in sie hineingedacht hatte. Sie hörte gleich wieder auf, sagte: »Basta.«

»Wieso?« fragte ich. An die Wand gelehnt sah ich zu ihr hinüber, außerstande, mich zu bewegen. »Spiel doch weiter.«

»Das war's schon«, sagte sie. »Mehr kann ich nicht. Das Klavier hat meiner Mutter gehört.«

»Dann spiel noch einmal das gleiche«, sagte ich. Ich machte ein paar Schritte auf sie zu, aber mit großer Mühe. »Bitte.«

Sie sagte: »Laß doch.« Sie saß auf dem Hocker und bewegte die Beine. »Ich kann nicht, wenn du mich so anschaust.«

»Ich schau dich nicht an«, sagte ich. »Ich mach die Augen zu.« Ich hockte mich anderthalb Meter vom Klavier auf den Fußboden, sagte: »Ich mach sie erst wieder auf, wenn du fertig bist, ich schwör's dir.« Die linke Hüfte tat mir weh, aber das machte mich um so empfänglicher: Ich spürte ihren Atem, er streifte wie ein warmer Hauch meine geschlossenen Lider und meine Handrücken.

Sie begann wieder zu spielen, die ferne Melodie, die mich mitten ins Herz und ins Gehirn traf; sie verspielte sich, machte *uff*, fing von vorn an. Ich nahm die Bewegung ihrer Finger und ihrer Handgelenke und die Anspannung in ihren Beinen wahr, ahnte das Auf und Nieder der Hämmerchen im inneren Mechanismus des Klaviers; ich fühlte, wie ihr Gedächtnis die Noten abspulte und wie sie leise die Luft ausstieß, als sie fertig war.

Ich machte die Augen wieder auf: Sie hatte sich auf dem Klavierschemel zur Seite gedreht, mit vor Verlegenheit und Anspannung geröteten Wangen. »Es ist ein Stück von Bach«, sagte sie. »Ich habe es in einem Film gehört, und es gefiel mir so gut, daß ich es mir habe beibringen lassen.«

»Wie schön«, sagte ich. Ich wollte nicht einmal daran denken, wer es ihr beigebracht hatte und wann; ich wollte mich ans Hier und Jetzt halten und keinen Ausflug ins Vorher oder ins Nachher oder sonstwohin machen. Ich sagte: »Komm, spiel noch was.«

»Ich kann nur das«, sagte sie.

»Das gibt es nicht«, sagte ich. »Das glaube ich nicht.«

Sie griff sich an den Hals, sagte: »Ich kann noch was anderes, aber nicht so gut.«

»Spiel's mir vor«, sagte ich. »Bitte.«

Sie spielte *She's like a Rainbow* von den Rolling Stones in holprigem Rhythmus und mit zwei, drei falschen Tönen, aber es klang genauso zauberhaft wie das Stück von Bach, und es paßte genauso gut zu ihr.

Diesmal schloß ich nicht die Augen, ich blieb neben ihr stehen, und als sie fertig gespielt hatte und aufsprang, sahen wir uns aus einem halben Meter Entfernung mit nicht kontrollierbarer Erregung an. Ich stellte mir vor, die Hand auszustrecken und ihre Schläfe zu berühren; ich stellte mir vor, sie würde einen Augenblick so verharren und mir dann die Stirn an die Schulter legen, so wie ich es vor dem Krankenhaus bei ihr hatte tun wollen.

Statt dessen sahen wir uns aus nächster Nähe an und sahen uns nicht an und hatten ernste Schwierigkeiten, eine Körperhaltung oder einen stabilen Gesichtsausdruck zu finden. Ich ging ans Fenster, und sie setzte sich wieder aufs Sofa; ich kehrte zum Sofa zurück, und sie ging zum Klavier und klappte den Deckel zu. Ich setzte mich, stand wieder auf, sie machte eine langsame Drehung um sich selbst.

Ich stellte mir vor zu sagen: »Du bist vielleicht müde«, aber ich tat es nicht.

»Bist du müde?« fragte sie.

»Ja«, sagte ich, doch in Wirklichkeit war ich jenseits von Müdigkeit und Nichtmüdigkeit, außerhalb der Reichweite jeder normalen Empfindung. Ich sah auf meine Jacke, die über einer Stuhllehne hing, sah zur Wohnungstür, sagte: »Ich gehe jetzt.« Ich holte meine Schuhe und Strümpfe, zog sie mir an, mühsam und umständlich herumfingernd; als ich einen Schritt darin gehen wollte, kamen sie mir zentnerschwer vor.

Maria Chiara sagte: »Du mußt jetzt noch die ganze Strecke bis aufs Land zurückfahren.«

»Halb so schlimm«, sagte ich, obwohl es mir wie eine grausame Form von Selbstdeportation vorkam. Ich dachte an die nächtliche Straße, an Anna in unserem Blockhaus, an die unerklärte Zeit, die sich zwischen ihr und mir immer weiter ausbreitete. Aber es waren dumpfe Gedanken; sie vermochten nicht die Gestalt klarer Bilder anzunehmen wie die, die ich vor Augen hatte. Ich sah Maria Chiara an und wußte nicht, ob ich mich gleich von ihr verabschieden oder mir zuerst die Jacke anziehen sollte; ob ich noch abwarten sollte. Ich sagte: »Wollen wir uns morgen früh bei Alberta im Krankenhaus treffen? Sobald sie uns hineinlassen?«

»Ja«, sagte sie. Sie rührte sich nicht; die Hülle des Augenblicks zerriß noch immer nicht.

Ich nahm meine Jacke vom Stuhl, über den ich sie gehängt hatte; ich glaubte nicht, wirklich weggehen zu können, ich glaubte nicht, Stufe um Stufe die Treppe hinabsteigen und draußen zum Auto gehen und in der Dunkelheit davonfahren zu können.

»Um wieviel Uhr lassen sie uns ein?« fragte Maria Chiara und biß sich auf die Lippen. »Weißt du es?«

»Nein«, sagte ich. Ich tat einen Schritt auf sie zu, sagte: »Ich bin um sechs hier bei dir. Dann sind wir ganz sicher im Krankenhaus, sobald sie öffnen.« Dabei schien mir, daß nichts sicher war, wenn ich jetzt ging; alle meine Gefühle waren gespannt wie elastische Bänder.

Sie nickte zustimmend; sie sah blaß und verschreckt aus, nicht wie jemand, den man nachts allein lassen kann.

Ich dachte wieder an Anna und an den Reiterhof: Blicke und Worte, die mir durch den Kopf gingen, aber sie ließen mir den Gedanken wegzugehen noch unnatürlicher erscheinen. Ich zog meine Jacke an und fühlte mich niedergedrückt wie von der sinnlosesten und demütigendsten Rüstung. Sie sagte »ciao« mit einer Handbewegung, als wolle sie sich abwenden und zu einem anderen Punkt in der Wohnung gehen.

»Ciao«, sagte ich mit einer ähnlichen Geste. Aber das reichte nicht im entferntesten; ich ging auf sie zu, mein Herz schlug ruckweise, Vorankündigung eines weit schlimmeren Rucks. Ich legte ihr eine Hand auf die Schulter, und sie stürzte auf mich zu: Wir klammerten uns aneinander mit der Gewalt eines totalen Bebens aus Verlangen und Dankbarkeit und Erleichterung. Es war eine Umarmung, die uns alle Normen und Begriffe, die wir hatten, für immer vergessen lassen konnte, eine grenzenlose Geschmeidigkeit, die aus unserem tiefsten Innern kam und uns Schicht um Schicht durchdrang bis an die Oberfläche der Muskeln und der Haut und wieder zurück mit einem Schauer, der sich in kürzeren Wellen brach wie ein sehr fernes Schluchzen. Es war eine Umarmung, die keiner anderen Umarmung meines Lebens glich, selbst wenn ich mich hätte zwingen können, mich zu erinnern: wie das Einsaugen aller Luft, die es auf der Welt zu atmen gibt, ein Erd- und Meerbeben, das uns den Boden unter den Füßen wegzog und uns überschwemmte und emporhob und in die Tiefe riß und uns ließ, wo wir waren.

Ich versuchte den Kopf in den Nacken zu legen, um ihr ins Gesicht zu schauen, aber sie hielt die Augen geschlossen und preßte sich noch immer an mich, die

Distanz schloß sich wieder dank der Schwerkraft und des Neigungswinkels unserer Körper. Wir schienen uns nicht mehr voneinander lösen zu können, wir schienen nicht aufhören zu können, den Druck unserer eng aneinander geschmiegten Körper zu spüren, das Gefühl des Gefundenhabens und der Zuflucht, das Gefühl, heimgekehrt, einer tödlichen Gefahr entronnen zu sein.

Dann warf ich die Jacke ab, weil sie mir zu schwer wurde; und aus der Formlosigkeit, in der wir versunken waren, traten allmählich Maria Chiaras Konturen hervor; und aus der Allseitigkeit unserer Umarmung der präzise Gedanke, daß sie es war, die ich umarmte; ich begann aus unserer Distanzlosigkeit kleine Distanzen zu gewinnen und genaue Details ihrer Gestalt und ihres Gesichts festzuhalten. Ich strich mit den Händen über ihren Rücken, um ihre Taille und ihre Hüften zu spüren, küßte sie auf den Hals und auf die Schläfe und auf die Stirn, um ihr noch näher zu sein; ich küßte sie auf die Lippen. Eine ziellose Lust stieg in mir auf, zu nehmen und zu besitzen, dem Verschwommenen Konturen zu geben, Wege abzustecken und Namen zu schreiben, einen Ausweg zu finden und auch ein mögliches Ende für die Spannung, die uns durchlief, das Netz des Vollzogenen über alles zu breiten.

Ich küßte sie wieder auf den Mund und öffnete mit der Zunge ihre Lippen, und da spürte ich mit meinem Körper und mit den Händen, die sie drückten und preßten, wie ein andersgeartetes Beben sie durchlief; ich bog den Kopf zurück und sah, daß sie weinte.

Ich löste mich von ihr, sagte: »Was ist?« Sagte: »Was hast du?« Das Blut war mir jäh gefroren.

»Nichts«, sagte sie, schluchzte und bebte aber weiter, sie konnte nicht aufhören.

»Na, na«, sagte ich und streichelte ihren Kopf. Sagte: »Beruhige dich«, machte verzweifelte Handbewegungen, die besänftigend wirken sollten. Der Sog zu ihr hatte wieder alle Nennbarkeit verloren, ich war von Niedergeschlagenheit erfüllt. »Komm, setz dich«, sagte ich und versuchte, sie zum Sofa zu ziehen, aber vergeblich, ich ließ sie mir entschlüpfen.

Sie ging zum Fenster, lehnte die Stirn an die Scheibe.

Ich legte ihr eine Hand auf den Rücken und redete dicht an ihrem Ohr mit ihr, sagte: »Maria Chiara?«

Sie hielt still, ohne mit dem Weinen aufzuhören und ohne meine Hand abzuschütteln.

»Was ist?« fragte ich. Ich betrachtete ihr Haar und ihren Nacken, ihre Schultern; ich war in einem Zustand völliger Auflösung, ich wußte nicht, was ich tun sollte. Ich sagte: »Wenn es meinetwegen ist, tut es mir leid.«

Sie drehte sich zu mir und sah mich an, ihre Augen und Wimpern waren naß; sie versuchte zu lächeln, aber es gelang ihr nicht.

»Ist es wegen Alberta?« fragte ich, und ein Riß ging mir durchs Herz; ich begriff nichts.

Sie wandte sich wieder zum Fenster, sie schien beschädigt jenseits aller Wiedergutmachungsmöglichkeiten.

Ich hätte eine doppelt so hohe Dosis an Tabletten und Wodka schlucken können wie Alberta, so sehr war das Zimmer von Schmerz und Verständnislosigkeit überflutet, wo noch vor wenigen Minuten grenzenlose Freude herrschte. Ich hätte am liebsten einen Schrei ausgestoßen, so wie ich es einmal vor einem Pferd getan hatte, mit dem ich mich auf keine andere Weise verständigen konnte: der gleiche Gipfel der Hilflosigkeit. Maria Chiara schluchzte am Fenster, und ich schrie »heey!« – so laut, daß ich die Schwingungen spürte, die von den Wänden und den Fensterscheiben zurückgeworfen wurden. Ich vertraute auf keine bekannten Wörter und Gesten mehr; ich schlug die Handflächen aneinander, bis es weh tat, mit der verzweifelten Urkraft eines Wilden, der auf ein Wunder hofft gegen Mächte, die zu stark sind für seine Mittel.

Ich sah zu Maria Chiara: Sie machte wider Erwarten ein verdutztes Gesicht.

»Du sollst nicht weinen«, sagte ich. »Bitte.«

»Und warum nicht?« sagte sie; wischte sich mit dem Handrücken die Tränen weg, sah mich an.

»Weil wir hier zusammen sind«, sagte ich. »Weil wir vor fünf Minuten glücklich waren.« Ich brachte es nicht fertig, ruhig zu reden oder sie ruhig anzusehen: Ich durchforschte ihre Gesichtszüge auf der Suche nach Hinweisen, nach Erklärungen.

Sie schüttelte den Kopf: ungläubig, müde. Sagte: »Glücklich?«

»Ja«, sagte ich. »Ich zumindest war es. Jedenfalls hätte ich kein anderer sein wollen und bei niemand anderem und an keinem anderen Ort der Welt.«

Sie sah mich leise atmend mit zur Seite geneigtem Kopf an.

Ich bekam Lust, sie erneut zu umarmen, aber ich fürchtete, sie wie vorhin aus dem Gleichgewicht zu bringen; ich sagte: »Wirklich.«

»Weil wir uns plötzlich nah waren?« fragte sie. »So wie mit Alberta?«

»Nein«, sagte ich; mir stiegen Tränen in die Augen vor Anstrengung, mich mitzuteilen, Gründe anzuführen oder zu widerlegen. »Mit Alberta, das war nur ein Abglanz von dir«, sagte ich. »Das habe ich sofort erkannt, als ich dich sah.«

Sie nahm eine Packung Papiertaschentücher vom Tisch, putzte sich die Nase. Setzte sich wieder aufs blaue Sofa und begann mit ihren Papierblättchen zu hantieren, um sich eine weitere dünne Zigarette zu drehen.

Wieder war ich entzückt von ihren Bewegungen: von dem, was dahintersteckte, was sie offenbarten und in sich bargen. Aber ich legte ihr gegenüber eine Art äußerster Behutsamkeit an den Tag und bemühte mich, ihr nicht das winzigste Alarmsignal zu senden. Ich setzte mich mehr als einen Meter von ihr entfernt auf den Fußboden, bis sie sich die Zigarette angezündet und zwei, drei Züge genommen und mich gefragt hatte: »Willst du?«

Wir rauchten schweigend, ich saß auf dem Boden und sie auf dem Sofa, wir mußten uns jedesmal strekken, wenn wir uns die Zigarette reichten, und jedesmal war es eine kleine Annäherungsgeste, gleich darauf gingen wir wieder auf Sicherheitsabstand.

Mir fiel ein, was Alberta, sie zitierend, zu mir gesagt hatte: daß Männer und Frauen zwei verschiedenen Gattungen angehören, die sich gegenseitig Signale senden und sie jeweils nach ihren eigenen Codes deuten. Ich fragte mich, ob und auf welche Weise ihr Weinen damit zu tun hat.

Mir fielen zahllose Botschaften ein, die ich zur falschen Zeit oder im falschen Zusammenhang ausgesandt oder erhalten hatte: fehlgeschlagene und in ebenso falschen Varianten wiederholte Versuche, miteinander zu reden, Mißverständnisse, Enttäuschungen, vergebliche Erwartungen.

Maria Chiara sah mich an, traurig, aber auch offen, ohne Barrieren.

Wir behielten uns mit Seitenblicken im Auge; die bloße Tatsache, uns nah zu sein, war so anstrengend wie die härteste körperliche Arbeit. Ich wußte nicht, ob ich etwas tun sollte oder einfach ruhig abwarten, wie sich die Situation entwickelte. Ich wußte nicht, ob Zeit dazu war; ob ich wieder meine Jacke nehmen, an anderes denken, irgend etwas sagen sollte.

»Sind Pferde sehr verschieden voneinander? Charakterlich?« fragte Maria Chiara.

»Unglaublich verschieden«, sagte ich. »So wie Menschen, mehr oder weniger.« Ich war dankbar für ihre unverhoffte Neugier; ich fühlte mich leichter, von neuer Spannkraft durchströmt. »Sie haben nur eine oberflächliche Gleichartigkeit, die ziemlich ausgeprägt ist, aber sobald du unter die Oberfläche siehst, gibt es erstaunlich vielfältige und komplizierte Beziehungen und Verbindungen.«

»Ah ja?« sagte sie, das Leuchten in ihrem Blick tat mir beinahe weh.

»Ja«, sagte ich und war mir nicht einmal sicher, ob es sie wirklich interessierte, aber ich redete trotzdem weiter. »Du merkst es, wenn du sie zusammen auf eine Koppel bringst. Ich meine jetzt nicht, wenn du erreichen willst, daß sie sich paaren.« Ich kam mir vor wie auf einem Minenfeld, wo ein einziger falscher Schritt fatale Folgen haben konnte, aber es war zugleich ein angenehm weiches Feld, das zum Darübergehen verlockte. Ich sagte: »Bei Pferden gibt es eine außerordentlich große Vielfalt an charakterlichen und physischen Gründen, sich zu mögen oder sich nicht zu mögen. Es kann die Farbe des Fells sein oder die Schnelligkeit oder Langsamkeit oder der Schweifansatz oder die Art, sich dem Wassertrog zu nähern oder den Hals zu beugen. Das reicht schon aus, sie zu unvereinbaren Gegnern zu machen oder sie so stark zueinanderzutreiben, daß du es nicht mehr schaffst, sie zu trennen.«

»Wirklich?« fragte sie; sie schien verwundert über die Art, wie ich sprach, und vielleicht auch über das, was ich sagte.

»Ja«, sagte ich. »Sie drehen durch, wenn du auch nur versuchst, sie zu trennen. Sie stürmen um die ganze Koppel und wiehern mit hocherhobenem Kopf und aufgestellten Ohren und geblähten Nüstern und sind imstande, jeden Zaun zu überspringen. Oder ihn umzurennen. Als Außenstehender, wenn du dich nicht auskennst, denkst du, daß ein Pferd mehr oder weniger wie das andere ist und daß es auch für sie selbst so ist, dabei gibt es tausend wahnsinnig starke und subtile Gründe, warum ein Pferd ganz anders ist als das andere.«

»Und du kannst sie erkennen?« fragte sie und sah mich unverwandt an.

»Manchmal kann ich sie erahnen«, sagte ich. »Aber nicht immer. Man sieht es nicht ohne weiteres, wenn man nicht gerade versucht, sich in diesen Hengst oder in diese eine Stute hineinzuversetzen.«

Dann waren wir plötzlich beide am Ende unserer Kräfte: Die Augen fielen uns zu, wir konnten kaum noch sitzen. Die Energie, die uns in heftigen Wellen zueinander getrieben und voneinander entfernt hatte, die uns mit der ganzen Intensität der Welt hatte miteinander reden und einander zuhören lassen, war von einer Sekunde zur anderen gewichen und hatte uns so schwach und leer zurückgelassen, daß wir einfach nach hinten kippten. »Ich muß schlafen«, sagte Maria Chiara.

»Ich auch«, sagte ich, obwohl ich keine Ahnung hatte, wie ich es schaffen sollte, mich auf den Weg aufs Land zu machen.

»Schlaf hier, wenn du willst«, sagte Maria Chiara und deutete auf das Sofa.

»Danke«, sagte ich; mir wäre auch eine Decke auf dem Fußboden recht gewesen.

Doch um halb vier Uhr nachts war ich wach, und meine Muskeln waren vor Erschöpfung und Aufregung so verkrampft, als wären sie in einen Schraubstock eingespannt. Ich hatte auch nicht daran gedacht, die Rolläden zu schließen; das Licht der Straßenlampen fiel herein und überzog die Gegenstände und die Lücken dazwischen mit einer milchigweißen Schicht wie in einer Laterna Magica. Ich stellte mir Maria Chiara in ihrem Zimmer am Ende des kleinen Flurs vor: Es war seltsam, in derselben Wohnung zu sein, mit trennenden Wänden und Türen zwischen uns, vielleicht alle beide in gleicher Weise wach liegend.

Ich setzte mich aufs Sofa, ich bekam kaum Luft. In meinem Körper hatte ich die Erinnerung an unsere Umarmung und an die plötzliche Unterbrechung und daran, wie wir uns kurz zuvor gegenübergestanden hatten, und diese drei Zeitabschnitte schoben sich übereinander und drückten mir gegen die Rippen. Ich fragte mich, ob ich wirklich in eine Lebensphase zurückgefallen war, in der mein Interpretationsvermögen unzuverlässig und unsicher war, oder ob ich schon so weit war, daß ich kein Zeichen mehr als das erkennen konnte, was es war, ohne daß es sich vor meinen Augen in Milliarden unüberschaubarer Facetten aufsplitterte.

Ich stellte mir vor, in Maria Chiaras Zimmer hinüberzugehen: den Flur zu durchqueren, eine Hand auf die Türklinke zu legen. Ich stellte mir den Blick vor, mit dem sie mich unter den Decken hervor oder vielleicht auf dem Bett sitzend ansehen würde; die möglichen Worte oder Nichtworte zwischen uns, die möglichen Gesten. Aber diese Vorstellungen waren genauso widersprüchlich wie die Blicke und Gesten und Worte, die zwischen uns gewesen waren: Sie kamen ruckweise und zogen sich wieder zurück, hielten mich auf der Sofakante fest, schwer atmend und mit wild pochendem Herzen.

Ich versuchte, gleichmäßig zu atmen; mein bisheriges Leben glitt unter mir fort, in immer weitere Ferne, immer unkenntlicher werdend; ich wußte nicht, wie ich in dieser Nacht noch Schlaf finden sollte.

SIEBEN

Ich erwachte von einem explosionsartigen Knall, der die Wände und das Dach und die Fensterscheiben erzittern ließ: Mit rasendem Herzklopfen sprang ich auf und schleuderte die Decke weg, aber es hing nur noch ein vibrierender Nachhall in der Luft, und das Zimmer war nicht verwüstet, und es war nicht mein Zimmer mit Anna im Blockhaus, sondern ein fremdes kleines Wohnzimmer, und ich lag nicht in meinem Bett, sondern auf einem Sofa mit einer leicht nach hinten geneigten Sitzfläche. Durch das Fenster kam graues, bedrohliches Licht. Es dauerte einige Sekunden, bis ich mir klargemacht hatte, wo ich war und weshalb, und einige Minuten, bis mein Herzschlag sich normalisierte. Ich hatte nicht das Gefühl, viel geschlafen zu haben oder ausgeruht zu sein; ich erinnerte mich an endloses Hin- und Herwälzen, an Blicke und Worte, die mir jedesmal, wenn ich mich umdrehte, durch den Kopf schossen, jähe Impulse und Fragen und immer neue Ängste, immer neue Schmerzen überall am Körper.

Ich ließ mich aufs Kopfkissen zurückfallen, schloß wieder die Augen. Sofort wirbelten mir Bilder von Anna und vom Reiterhof und von tausend unerledigten Angelegenheiten durch den Kopf, alle unterschiedlich weit weg, aber alle mit der gleichen Aura anhaltenden Schadens: Forderungen nach Erklärungen, Pferde, Heuhaufen, Zementsäcke, Arbeiter und wartende Kunden, vorwurfsvolle und wütende Mienen, nutzloses Bedauern. Es war wie ein drohender Krieg, ich glaubte ihn näherkommen zu hören in der Stille, die sich immer mehr ausbreitete, bis sie von einem weiteren schrecklichen Schlag durchbrochen wurde, der das Haus erschütterte und die Fensterscheiben klirren ließ.

Wieder fuhr ich mit wild klopfendem Herzen hoch. Maria Chiara stand wenige Schritte von mir entfernt im Wohnzimmer, barfuß, in Jeans und T-Shirt. »Hast du das gehört?« fragte sie.

»Ja«, sagte ich unter der schützenden dünnen Bettdecke hervor, erneut von Ungläubigkeit erfaßt beim Gedanken, hier zu sein.

Sie trat ans Fenster, halb ängstlich und halb neugierig, selbstsicher in ihrer Wohnung und zugleich befangen, weil mein Blick ihr folgte; sie sagte: »Es ist eine Art Hurrikan.«

Ich zog mir im Handumdrehen Hemd und Hose über, während es draußen zu stürmen begann und der Regen an die Fensterscheiben prasselte und von weiter weg wieder ein Donnerschlag kam. Ich trat zu ihr ans Fenster, mit sorgenvollen Gedanken an undichte Dächer und nasses Heu, verschreckte Pferde, unbefahrbar gewordene Straßen, defekte Stromleitungen, Blitzschäden. »Kann hier nichts kaputtgehen oder zerstört werden?« fragte ich.

Maria Chiara sah mich mit einem fragenden Blick an und schüttelte den Kopf. »Ich glaube nicht.«

Wir gingen im Wohnzimmer umher, als bewegten wir uns in einem eingezäunten Gehege, und es fiel uns schwer, so zu tun, als wäre es anders, sooft wir auch stehenblieben und woandershin blickten.

Ich legte die Decke zusammen; Maria Chiara suchte irgend etwas auf dem Tisch am Fenster, das von Wind und Regen gepeitscht wurde. »Wir haben vergessen, die Fensterläden zuzumachen, gestern nacht«, sagte sie.

»Ja, aber ich habe trotzdem ausgezeichnet geschlafen«, sagte ich in so wenig überzeugendem Ton, daß ich lachen mußte; als ich aufblickte, lachte sie auch.

Ich ging ins Bad; vom Fenster aus betrachtet schien der Sturm noch stärker zu werden. Ich hatte keinen Rasierapparat mitgenommen; vor dem Spiegel kniff ich die Augen zu, weil ich keine allzu genaue Vorstellung davon haben wollte, wie Maria Chiara mich sah. Ich fragte mich, ob der Augenblick noch anhielt, der am Nachmittag zuvor begonnen hatte; ob einer von uns schon bald aus ihm hinaustreten würde; ob sich der Augenblick dem Ende zuneigte, ohne daß wir etwas dagegen tun konnten. Ich fragte mich, ob er wie eine erlöschende Kerzenflamme langsam ausklingen oder von einem Moment zum andern auseinanderbrechen würde mit der Gewalt der Donnerschläge, die das Haus immer noch erschütterten; ob wir dann, ohne es recht zu merken, auf einmal jenseits des Augenblicks stünden oder ob wir wie zwei Schiffbrüchige, deren Schiff zerschellt ist, an Land geschleudert würden. Mein altes Leben meldete sich zurück, klopfte antwortheischend an die Scheiben und drückte mir aufs Herz; ich ging ins Wohnzimmer hinüber.

Maria Chiara war nicht da, nur der Hund Speke trippelte steifbeinig und vor Anspannung zitternd über den Fußboden und knurrte mich leise an. Ich ging in die Küche: Maria Chiara stand am Herd und setzte die Espressokanne auf, sagte: »Hey.« Sie hatte sich einen grobmaschigen blauen Pullover übergezogen; im kalten Licht der Glastür sah sie aus, als hätte sie auch kaum geschlafen.

Ich schaute auf die kleine Terrasse, über die in Strömen Wasser floß, und ein Schauer von Ungewißheit erfaßte mich.

»Ich habe im Krankenhaus angerufen«, sagte sie, »sie machen in einer halben Stunde auf. Ich habe nach Alberta gefragt, aber es war nur ein fieser Typ dran, er hat gesagt, daß er am Telefon keine Auskunft geben darf.«

»Wir gehen besser hin«, sagte ich. Ihr angespannter, ungeduldiger Ton machte mir Sorgen; ich wünschte mir, sie würde wieder so sein wie am Abend zuvor, als wir in die Wohnung kamen und es nichts Dringendes zu tun gab. »Du wirst sehen, es geht ihr gut.«

»Ist dir kalt?« fragte sie.

»Ein bißchen«, sagte ich und wunderte mich, daß sie es bemerkt hatte und daß ich fror und es zugab. Mir schien, daß mir seit Jahren nicht kalt gewesen war und daß ich es noch nie zugegeben hätte, nicht einmal in den schlimmsten Winternächten, wenn Anna mich weckte und mich bat, im Ofen Holz nachzulegen, und ich es bloß tat, damit sie zufrieden war, und insgeheim dachte, daß sie eine wenig abgehärtete Städterin sei. Wieder fiel mir der Reiterhof im verheerenden Regen ein, Anna, die von Angst und Wut erfüllt war, den Ereignissen nicht gewachsen. Ich dachte daran, sie anzurufen, ihr wenigstens zu sagen, wo ich war, und sie zu fragen, wie die Lage stehe; aber ich hatte nicht die geringste Lust, die Situation mit meinem alten Leben in Berührung kommen zu lassen und sie womöglich zu zerstören.

Maria Chiara ging an mir vorbei, und wir streiften uns: zwei Menschen, die die halbe Nacht redend miteinander verbracht hatten und die andere Hälfte damit, nicht zu schlafen, und die immer wieder eine Zone von Vertrautheit und Nichtvertrautheit durchqueren, die wie ein magisches Feld jede ihrer Bewegungen beeinflußt.

Ich setzte mich auf einen Hocker und sah zu, wie sie Milch und zwei Tassen und Kaffeelöffel hervorholte, zwei Papierservietten faltete. »Ich helfe dir«, sagte ich. Sie schüttelte ablehnend den Kopf, im Sturmgetöse und in der sich ständig verkürzenden Zeitspanne bis zur Öffnung des Krankenhauses. Wir hätten auf einem Berggipfel sein können, der durch eine Überschwemmung in eine Insel von abnehmender Größe verwandelt worden war; wir hätten die beiden letzten Menschen auf Erden sein können, und sie hätte immer diese vollkommene Unabhängigkeit von den Umständen an den Tag gelegt.

Sie goß Kaffee und Milch in die beiden Tassen und reichte mir eine. Als ich trinken wollte, sagte sie: »Warte.« Lächelte und sagte: *»Heiß.«*

Ich nickte, kniff die Augen zusammen.

»Ich wußte, daß es regnen würde«, sagte sie, »aber so ein Sturm, das hätte ich nicht gedacht.«

»Woher wußtest du es?« fragte ich. Sie konnte mir Bilder mitteilen, ohne zu Worten Zuflucht nehmen zu müssen: Sie brauchte nur eine Hand zu bewegen oder den Kopf zu drehen.

»Ich wußte es eben«, sagte sie und legte eine Packung Kekse auf den Tisch. »Ich hatte es im Gefühl.«

Wir setzten uns auf die Stühle mit Strohgeflecht, der

Regen trommelte aufs Dach und schlug an die Glastür und überflutete die Terrasse. Ich wartete, daß sie trinken würde: Kaum hatte sie einen Schluck von dem Milchkaffee genommen, trank ich auch, tunkte mit höchster Gier einen Keks hinein.

»Du bist wohl hungrig?« fragte sie lachend.

»Ja«, sagte ich. Tatsächlich glaubte ich vor Hunger zu sterben, ohne hungrig zu sein; ihre Kekse zu essen und ihren Milchkaffee zu trinken schien mir eine Möglichkeit, wenigstens eines Teils von ihr habhaft zu werden, ihn mir zu eigen zu machen.

Es waren kaum noch Kekse in der Packung; wir aßen sie alle auf, ohne zu reden, selbstvergessen und mit plötzlicher Hast, verwirrt. Ich zweifelte nicht daran, alles zu spüren, was sie spürte: Mir war, als sei ich in ihren nackten Fußsohlen auf dem Boden und in ihren Händen, die unterschiedlich schwere Gegenstände ergriffen und losließen, in ihren Lippen am Tassenrand, in ihrer Kehle, durch die der heiße Kaffee rann, in ihren Halsmuskeln, als sie sich umdrehte und zur Glastür sah, in ihren Augen, die mich fixierten und sich gleich wieder abwandten. Mein Blick und mein Gehör und mein Tastsinn waren so geschärft, daß es mir weh tat; ich konnte einen Atemzug oder einen Wimpernschlag mit einem Sekundenbruchteil Vorsprung wahrnehmen.

Maria Chiara sah zum Wecker auf dem Wandbord und sagte: »Wir müssen los.« Sie stand auf, mit einem Sekundenbruchteil Verspätung gegenüber meiner Wahrnehmung.

»Klar«, sagte ich, obwohl es mir am liebsten gewesen wäre, wenn Alberta gar nicht existiert hätte; wenn es niemanden auf der Welt gegeben hätte, der sich zwischen uns drängen konnte. Ich sah sie aus der Küche kommen und nach Schuhen suchen; es war mir unverständlich, wie wir uns tatsächlich in den Sturm hinausstürzen und irgendwohin fahren konnten. Auch der Hund Speke schien fassungslos: Er lief uns ins Wohnzimmer hinterher und stieß ein Gejaule aus, das wie Türquietschen klang.

Wir betraten das Krankenhaus unter einem vom Vordach niederprasselnden Sturzbach, mit Plastiktüten über dem Kopf, Kleider und Schuhe vom Laufen entlang den Häuserwänden durchnäßt. Als wir über den mit Sägemehl bestreuten Fußboden der Eingangshalle gingen, beobachtete ich Maria Chiara, und die Sorgen, die ich mir um ihre Schwester machte, genügten nicht als Gegengewicht zu meiner Freude, ebenso naß und atemlos und in Bewegung zu sein wie sie. Seite an Seite, wie am Abend zuvor, liefen wir rasch durch die Korridore und erzeugten Elektrizität, sobald wir einander streiften oder kurz berührten. Die Blicke der Leute, die ihre Angehörigen besuchten, und der Patienten in Bademänteln und der Krankenschwestern und Ärzte erschienen mir wie stumme Bestätigungen dessen, was mit uns geschah, als folge uns eine für jedermann sichtbare Gloriole aus farbigem Neon. Ich wäre mit ihr gern durch ein endloses Labyrinth von Treppen und Korridoren gegangen, ohne jemals an ein Ziel zu gelangen.

Aber am Ende kamen wir doch in die Abteilung, in der Alberta lag; eine Krankenschwester wies uns den Weg. Wir traten gemeinsam ins Zimmer, beide noch mit einem scharfen Bewußtsein der Gefahren, die uns drohten. Alberta lag im Bett am Fenster in einem

Zimmer mit vier Betten, von denen eins leer, eins von einer alten Frau und das andere von einem dicken jungen Mädchen belegt war. Aufrecht im Bett sitzend, sah sie uns entgegen, zwei große Kissen im Rücken, mit bleichem, kindlichem Gesicht und aufgelöstem Zopf, die Haare weniger straff zurückgekämmt als sonst. »Wo ist Arturo?« fragte sie sofort, als Maria Chiara auf sie zuging.

»Bei Riccardo, mach dir keine Sorgen«, sagte Maria Chiara im beschützerischen Ton, den sie ihr gegenüber auch gestern hatte. Der Regen schlug an die Fensterscheiben, er schien nicht im mindesten nachlassen zu wollen.

Ich blieb einen Meter zurück, um mögliche Mißverständnisse nicht zu bekräftigen und um nicht zu zeigen, was ich für ihre Schwester empfand. Sie tat mir sehr leid wegen all der Dinge, die in ihrem Leben schiefgelaufen waren und die man ihr schon als Kind angetan hatte, aber als ich sie nun außer Gefahr und bei Bewußtsein sah, wollte ich nur noch mit Maria Chiara hinausgehen und wieder in unsere Eins-zu-eins-Konzentration eintauchen, bevor es zu spät war. Ich machte einen Schritt nach vorn, sagte: »Du siehst schon viel besser aus.«

»Ich fühle mich, als hätte ich lauter Watte im Magen und eine Zunge aus Schmirgelpapier«, sagte sie.

Es schien, als hätte sie auch eine Art Abwehrmechanismus gegen komplizierte Gedankengänge entwickelt; als läge es in ihrem Wesen, ständig zu Nebensächlichkeiten abzuschweifen. Die beiden Schwestern waren sehr verschieden, es war beeindruckend, sie nebeneinander zu sehen.

Maria Chiara strich ihr übers Haar, sagte: »Betta, du Dummchen, was machst du für einen Blödsinn?«

Ich war gerührt von der Vertrautheit zwischen ihnen, und ich war eifersüchtig: auf die Art, wie sie sich ohne Worte, durch bloße Gesten verständigten.

»Und Speke?« sagte Alberta.

»Dem geht es bestens. Reaktionsschnell wie immer«, sagte ich. Sie war so etwas wie eine Botschafterin ihrer Schwester gewesen, dachte ich und war ihr dankbar dafür, ganz gleich, was zwischen mir und Maria Chiara geschehen mochte.

Maria Chiara sagte: »Es geht allen bestens. Mach dir um niemanden Sorgen. Denk nur dran, wieder zu Kräften zu kommen.«

»Ich *bin* schon bei Kräften«, sagte Alberta; es beeindruckte mich, wie sie die Rolle der kleinen Schwester spielte. Sie deutete auf eine Krankenschwester, die gerade hereinkam: »Sagt es ihr nur auch, daß ich nach Hause gehen kann.«

Ganz auf der Höhe schien sie freilich nicht zu sein, und ich wollte auch nicht, daß sie ausgerechnet jetzt nach Hause kam und die ganze Aufmerksamkeit ihrer Schwester beanspruchte und mit ihrem Gewicht das Gleichgewicht des Augenblicks verschob; ich sagte: »Ist es nicht vernünftiger, wenn du noch ein bißchen bleibst?«

»Und was soll ich hier?« sagte Alberta voller Zorn, den auch ihre Artikulationsschwierigkeiten kaum abschwächten. Sie schien imstande, Laken und Decken wegzuschleudern und ohne Erlaubnis von irgend jemandem aus dem Bett zu springen, bevor wir etwas dagegen tun konnten.

Maria Chiara wandte sich an die Krankenschwester, die meinte, es müßten weitere Kontrolluntersuchungen durchgeführt werden, bevor man an Entlassung denken könne. Maria Chiara bestand darauf, mit einem Arzt zu sprechen, genauso entschieden, wie ich es am Abend zuvor bei ihr gesehen hatte. Die Krankenschwester versuchte sie mit vagen Ausreden abzuwimmeln, aber sie tat sich schwer, machte gedehnte Gesten.

Ich schaute auf den Regen an den Fensterscheiben und hörte das Gewitter toben, und neue Katastrophenbilder von Anna und vom Reiterhof wurden in mir wach. Ich war hin und her gerissen zwischen diesen Ängsten und dem Unvermögen, mich auch nur ein kleines Stück von Maria Chiara zu entfernen; ich wußte nicht, was ich tun sollte. Ich sah von Alberta in ihrem Bett zu Maria Chiara, die an der Tür mit der Krankenschwester sprach; vor lauter Unruhe taten mir Kopf und Beinmuskeln weh. Die Krankenschwester ging irgendwann, um den Arzt zu holen, und Maria Chiara trat wieder ans Bett ihrer Schwester; ich sagte: »Ich geh mal kurz raus«, sagte: »Bin gleich wieder da.« Maria Chiara nickte; ich wandte mich zum Gehen, bevor ich ihren Blick richtig entschlüsseln konnte, meine Unruhe wurde unerträglich.

Ich ging rasch den Korridor hinunter, fragte einen Krankenpfleger, der einen Wagen schob, und einen Patienten im Pyjama und eine Frau in gelbem Ölzeug nach dem Weg zum Telefon; stieg, drei Stufen auf einmal nehmend, eine Treppe hinauf, rannte durch den Ammoniakgeruch bis zu einem Saal, in dem einige Patienten und Angehörige von Patienten um zwei orangefarbene Wandtelefone herumstanden. Der Regen prasselte gegen ein hohes Oberlicht, ich sah das düstere Grau des Himmels und das Leuchten der Blitze, während ich auf und ab ging und meine Gedanken rastlos zwischen Maria Chiara, ein Stockwerk unter mir, und der kilometerweit entfernten Anna hin und her hetzten. Es machte mich verrückt, daß mein altes Leben weiterhin so sehr in realen Dingen verankert war, trotz der Entfernung und trotz meiner Wünsche und trotz der Gefühle, die im Spiel waren.

Schließlich gelang es mir, einem Vater-Sohn-Gespann zuvorzukommen und eins der Telefone zu ergreifen; ich schob vier Zweihundertliremünzen in den Schlitz und wählte die Nummer; der Druck der Begründungen und Erklärungen, die ich Anna schuldete, war in mir so groß geworden, daß ich beim ersten Knacken in der Leitung »Anna? Hörst du mich?« in den Hörer rief.

Aber Anna kam nicht ans Telefon, obwohl mein Trommelfell bereits auf zwei, drei mögliche Tonlagen von ihr zu reagieren begann. Auch der Anrufbeantworter mit meiner Stimme, die die Öffnungszeiten des Reiterhofs bekanntgab und den Weg dorthin erklärte, schaltete sich nicht ein: Der Strom mußte ausgefallen sein, wie es schon bei weit weniger schweren Gewittern geschehen war. Ich versuchte es ein zweites Mal, aber Anna antwortete wieder nicht, und der Anrufbeantworter schaltete sich auch diesmal nicht ein; der Regen floß in Strömen über das Dachfenster, das Tageslicht war im Vergleich zum giftigen Neonlicht auf ein Nichts geschrumpft.

Ich gab dem wartenden Vater den Hörer, sagte: »Telefonieren Sie ruhig« und rannte den Weg über den

Korridor und die Treppen und den Korridor im unteren Stockwerk zurück, als wäre das Problem mit Anna und meinem alten Leben gelöst oder wenigstens vertagt. Ich hatte keine Zeit und keine Lust und kein Interesse und keine Kraft für moralische Pflichten und Verpflichtungen und Anstandsgesten und verantwortungsbewußte Überlegungen: Ich wollte nur anhaltende Nähe, ununterbrochene Gefühle.

Vor Albertas Zimmer lief mir der junge Arzt vom Abend zuvor über den Weg, hinter ihm kam Maria Chiara aus der Tür; er sagte in seinem arrogant-oberflächlichen Ton: »Es ist für alle besser.«

Maria Chiara nickte mir zu, sagte: »Anscheinend ist es besser, wenn sie bis morgen bleibt.«

Ich hob die Hände; ich empfand nicht einmal Erleichterung, so sehr war ich auf ihre Gesichtszüge konzentriert.

Sie ging in Albertas Zimmer zurück, ich folgte ihr, bevor sich die Tür wieder schloß. Alberta saß mit ärgerlicher Miene in ihrem Bett am Fenster und sagte: »Ich hab es gründlich satt.«

»Ach weißt du, vielleicht haben sie recht«, sagte Maria Chiara. Sie wendete sich nicht zu mir, fragte mich nicht, wie ich darüber dachte; mir schien sogar, daß sie mich absichtlich aus ihrem Gesichtsfeld ausschloß. »Du bist immer noch erschreckend blaß.«

Ich trat näher, um Maria Chiara wenigstens von der Seite zu sehen.

»Ist mir doch egal, ob ich blaß bin. Ich hab ja nicht vor, auf eine Party zu gehen«, sagte Alberta.

»Du bist beinahe *grün*«, sagte Maria Chiara. Ich fragte mich, ob sie es wenigstens teilweise deshalb sagte, weil sie mit mir allein zurückfahren wollte, oder ob sie nicht einmal daran dachte und nur um ihre Schwester besorgt war.

Alberta stieß ärgerlich die Luft aus, schien aber schon halb überzeugt.

Maria Chiara strich ihr über den Kopf: »Nur einen Tag. Der vergeht schnell.«

»Nicht mal mehr vierundzwanzig Stunden«, sagte ich.

Schließlich nickte Alberta, obwohl sie alles andere als zufrieden war. Maria Chiara gab ihr einen Kuß auf die Stirn und war schon in der Mitte des Zimmers. Auch ich trat zu Alberta, berührte sie an der Schulter, sagte: »Also sei schön brav« und wandte mich schnell von ihr ab, bevor sie es sich anders überlegen konnte, ging rasch auf Maria Chiara zu und zur Tür.

Draußen vor dem Krankenhaus hatte sich unter dem Vordach eine schutzsuchende Menschenmenge angesammelt, während der Regen immer wütender herabprasselte und der Wind ihn in Böen vor sich her trieb und der Verkehr mit seinen Abgasen und seinem Lärm auf der überfluteten Uferstraße fast zum Stillstand gekommen war. Wir blickten umher, nach Gesten oder Worten suchend, fast wie am Abend zuvor, und ich fürchtete schon, die Situation könne uns abermals überwältigen und in entgegengesetzte Richtungen auseinandertreiben, bevor es uns bewußt wurde. Um es nicht dazu kommen zu lassen, packte ich Maria Chiara so unvermittelt am Arm, daß ich darüber ebenso erschrak wie sie; die Leute mit ihren Regenmänteln und Schirmen und Hüten drehten sich nach uns um. »Gehen wir?« sagte ich. Sie sah mir in die Augen und holte tief Luft, zog mich in den Regen hinaus. Wir rannten durch die Wasserströme, die sich zwischen Gehsteig und Straße, zwischen den Motorhauben und Flanken und Auspuffrohren der Autos gebildet hatten, von oben prasselte Wasser auf uns herab wie unter einer Dauerdusche. Wir stießen Schreie aus, stampften mit den Füßen auf und kniffen die Augen zusammen, bewegten mühsam die Beine gegen das immer schwerer werdende Gewicht unserer Kleider und Schuhe, machten *haaaaah!* wie zwei völlig überdrehte Kinder.

Als wir vor Maria Chiaras Haus ankamen, waren wir klatschnaß und außer Atem, wir lachten und schauten auf die überflutete Straße und schauten nach oben in all das Wasser, das immer noch auf uns herabfiel. Mehr noch als ins Trockene hinaufzugehen wünschte ich mir, weiter so übermütig und unvernünftig mit ihr durch den Regen zu laufen. »Was hast du jetzt vor?« fragte ich.

»Und du? Was hast du vor?« fragte sie. Wir mußten schreien, um gegen das Getöse des Sturms und gegen die Kälte und gegen unsere mit Wasser vollgesogenen Kleider anzukommen.

»Ich hab zuerst gefragt!« schrie ich. Von einem Sims kam ein Wasserfall herab, das Rauschen, das er zwischen den Häuserwänden auf dem alten Straßenpflaster erzeugte, machte jeden Verständigungsversuch zunichte.

»Ich muß zu jemandem fahren!« schrie sie. Unsere triefnassen Ärmel waren so schwer, daß wir die Arme herabhängen ließen; wir sahen uns an und schrien durch den furiosen Regen hindurch.

»Ich komme mit!«

Sie überlegte, aber es entstand keine Zeitlücke, denn

der Raum war auf jedem verfügbaren Millimeter vertikal von Wasser durchzogen; dann nickte sie.

Wir gingen zu dem roten Kastenwagen, der an der Hauswand geparkt war; sie schloß auf, stieg nach mir ein. Wir setzten uns in unseren klitschnassen Kleidern auf den alten schwarzen Kunstledersitzen zurecht, während der Regen aufs Dach trommelte und das ganze Auto dröhnen ließ wie eine Blechbüchse. Die Fensterscheiben waren im Nu beschlagen von dem vielen Wasser, das wir aufgesogen hatten, und von unseren raschen Atemzügen, die wärmer waren als die Luft; aus den Tür- und Fensterdichtungen lief Wasser herein, und auch im Laderaum stand Wasser. »Heute brauchst du vielleicht nicht schwimmen zu gehen, oder?« fragte ich Maria Chiara.

»Nein«, sagte sie lachend.

»Wohin fahren wir?« fragte ich. Ich sah in ihr Gesicht und auf ihr nasses Haar, das jetzt dunkler wirkte, bewegte die Zehen in meinen Arbeitsschuhen, die Wasser gezogen hatten wie undichte Boote.

»Ich muß jemandem was bringen«, sagte sie. Sie drehte sich um und warf einen Blick auf eine polierte helle Holzkiste, die sie schon tags zuvor zwischen den Sitzen und der Ladefläche verstaut haben mußte.

Ich wollte fragen, was und wohin, aber mir schien, daß alle meine Rezeptoren besetzt waren und es nicht den kleinsten freien Winkel für Informationen gab, die über unseren unmittelbarsten Kontakt hinausgingen. »Na dann los«, sagte ich.

Maria Chiara drehte den Schlüssel im Zündschloß: Der Anlasser gab nur ein kratzendes Geräusch von sich.

Es schien unwahrscheinlich, daß das Auto bei all dem Wasser, das sich darüber ergoß, anspringen würde, aber ich hatte Angst vor stillstehenden Gedanken, ich wollte in Bewegung bleiben, losfahren. Ich wischte mit dem patschnassen Ärmel über die Windschutzscheibe, sagte: »Probier's noch einmal.«

Maria Chiara warf mir einen zweifelnden Blick zu und versuchte es erneut: Der Anlasser kratzte und hustete, aber schließlich schaffte er es, den Motor stotternd und ruckelnd anspringen zu lassen. Maria Chiara trat das Gaspedal bis zum Anschlag durch; wir sahen uns an im metallischen Dröhnen, das mit dem Gewittergetöse zu konkurrieren schien.

»Laß uns nicht ewig hier rumstehen. Fahr los«, sagte ich.

Sie drehte das Lenkrad herum und manövrierte das Auto aus der Parklücke, fuhr die schmale Gasse hinauf und bog in eine Straße ein, die sich in einen breiten Strom verwandelt hatte, fuhr um viele Ecken, um den nahezu stillstehenden Verkehr auf der Straße längs des Tibers zu umgehen. Ihre Fahrweise war noch ungeduldiger und impulsiver als die ihrer Schwester: Sie zerrte an der Schaltung, als rege sie sich jedesmal darüber auf, wie schwer sie ging, trat das Gaspedal ganz durch und bremste erst im allerletzten Moment, brachte ihr Gesicht dicht an die Windschutzscheibe, um durch das Hin und Her der Scheibenwischer die Straße zu erkennen. Als wir auf eine Allee kamen, in der sich die Autos stauten, fuhr sie im Zickzack in die Lücken, wechselte ohne zu blinken die Fahrbahn, fuhr mit zwei Rädern auf den Gehsteig hinauf. Als sie irgendwann merkte, daß ich den rechten Fuß gegen den Boden stemmte und mich am Haltegriff festklammerte, sagte sie: »Du vertraust mir wohl nicht?«

»Doch, doch«, sagte ich.

»Aber du würdest lieber selbst fahren, stimmt's?«

»Das ist nicht wahr«, sagte ich, ohne daß mir ganz klar war, ob sie mich nur necken wollte. Ich bewegte die Zehen in den klitschnassen Schuhen und freute mich, ein Maß dafür zu haben, wie naß wir beide waren.

»Du lügst«, sagte sie lachend. Mir gefiel, wie sie das Lenkrad hin und her drehte und sich einen Weg durch den Verkehr suchte; ich dachte, daß ich, ganz gleich, auf welche Tätigkeit sie ihr Wesen übertragen hätte, immer gleichermaßen bezaubert wäre.

Dann hatten wir die Stadt hinter uns gelassen und fuhren im gnadenlos strömenden Regen in südwestlicher Richtung weiter. Die Heizung und das Gebläse waren auf höchste Stufe gestellt: Im künstlichen warmen Wind, der nach verbranntem Motoröl roch, blickten wir geradeaus und spürten, wie uns trotz der Wasserströme und Kaskaden, durch die wir ständig fuhren, die Kleider am Leib trockneten.

»Und deine Pferde?« fragte Maria Chiara.

»Was soll mit meinen Pferden sein?« sagte ich und verspürte den Impuls, mich umzudrehen, um die Gedanken an mein altes Leben zu sehen, die uns verfolgten.

»Was machen sie bei diesem Wetter? Wenn du nicht da bist?«

»Die kommen schon zurecht«, sagte ich. Ich stellte Sperren auf, um keine Bilder vom Reiterhof oder von Anna hindurchzulassen; ich wollte nur Bilder, die weniger als vierundzwanzig Stunden alt waren.

»Du arbeitest dort doch nicht allein, oder?« fragte sie und setzte zum Überholen eines Lkws an; auf beiden Seiten spritzte Wasser hoch und nahm uns sekundenlang jede Sicht.

Ich stemmte die Füße gegen den Boden und klammerte mich noch fester an den Haltegriff, drückte die Schultern an die Rückenlehne, sagte: »Nein.« Zwei, drei Bilder von der im Morast verzweifelnden Anna hatten mich trotz meiner Bemühungen, sie fernzuhalten, schon eingeholt. »Und du?« sagte ich, »arbeitest du allein?«

Wir gerieten mit zwei Rädern in ein Schlagloch, das sich in einen Tümpel verwandelt hatte, der Wagen schlitterte auf der Wasseroberfläche, Maria Chiara behielt jedoch die Kontrolle und kam, fast ohne zu verlangsamen, wieder in die Spur. Sie beugte sich vor, um besser zu sehen, sagte: »Kommt drauf an.«

»Und was machst du?« fragte ich und bereute es sofort; ich hätte meine Worte und die unbedachte Neugier, die mich dazu getrieben hatte, am liebsten zurückgefordert. Ich nahm den Augenblick so intensiv wahr und zugleich ungläubig – ich war besorgt und hatte ständig Angst, über seine Grenzen zu treten und hinauszufallen.

Sie lächelte, begann: »Also.«

»Nein, sag's mir nicht«, rief ich, und ein kalter Schauer durchlief mich.

Sie wandte sich zu mir und sah mich mit befremdeter Miene an.

»Ist doch egal«, sagte ich. »Ich will nichts wissen.« Es war wirklich seltsam, denn es gab tausend Dinge, die ich gern gefragt hätte und mir von ihr hätte erzählen lassen wollen: Ich brannte vor Wissensdrang. Aber ich wollte nicht plötzlich aus ihrem Leben ausgeschlossen werden oder mich so tief hineinziehen lassen, daß ich mich darin verlor, und so schien es mir das beste, mich an das zu halten, was ich fühlen und greifen konnte, ohne mich irgendwohin zu entfernen. Ich nahm ihre Aura neben mir wahr und ihren leichten, natürlichen Geruch und sah in den Regen hinaus, in dem die Straße verschwamm, ließ mir die Kleider am Leib trocknen, lauschte auf das Geräusch des Gebläses und auf den Motor und die Reifen auf der nassen Straße und auf das Wasser, das an die Kotflügel spritzte; und es erschien mir sehr viel.

»Und was hast du gemacht, bevor du mit Pferden gearbeitet hast?« fragte Maria Chiara.

»Vorher?« fragte ich, denn schon seit Tagen hatten sich in meinem Kopf die Begriffe von Vorher und Nachher verschoben: Ich vermochte nur noch an vor und nach dem Sturz zu denken, bevor ich sie kennenlernte und danach.

»Ach, egal«, sagte Maria Chiara mit dem Anflug eines Lächelns. »Ich will es gar nicht wissen.«

Ich wollte aber auch nicht in das grausame Spiel des Nichtssagens und Nichtswissens hineingeraten, bei dem wir beide das Vorher und das Nachher in Dunkel hüllten und so taten, als schwebten wir wunderbarerweise im Jetzt, solange es gutging. Mir schien, daß es keine richtige Methode gab, mit der Situation umzugehen, daß ich sie jedenfalls nicht kannte. »Ich hab ausländische Filme verliehen«, sagte ich. Ich neigte dazu, jedes Wort in seiner buchstäblichen Bedeutung vor mir zu sehen, und die Bilder, die dieser Satz hervorrief, waren zum Lachen. »Ich hatte einen Filmverleih«, sagte ich, was auch nicht besser klang. »Wir haben überall auf der Welt gute nichtkommerzielle Filme gesucht und nach Italien gebracht, ich und noch ein Typ.«

»Ah, interessant«, sagte sie und sandte mir zwei, drei rasche Blicke zu: Mir war nicht klar, ob aus Interesse oder aus Zweifel oder aus wachsender Distanz.

»Ja, sehr, am Anfang«, sagte ich. Ich hatte Probleme mit dem Gewichtungs- und Wertesystem meines alten Lebens, wenn ich ihr davon erzählen sollte: Ich konnte mich an nichts erinnern, was mich über längere Zeit hinweg intensiv genug beschäftigt hätte und mich immer noch überzeugte.

»Wie habt ihr das gemacht?« fragte sie. Der Klang ihrer Stimme schien mir bereits die Antwort auf sämtliche Fragen zu enthalten, nichts schien mir bedeutsamer als die unerschrockene Art, wie sie das Lenkrad festhielt und mit dem Fuß das Gaspedal durchtrat.

»Als wir anfingen, war es ziemlich unprofessionell. Als Büro hatten wir nur eine winzige Kammer mit Telefon. Wir fuhren tagelang mit dem Zug durch die Gegend, zu den entlegensten kleinen Filmfestivals, und lasen die primitiv vervielfältigten Filmzeitschriften verrückter Kinofreaks, um an Geheimtips heranzukommen.« Ich hatte nicht das Gefühl, von mir selbst zu sprechen: Ich hatte jemand anders vor Augen, der sonderbarerweise genau wußte, was ich gemacht hatte.

»Und habt ihr gute Filme gefunden?«

»Hin und wieder schon«, sagte ich. Es machte mir Mühe, daran zu denken, meine Aufmerksamkeit löste sich immer wieder, um sich auf sie zu richten; nur ihr Blick brachte mich dazu, wieder umzukehren. Ich sagte:

»Unter all den Remakes und Imitationen und Montagen und billigen Schnulzen und eitlen Stilübungen gab es doch ab und zu auch etwas Originelles mit einer eigenen Stimme.«

»So ist es doch immer, oder?« sagte sie. »Auch mit den Menschen.«

»Ja«, sagte ich. »Als erblicktest du unter tausend Gesichtern, die dir überhaupt nichts sagen, auf einmal das Gesicht, das dich etwas angeht.«

Wieder drehte sie sich zu mir; ihr Interesse ging mir geradewegs ins Blut. Diese stets wache Neugier und Intelligenz und Anteilnahme und Kritikfähigkeit gehörten zu den Dingen, die ich immer am meisten gesucht habe, dachte ich; aber ich habe sie nie wirklich gefunden, höchstens für begrenzte Zeit und in bezug auf begrenzte Themen. »Und wen hast du gefunden?« fragte sie.

»Ach, Shortmann zum Beispiel. Siliè. Omar Amon.« Es waren nur Namen, wenn ich sie so neben ihr aussprach, während wir durch den Regen rasten; sie schienen mir nichts als ihren eigenen Klang zu erzeugen.

»Du bist der Entdecker von Omar Amon?«

»Er war *da*«, sagte ich. »Er hatte bereits seinen ersten Film gemacht. Ich habe ihn nur gesehen und dafür gesorgt, daß er nach Italien kam, da die normalen Verleihe nicht daran interessiert waren.«

Sie schüttelte den Kopf, sie schien beeindruckt.

Ich jedoch war bestürzt von der Vorstellung, daß ein Name unsere Kommunikation in ganz neue Bahnen lenken und Gedanken und Empfindungen sich noch unkontrollierbarer ausbreiten könnten. »Mein Kompagnon war auch daran beteiligt. Er hat sich um die

Finanzen gekümmert. Ohne ihn wäre ich zu nichts gekommen.«

»Und was hast du genau gemacht?« fragte sie. »Wie geht das, einen Film zu vertreiben?« Die Wißbegier in ihrer Stimme war wie reiner Sauerstoff für jemanden, der allzulange mit verminderter Lungenkapazität geatmet hat; trotzdem hätte ich lieber von etwas anderem gesprochen.

»Wir sind durch ganz Italien gefahren und mit den Filmspulen unterm Arm und mit den ganzen Zeitungsartikeln, die wir ausgeschnitten hatten, zu den Kinoverwaltern gegangen und haben versucht, sie zu überzeugen, einen nach dem andern.« Mir war unbegreiflich, wie ich mich für etwas, was so fern von ihr war, so hatte engagieren können: Wie ich hatte reden und reisen und Fragen stellen und warten und argumentieren können, mit ganz anderen Leuten und in ganz anderen Gegenden und mit anderen Häusern und Leben und Straßen und Städten und Stadtvierteln im Kopf, anderen Namen im Ohr.

»Und dann?« fragte sie.

»Mit ein oder zwei Filmen lief es ganz gut«, sagte ich. »Omar Amon lief sehr gut.«Ich versuchte die Ereignisse chronologisch zu ordnen, aber es kam mir wie eine abstrakte Übung vor, wie der Geschichtsunterricht in der Schule. »Bald hatten wir ein kleines Netz von Kinosälen beisammen, und nach und nach haben wir es erweitert.« Ich schaffte es nicht, unter den Bildern eine Auswahl zu treffen: Mir fielen mein ehemaliger Kompagnon und meine Exfrau und mein damals noch ganz kleiner Sohn ein, Blicke, Telefonate, philippinische Babysitterinnen, Weinen, Erklärungen, geparkte Autos, Begeisterungsstürme, Enttäuschungen, Spielsachen, Zeitungen, Haustore.

»Und seid ihr damit reich geworden?« fragte sie und machte eine ihrer komischen Grimassen. »Amerikanische Straßenkreuzer und Wasserstoffblondinen und Hotelsuiten und so?«

»Nein«, sagte ich ohne jeden Humor, als müsse ich ihre Vorstellungsbilder korrigieren, bevor sie sich auf Dauer festsetzten. »Aber es war trotzdem viel mehr, als wir erwartet haben«, sagte ich. »Sogar mehr, als wir *wollten*.«

»Und?« sagte sie.

»Wir haben ein richtiges Büro eröffnet und eine Sekretärin und Mitarbeiter eingestellt.«

»Und dann?« Ihr Interesse ließ nicht nach.

»Dann wurde es zu einem ganz normalen Job. Der Übergang kam ganz unmerklich. Spaß und Phantasie und Leidenschaft ließen nach, und wir mußten einfach nur weitermachen wie bisher.«

Sie nickte zustimmend; ich bezweifelte nicht im mindesten, daß sie verstand, was ich meinte. »Und du hast weitergemacht?« fragte sie.

»Ja«, sagte ich und blickte durch den strömenden Regen ins grauweiße Licht hinaus. Mir war warm geworden; ich zog die Jacke aus, warf sie nach hinten in den Laderaum. »Wie jemand, der in eine Kiste eingesperrt ist. Ich wußte nicht mal mehr, warum ich damit angefangen hatte und was unsere ursprüngliche Idee war.«

»Und da hast du dir gewünscht, wieder aus der Kiste herauszukommen?« fragte sie.

»Ja«, sagte ich. »Aber mein Kompagnon und die anderen Leute steckten ja auch mit drin. Und meine

Frau und mein Sohn, und auch bei ihnen wußte ich nicht mehr, warum ich angefangen hatte. Es schien mir ein ganz unerfüllbarer Wunsch. So wie der Wunsch, eine Reise zu machen, die nie zu Ende geht.«

»Oder wie der Wunsch nach einem Tag, der achtundzwanzig oder zweiunddreißig Stunden dauert«, sagte sie.

»Ja«, sagte ich.

»Wie der Wunsch, einen ganzen Sommer lang mit der gleichen Lust zu schwimmen wie beim ersten Sprung ins Wasser«, sagte sie.

»Ja«, sagte ich.

»Mit dem gleichen ungläubigen Staunen wie beim letzten Kilometer auf der Fahrt ans Meer, wenn man kaum noch dran glaubt, daß man wirklich ankommt«, sagte sie.

»Ja«, sagte ich. »Ja.« Auch ich war von einem grenzenlosen, ungläubigen Staunen erfüllt: darüber, bei ihr im Auto zu sein, wenige Zentimeter von ihr entfernt und von der Welt abgeschnitten, während Millionen Liter Wasser auf uns niederfielen und wir nicht einmal mehr naß wurden.

»Etwas Köstliches zu essen und nie satt zu werden«, sagte sie.

»Ein neues Musikstück zu hören und die ganze Zeit so überrascht zu sein wie bei den ersten Tönen«, sagte ich.

»*Alles* immer wieder überraschend finden«, sagte sie.

Wir warfen uns einen unserer flimmernden Blicke zu; ich sagte: »Im Augenblick drinzusein und *für immer* drinzubleiben.«

Sie drosselte das Tempo, weil ein starker Seitenwind uns ins Schlingern brachte und die Straße immer schlechter zu erkennen war. »Hältst du das für einen unerfüllbaren Wunsch?«

»Nein«, sagte ich. »Aber es bedarf dazu einer Reihe von höchst unwahrscheinlichen Zufällen.«

»Wie meinst du das?« fragte sie und sah mich mit forschendem Blick an.

»Alles, was den Leuten widerfährt, geschieht aufgrund des Zusammentreffens bestimmter Umstände. Wir nennen es Zufall, nicht wahr?«

»Hmm«, machte sie und nickte.

»Es handelt sich aber immer um etwas, was früher oder später sowieso geschehen würde. Sagen wir, zwei leben im selben Dorf oder im selben Viertel oder im selben Gebäude oder gehen in dieselbe Schule oder arbeiten im selben Büro. Irgendwann sprechen sie sich an, finden Gefallen aneinander und werden ein Paar.«

»Ja«, sagte sie. »Aber es sind schon ziemlich viele Zufälle nötig, damit es dazu kommt.«

»Es sind jedoch lauter wahrscheinliche Zufälle«, sagte ich.

»Und welches wären die unwahrscheinlichen Zufälle?« Sie wischte mit der Hand über die Windschutzscheibe, man sah fast nichts mehr.

»Wenn zwei nur ein einziges Mal und nur für ganz kurze Zeit zufällig am selben Ort sind. Ihre Wege kreuzen sich aus Gründen, die nicht mit einer Gewohnheit oder mit regelmäßigen oder häufig wiederkehrenden Begebenheiten zusammenhängen. Wenn also nicht genau in diesem einen Augenblick etwas zwischen ihnen geschieht, dann geschieht es niemals.«

»Und du meinst, das macht einen Unterschied?«

»Und ob«, sagte ich. »Es ist, als gäbe dir das Schicksal nur eine einzige Chance, als packe es alles in diesen einen Augenblick hinein, der noch dazu so kurz ist, daß die meisten Leute es gar nicht merken oder zu langsam sind, um rechtzeitig zu reagieren.«

»Und du?« fragte sie. »Merkst du es, normalerweise?«

»Es gibt kein Normalerweise«, sagte ich. »Es geschieht nur ein einziges Mal, wenn es geschieht.«

Wir schwiegen. Wenn es wirklich nur ein einziges Mal geschieht, dachte ich, dann kann sich meine Theorie eigentlich nicht auf eine Erfahrung stützen. Maria Chiara fuhr jetzt langsamer; das Wasser strömte herab wie in einer Autowaschanlage, das Gebläse lief auf vollen Touren, und wir saßen mit dem prickelnden Gefühl der gegenseitigen Nähe in der künstlichen Wärme und im Nachhall unserer Worte; es gab nichts auf der Welt, was mir gefehlt hätte. Ich dachte auch, daß ich gestern abend vor dem Krankenhaus nicht so schnell reagiert hatte und jetzt nur, weil ich mit ihr zusammen war, wie jemand redete, der die unwahrscheinlichsten Zufälle beim Schopf packt, dabei hätte ich ebensogut irgendwo weit weg sein können, einsam und unglücklich und voller Bedauern.

»Jedenfalls hast du's dann doch noch geschafft, aus deiner Kiste rauszukommen und aufs Land zu gehen zu den Pferden, stimmt's?«

»Ja«, sagte ich. »Aber du warst nicht dabei.«

Sie sah mich an, und mir wurde zu spät klar, was ich gesagt hatte: Ich fühlte mich ausgesetzt und gefährdet und kam mir dumm vor, weil ich nichts über sie hatte wissen wollen und dann so viel über mich gesprochen hatte; ich hätte gern gewußt, was ihr durch den Kopf ging.

Sie trat jäh auf die Bremse, beugte sich herüber, um durch mein Fenster hinauszuschauen, sagte: »Wir sind da«, bog rechts ab, sagte: »Glaube ich jedenfalls.« Wir fuhren eine schmale, ungeteerte Straße entlang, die jetzt wie ein kleiner Fluß aussah, und einen Augenblick später lag das nasse, bewegte Grauweiß, das uns bisher eingehüllt hatte, hinter uns, und wir hielten vor einer Halle.

Ich brauchte einige Sekunden, um mich an das plötzliche Nachlassen der Vibrationen zu gewöhnen; ich zog die Beine an, richtete mich mit einem Anflug innerer Schwäche auf dem Sitz auf.

Maria Chiara sah mich an. Sie schien ein Wort auf den Lippen zu haben, drehte sich dann aber zu dem Holzkasten hinter den Sitzen um; sie mußte kräftig ziehen, um ihn hochzuheben. »Gehen wir?« sagte sie, machte aber noch immer keine Anstalten auszusteigen. Der Regen prasselte auf das Auto und auf den überschwemmten Betonplatz vor der Halle; wir schauten widerstrebend hinaus.

Sie gab sich einen Ruck und öffnete die Wagentür, sprang auf den Platz, und gleich darauf sprang auch ich hinaus. Wir hüpften in wenigen Sätzen über die Pfützen und Bäche, die uns von der Halle trennten, und schoben das Eingangstor auf.

Drinnen war es heiß wie in einer riesigen Bäckerei, der Raum war mit langen Regalen und Arbeitstischen aus rohem Holz vollgestellt; das Rauschen des Regens, der auf das durchscheinende gewellte Kunststoffdach trommelte, mischte sich mit dem monotonen Geräusch mehrerer großer Brennöfen im Hintergrund. Drei, vier Männer in Arbeitsschürzen transportierten auf Holzbrettern Kacheln, Teller und Vasen, die gebrannt werden mußten oder schon fertig gebrannt waren; als der älteste von ihnen Maria Chiara sah, begrüßte er sie mit freudigem Winken.

Wir standen kaum eine Minute in der Wärme, als eine etwa sechzigjährige Frau in Latzjeans und mit grober Arbeitsschürze, wie sie auch die Männer trugen, hinter den Regalen hervorkam und rief: »Maria!« Die beiden umarmten sich und musterten sich; dann machte Maria Chiara eine Handbewegung in meine Richtung, sagte: »Luca, Elisa.« Die Frau namens Elisa wischte sich die Hände an der Schürze ab und begrüßte mich, sah mich mit einem so eindringlichen und hellen Blick an, daß ich das merkwürdige Gefühl hatte, zurückweichen zu müssen.

Maria Chiara stellte ihre Holzkiste auf einem der Arbeitstische ab und öffnete sie, nahm zwei kobaltblau glasierte Gefäße heraus, sagte: »Das echte, aus Thüringen.«

Signora Elisa nahm eins davon in die Hand und betrachtete es gegen das Licht; sie schien sich zu freuen, wenn auch auf eine leicht zerstreute Weise. »Wie schön«, sagte sie.

Maria Chiara beobachtete sie aus der Nähe. »Das ist doch das, was du gesucht hast, oder?« fragte sie; schien sich aber nicht ganz sicher.

»Ja, doch«, sagte Signora Elisa und stellte das Gefäß weg, bedankte sich und sah schon wieder woandershin.

Um ihre Aufmerksamkeit festzuhalten, umkreiste Maria Chiara sie mit einer Mischung aus Hingabe und Achtsamkeit, die bei mir eine unbegreifliche Zärtlichkeit und zugleich ein Gefühl des Ausgeschlossenseins auslöste. »Wie läuft der Laden?« fragte sie.

»Ach, ganz gut«, sagte Elisa mit einem Seufzer. Sie war eine schöne, großgewachsene Frau mit leicht gebeugtem Rücken, aber sonst sehr ausgewogenen Bewegungen. Sie hatte etwas Vergeistigtes und zugleich Kindliches, das lange graue Haar zu einem Knoten geschlungen, eine Lesebrille mit halben Gläsern, die an einer roten Kordel baumelte, eine weiße, bestickte Bluse unter der Latzjeans. Bei aller Schlichtheit ging ein Hauch von Exotik von ihr aus, sie wirkte eher wie eine Emigrantin oder eine Missionarin in fernen Ländern und nicht wie eine Kunsthandwerkerin in einer Keramikwerkstatt. »Ich zeige euch die Delphine«, sagte sie und winkte uns, mitzukommen.

Maria Chiara ging hinter ihr her, und ich folgte ihr; ich suchte den Blickkontakt mit ihr, aber sie war zu beschäftigt, um auf mich zu achten. Vor einer Werkbank, auf der Kacheln mit Delphinzeichnungen im minoischen Stil aufgereiht waren, blieb Signora Elisa stehen.

»Oh, wie schön«, rief Maria Chiara in übertrieben ausdrucksvollem Ton, als spräche sie wirklich mit einer Ausländerin. Voller Begeisterung drehte sie sich zu mir um. »Gefallen sie dir?«

»Sehr«, sagte ich. Ich fragte mich, welche Art von Beziehung zwischen den beiden bestand: ob sie sich zufällig kennengelernt hatten oder beruflich miteinander zu tun hatten, ob Maria Chiara sich als Sponsorin betätigte, ihre Schülerin war oder Geschäftsbeziehungen vermittelte.

Signora Elisa zeigte uns weitere Kacheln und Schalen und Teller und Vasen, auf denen Figuren der griechischen Wassermythologie dargestellt waren, Aphroditen und Tritonen, Sirenen und Nymphen und Najaden, akkurate, naive Zeichnungen, die zu der Gründlichkeit paßten, mit der sie uns auf jede einzelne hinwies. Sie zeigte uns eine Frau mit welligem Haar und Flügeln an den Sandalen und auf dem Rücken, sagte: »Iris.« Sie sah mich und Maria Chiara an, sagte: »Tochter von Thaumas, dem Sohn des Pontos und der Elektra, Tochter des Okeanos.« Sie war von ihren Motiven begeistert und staunte darüber, als hätte sie sie nicht gezeichnet, sondern wie durch ein Wunder fertig vorgefunden.

Maria Chiara hörte ihr mit der gleichen hochkonzentrierten Aufmerksamkeit zu wie mir zuvor im Auto, als ich ihr von meiner früheren Arbeit erzählte: mit glänzenden Augen. Sie schien glücklich, nach der langen Fahrt durch den Regen hier zu sein; ihre Unruhe war verflogen. Der ältere Mann, der sie begrüßt hatte, trat zu uns und drückte sie mit seinen kräftigen Handwerkerhänden an sich, betrachtete sie und lächelte ihr beschützerisch zu; sie stellte ihm ein paar Fragen und scherzte kumpelhaft mit ihm, bis er wieder an seinen Brennofen ging.

Die Luft war so heiß und trocken, daß unsere Schuhe schon getrocknet waren; und an unseren Stimmen und Gebärden und sogar an unseren Gedanken meinte ich einen ähnlichen Effekt zu bemerken, als bewegten wir uns in einem glühendheißen Stück Sommer, der uns Wasser entzog und uns ausdörrte.

Wir kehrten zu dem großen Tisch zurück, auf dem Maria Chiaras Holzkiste stand. »Ich habe auch die Zeichnungen mitgebracht«, sagte sie zu Signora Elisa. »Aber vielleicht verschieben wir das lieber auf ein andermal.«

»Nein, nein«, sagte Signora Elisa und setzte ihre Lesebrille auf, »sehen wir sie uns an.« Es klang jedoch, als läge ihr die Vorstellung, sie anzusehen, ebenso fern wie die, sie nicht anzusehen, und als würde keine der beiden Möglichkeiten sie sonderlich berühren.

Maria Chiara nahm einige Bögen aus der Kiste, breitete sie mit schüchternen Bewegungen auf dem Tisch aus. Signora Elisa blätterte sie durch und ließ einen auf den anderen gleiten: mit Temperafarben oder Tusche in knappen Strichen gezeichnete Vögel und Bäume und Blumen; elegante Damen mit Hüten, stehend im Profil oder bequem auf Sesseln sitzend; geschniegelte Herren in Jacketts und mit ihrer Zigarette posierend; Paare, kleine Grüppchen, Kinder, Hunde. Es war wie die Erde aus der Sicht eines Besuchers von einem anderen Planeten, mit einer ganz merkwürdigen Mischung aus Unvertrautheit und Treffsicherheit, die jeder der Darstellungen etwas schonungslos Entlarvendes gab.

Ich schaute über Signora Elisas Schulter, um die Blätter mit zu betrachten; ich fragte: »Wer hat das gezeichnet?«

»Ich«, sagte Maria Chiara, aber sehr leise und ohne mich dabei anzusehen; sie war ganz auf den Gesichtsausdruck von Signora Elisa konzentriert, die die Blätter aufnahm und zur Seite legte.

Sie schien von Maria Chiaras Können nicht weiter beeindruckt und sah sich die Zeichnungen an, als wären auch sie das Resultat erstaunlicher äußerer Umstände, die nicht vom Willen oder Können eines Menschen abhingen. Hin und wieder deutete sie mit einem »Seht euch das an« oder »O ja« oder »Hm« auf irgendein Detail oder hielt eins der Blätter ein Stück von sich weg, um es besser zu sehen, die meiste Zeit jedoch schien sie in ganz anderen Sphären zu schweben, so daß man nur schwer an sie herankam.

Maria Chiara wies noch einmal auf einige Bögen, die beim hastigen Durchblättern zwischen die anderen gerutscht waren, gab Erklärungen zum Porträt einer liegenden dicken Frau, brachte drei Zeichnungen, die zu einer Serie gehörten, in die richtige Reihenfolge. Sie schien auf ein Urteil oder Lob oder wenigstens irgendeine technische Bemerkung zu warten; mit fragendem Blick trat sie von einem Bein auf das andere.

Ich hätte ihr gern gesagt, welche Wirkung die Zeichnungen auf mich hatten, aber sie war in der flirrenden Hitze der großen Keramikwerkstatt nur an Signora Elisas Meinung interessiert.

Signora Elisa warf einen letzten Blick auf die Blätter, legte sie auf den Tisch und sagte: »Danke, Maria.« Sie nahm ihre Lesebrille ab, ließ sie wieder an der roten Kordel baumeln. Sie lächelte, schien jetzt aber noch weiter weg. »Ich muß wieder an die Arbeit, wenn ich bis heute abend fertig sein will«, sagte sie.

Ich fragte mich, ob es an der Gewöhnung oder an ihrer Wesensart lag, daß Marias Talent sie so unbeeindruckt ließ, oder ob bei ihren oberflächlichen Reaktionen gar eine Spur Eifersucht mit im Spiel war.

»Ja, natürlich«, sagte Maria Chiara mit der eigenartigen Beflissenheit, die sie ihr gegenüber an den Tag legte.

»Soll ich sie dir dalassen?« fragte sie mit einem Blick auf ihre Zeichnungen auf dem Tisch, aber es war offensichtlich, daß sie gern viel eingehendere Fragen gestellt hätte.

»Ja, ja«, sagte Signora Elisa. »Mach dir keine Sorgen, Maria«, als bezöge sie sich mehr auf das Leben im allgemeinen als auf die Zeichnungen. Sie umarmte Maria Chiara, gab mir die Hand und ging sofort zu einem der Arbeiter, um ihm irgend etwas zu erklären; uns schien sie bereits völlig vergessen zu haben.

Ich ging mit Maria Chiara durch die trockene Sommerhitze, die einem fast den Atem nahm, zum Ausgang; wir öffneten die Schiebetür, traten wieder hinaus in den regennassen März und rannten zum Auto.

Als wir auf der Straße wieder durch einen ununterbrochenen Regentunnel fuhren, ohne auch nur besprochen zu haben, in welche Richtung es gehen sollte, sagte ich: »Seltsame Type, was?«

»Was meinst du damit?« fragte sie und sah mich an.

»Interessant«, sagte ich. Aber ich brachte es nicht fertig, unaufrichtig zu sein, es war, als hätten sich meine letzten mentalen Filter in der Hitze der Töpferwerkstatt aufgelöst; ich sagte: »Eine eigentümliche Mischung aus exzentrischer Fanatikerin und vornehmer Emigrantin und erleuchteter Pennerin, findest du nicht? Und so weit weg. Da bringst du ihr die witzigsten und scharfsichtigsten und treffendsten Zeichnungen, die man sich nur vorstellen kann, und sie sagt kaum ein Wort dazu.«

»Sie ist meine Mutter«, sagte sie.

»Das mit der Pennerin war nicht so gemeint«, stammelte ich. »Es sollte keine Beleidigung sein.«

»Mach dir keine Gedanken«, sagte Maria Chiara. »Ich weiß, wie sie ist.«

Ich sagte: »Aber erleuchtet, das ja. Sie hat diesen Glanz in den Augen, findest du nicht?« Daß sie mich zu ihr mitgenommen hatte, kam mir jetzt wie eine großartige Vertrauensgeste vor.

»Ja«, sagte sie und sah geradeaus.

Ich versuchte, ihre Gesichtszüge mit denen ihrer Mutter zu vergleichen, und bedauerte, es nicht getan zu haben, als wir noch in der Halle waren. »Sie weiß schon von der Sache mit Alberta, oder?«

»Nein«, sagte sie. Ihr Blick hatte unverkennbar etwas vom Blick ihrer Mutter, wirkte aber irdischer: viel mehr im Hier, glücklicherweise.

»Sie weiß von nichts?« fragte ich verständnislos.

»Nein«, sagte sie, »du hast sie doch gesehen.« Sie fuhr jetzt wieder sehr schnell. »Sie war schon immer so.«

»Wie denn?« fragte ich.

»Na, so eben«, sagte sie in abwehrendem Ton. »Sie ist nicht der Typ, den man in praktische Angelegenheiten hineinziehen und von dem man sich Hilfe erwarten kann. Schon als wir klein waren, kam es uns gar nicht in den Sinn, mit ihr über unsere Probleme zu reden. Sie hätte alles nur schrecklich dramatisiert oder als völlig unwichtig abgetan.«

»War das nicht schwierig für dich und Alberta?« fragte ich. Ich hatte eine mentale Telekamera, die rückwärts durch die Zeitkorridore fuhr und Bilder fabrizierte, die zwar nicht zuverlässig waren, weil es nicht genügend Anhaltspunkte gab, mich aber dennoch mit Unruhe erfüllten.

»Ein bißchen schon«, sagte sie. Sie wischte mit dem Handrücken ein Stück Windschutzscheibe klar; sie fuhr viel zu schnell in Anbetracht der Straßenverhältnisse und der schlechten Sicht. »Wenn ich ab und zu die Mütter meiner Schulkameradinnen sah, kamen sie mir viel normaler vor. Ich wollte mich immer von ihnen adoptieren lassen.«

»Normaler in welcher Hinsicht?« fragte ich, froh darüber, daß keine dieser Mütter sie adoptiert und zu einem ganz normalen Mädchen gemacht hatte.

»In jeder«, sagte sie. »All die kleinen Dinge, die bei meiner Mutter so seltsam und schwierig waren.« Sie riß das Steuer im letzten Augenblick herum, um nicht auf einen im dichten Regen fast stillstehenden Lieferwagen aufzufahren; wir schwenkten auf die andere Spur und sofort wieder auf unsere zurück, ohne die Begrenzungslinien zu erkennen. »Manchmal war sie unglaublich gegenwärtig, aber man wußte nie, für wie lange. Sie brachte uns Zeichnen bei und las uns Bücher vor und machte mit uns Museumsbesuche und Ausflüge in die Natur. Sie war wunderbar, doch dann war sie plötzlich wieder völlig abwesend, einfach *weg*. Sie hatte dann diesen verklärten Blick, und jede Art von Alltagspflicht, wie Essen zu machen oder einkaufen zu gehen oder was auch immer, war ihr unerträglich. Manchmal machte Alberta oder ich sie darauf aufmerksam, daß nichts mehr im Kühlschrank war, aber sie schüttelte nur verzweifelt den Kopf und meinte: ›Wie *trivial* ihr seid.‹ Und sie dachte es wirklich, sie litt darunter.«

»Aber ihr habt sicher auch darunter gelitten.«

»Ja«, sagte sie und biß sich auf die Lippen. »Wir waren ja nicht blöd oder unsensibel.« Mit einem lauten

Krachen fuhren wir in ein tiefes Schlagloch und ließen wie ein Motorboot rechts und links Wasser aufspritzen. »Aus heutiger Sicht muß man ihr sogar recht geben, denn unser Vater hat ihr die Rolle der Familiensklavin aufgehalst, dabei war sie Künstlerin und eine sehr intelligente Frau, aber das war für uns damals schwer zu verstehen.«

»Kann ich mir vorstellen«, sagte ich, denn das war es, was ich schon die ganze Zeit versuchte. »Und euer Vater, was war er für ein Typ?«

»Unser Vater war so gut wie nie da«, sagte Maria Chiara. Sie drosselte das Tempo, um an einer Kreuzung die Hinweisschilder besser zu erkennen, gab wieder Gas. »Er war fast immer weg, auf Kongressen oder bei irgendwelchen Forschungsprojekten für seine Pflanzen. Aber auch wenn er da war, hatte er immer zuviel zu tun. Auf diese Weise hat er sich vor jeder Verantwortung für uns gedrückt.«

»Was für Pflanzen?« fragte ich, dem Szenarium hinterherhinkend, das Stück für Stück um sie herum entstand.

»Er war Botaniker«, sagte sie. »Und ist es immer noch. Seit ein paar Jahren lebt er ganz allein irgendwo in den Bergen.«

»Und er hat sich nie um euch gekümmert? Oder um eure Mutter?«

»Er war vor allem mit sich selbst beschäftigt.« Sie sagte es ohne Groll, eher so, als handle es sich um eine Tatsache, über die sie sich immer noch wunderte. »Aber natürlich erwartete er, daß wir und unsere Mutter ihn umsorgten und es auch noch als ein großes Privileg betrachteten.«

Ich hatte ziemlich genaue Bilder von ihr als Kind vor Augen, genauso interessiert und sensibel und ruhelos wie jetzt.

»Manchmal, wenn er weg war, schickte er uns lange, ausführliche Briefe, aber es ging darin immer nur um ihn und um seine Pflanzen. Wenn er zurückkam, ließ er sich von unserer Mutter die Briefe wiedergeben, um sie aufzuheben und vielleicht irgendwann zu veröffentlichen.«

Der Regen hatte nachgelassen, aber die flache Landschaft war völlig überschwemmt: Felder und Gräben und Kanäle wirkten durch das Autofenster wie chinesische Reisfelder.

»Du hast mir gar nichts davon erzählt«, sagte ich.

»Wovon?« Sie fuhr langsam, denn in all dem Wasser war der Weg nur zu erahnen.

»Daß du zeichnest.«

Sie sah mich mit flackerndem Blick an. »Du wolltest ja nichts über mich wissen.«

»Ich meinte nicht *gar nichts*«, sagte ich und dachte, wie dumm es von mir gewesen war, mich auf diese Weise schützen zu wollen. »Ich meinte nichts Privates.«

»Sind meine Zeichnungen etwa nichts Privates?«

»Doch, natürlich«, sagte ich. »Ich meinte nicht diese Art von privat.« Ich fand, daß das Wenige, was ich bisher über sie wußte, jeder ihrer Gesten und jedem ihrer Blicke eine leichte Patina des Leidvollen gab, des auf zerklüfteten Wegen mühsam Errungenen.

»Welche Art von privat meintest du dann?« fragte sie.

»Das Persönliche«, sagte ich. Wieder schien mir, daß ich nur allzu vereinheitlichende Mittel zur Verfügung hatte für das, was ich ausdrücken wollte; ich sagte: »Ich meinte die ganz persönlichen Angelegenheiten.«

»Und weshalb?« fragte sie.

Ich legte die Füße aufs Armaturenbrett, nahm sie wieder herunter; ich wünschte mir, der Regen würde wieder mit der Sturmgewalt von vorhin einsetzen. »Aus Angst, glaube ich.«

Sie lachte laut heraus, wie es ihre Art war. »Was bist du nur für ein seltsamer Typ.«

»Du etwa nicht?« sagte ich. Auf dieser Vertrautheitsstufe mit ihr zu reden ließ mein Herz rascher schlagen; ich schaute hinaus in den Regen, der über der erschöpften Landschaft immer schwächer wurde. »Bist du etwa nicht seltsam?«

»Man braucht sich nichts darauf einzubilden, seltsam zu sein«, sagte sie fast zornig. »Es ist auch eine Art, sich zu verstecken. Sich undurchschaubar und unzugänglich zu geben. Es ist eine Art Flucht.«

»Ich will nicht flüchten«, sagte ich. Ich sah sie von der Seite an und hatte das Gefühl, daß sich alles um mich herum spurlos auflösen würde, wenn sie plötzlich nicht mehr neben mir säße. »Wirklich nicht.«

Unterdessen hatte der Regen fast aufgehört, und wir waren am Ende der Straße angelangt: Es gab nur einen Wendeplatz und Werbeplakate und Baracken und gleich dahinter den Strand und das Meer und rechter Hand einen der Küste folgenden ungeteerten Weg mit vielen Schlaglöchern.

Maria Chiara stellte den Motor ab. Wir blieben still sitzen, sahen nach vorn und registrierten beiläufig unsere Profile und unsere Atemzüge. Ich hatte den

Kopf voller Fragen, aber sie waren alle so unscharf, daß ich nicht wußte, von welcher Seite ich sie anpacken sollte. »Gehen wir ein bißchen spazieren?« fragte Maria Chiara.

Sie öffnete die Wagentür, und wir stiegen aus, setzten die Füße auf den Asphalt voller Pfützen und Rinnsale. Es regnete nicht mehr, aber die Luft war von feinem Wasserstaub gesättigt, am Himmel türmten sich dunkle Wolken auf, zwischen denen kaltes Licht hervorbrach. Wir gingen vorsichtig um die tiefsten Pfützen herum und sahen uns immer wieder verstohlen an. Weit und breit war niemand zu sehen; die Holzbaracken der Bars und kleinen Restaurants waren mit Brettern vernagelt und mit Vorhängeschlössern gesichert.

Maria Chiara sprang über ein niedriges Mäuerchen; ich folgte ihr, und wir gingen am Zaun eines Strandbads entlang. Auf den überfluteten Betonterrassen mit rostigen Eisengeländern und Sichtblenden aus durchnäßten alten Schilfmatten standen in langen Reihen Umkleidekabinen mit verblaßtem Anstrich. Wir stapften über den dunklen, schweren Sand, bis wir die letzten Gebäude hinter uns gelassen hatten. Geradezu mit Spannung beobachtete ich ihre Art, sich umzusehen, die Arme zu bewegen, den Kopf zu drehen. Ich ließ sie ein Stück vorausgehen, um auszuloten, wo die Grenzen der größten noch annehmbaren Distanz für mich lagen. Es waren sehr geringe Grenzen: Schon bei acht, neun Metern verspürte ich den verzweifelten Impuls, ihr hinterherzurennen.

Ich rannte ihr hinterher; als ich sie eingeholt hatte, keuchte ich zu heftig für den kleinen Spurt. Ich sagte: »Maria Chiara.«

»Was ist?« fragte sie, sah mich an und dann zum Meer.

Ich blickte nach oben, auf das Wechselspiel von Licht und Dunkel am Himmel, es war ein unglaublicher Anblick, aber es interessierte mich nicht, verglichen mit dem Wechselspiel von Licht und Dunkel in ihren Augen.

Wir gingen weiter zum bleifarbenen Meer, das vom vielen Regen, der es stundenlang traktiert hatte, erschöpft dalag und nur noch stumme kleine Wellen aussandte, die den Sand wie mit vorsichtigen Zungen beleckten und sich gleich wieder zurückzogen. Wir atmeten die salzige Luft ein, ballten die Fäuste in den Taschen; jeder Schritt mußte das unzuverlässige Gefälle des Strands besiegen.

Zudem waren wir schüchtern, denn wir kannten uns kaum und kannten uns doch und schwankten noch immer zwischen diesen beiden Zuständen und schafften es nicht, einen davon die Oberhand gewinnen zu lassen. Dann standen wir Schulter an Schulter am Wasser, und es schien mir nicht weiter schwer, ihr einen Arm um die Taille zu legen und sie an mich zu ziehen; doch ich war zu sehr von unterschiedlich heftigen Empfindungen beeinflußt, und sie sagte kein Wort. Ich machte eine Geste zum Meer und zum Himmel hin, sagte: »Stell dir vor, das alles zu verlieren.« Sagte: »Wie leicht es hätte passieren können.« Sagte: »Es wäre *normal* gewesen.«

Sie nickte, lächelte flüchtig. Doch es war eine traurige Art von Lächeln, und ich war mit meiner Stimme unzufrieden, so als hätte ich sie von einem Tonband gehört; ich machte *baaah*, *baaah*, nur um den Klangeindruck zu durchbrechen. Ich hob ein Stück Baumwurzel vom Sand auf und warf es ins Meer, ein vielfacher Schmerz durchzuckte mich an zwei, drei vom Sturz betroffenen Stellen.

Wir traten ein paar Schritte zurück, zwischen Holzstücken und Muschelschalen und Blechdosen mit abblätternder Farbe und Insektenvernichtungssspraydosen und rosa Puppenbeinen und weißen Styroporstücken und alten gelben Plastikflaschen. Wir blieben stehen und drehten uns um uns selbst, setzten die Füße auf dem Sand auf, hoben die Knie an und blickten zu Boden wie Stelzvögel auf Futtersuche; bei jedem Schritt wunderte ich mich, wie widerstandsfähig der Augenblick war, und zugleich wuchs meine Sorge, daß er nicht widerstandsfähig genug sein könnte. Ich darf nicht daran denken, dachte ich, wenn ich will, daß er anhält; aber ich brachte es auch nicht fertig, so zu tun, als sei er das Sicherste und Dauerhafteste auf der Welt: Ich wechselte hin und her zwischen Empfindungen und Eindrücken, dichtgedrängten Fakten und Angst vor der Leere.

Dann schlossen sich plötzlich die Wolken über den Rissen am Himmel zu einer Wand, die immer dunkler und schließlich schwarz wurde und ein dumpfes Vibrieren und anschwellendes Brausen von sich gab, das vom Festland her so rasend schnell auf uns zukam, daß es die Entfernungen in Schallgeschwindigkeit überwand und Plastiktüten und nasses Zeitungspapier und dicke dunkle Tropfen mit sich riß und das Meer aufwühlte und bis zum Horizont mit weißem Schaum überzog.

Maria Chiara sah mich an, und ohne ein Wort rannten wir los, gegen den Wind und den Regen und die Steigung des Strands und den schweren Sand unter unseren Füßen. Binnen Sekunden fiel so dichter Regen, daß jeder Versuch, ihm zu entkommen oder nicht völlig naß zu werden, lachhaft war. Wir rannten trotzdem mit aller Kraft, die in unseren Beinen steckte, weiter, liefen um die Wette mit der Zeit und der Unvermeidlichkeit der Dinge und ihrer ständigen Tendenz, sich zu wandeln. Die harten Tropfen trafen uns in die Augen und auf die Stirn und drangen in unser Haar und unsere Kleider und Schuhe und durchnäßten uns noch viel mehr als tags zuvor auf dem Rückweg vom Krankenhaus. Es war, als hätte der Regen unsere Herausforderung angenommen, er erzeugte ein wütendes Rauschen, während ihn der Wind senkrecht von den schwarzen, über unseren Köpfen dahinjagenden Wolken herabtrieb. Mir war, als strömten mir alle Empfindungen der Welt über die Haut und in die Lungen und ins Herz und in die Ohren, und gleich darauf sah ich mich aus weiter Ferne als winzig kleinen Bestandteil der Landschaft: ein Pünktchen, das zwischen der dunklen Fläche des Himmels und der helleren des Strands einem anderen Pünktchen hinterherrannte. Der Gedanke an diese Winzigkeit ließ mich noch schneller und atemloser rennen, mit noch heftigerem Verlangen, Maria Chiara einzuholen und die Distanz zu schließen, nicht allein zu bleiben.

In verrücktem Tempo erreichten wir das Auto, erst im letzten Moment sahen wir es rot aus dem Regen auftauchen. Maria Chiara riß die Tür auf, und wir warfen uns einer nach dem anderen hinein und schubsten uns auf die Sitze und sahen uns an mit der plötzlichen Euphorie der Geretteten. Und wieder war ich nahe daran, sie im Drunter und Drüber und im Tosen des Regens und der Windstöße, die das Auto erschütterten, zu küssen, sie aber schlüpfte durch die Lücke zwischen den

Sitzen nach hinten, zog sich die mit Wasser durchtränkten Schuhe und den nassen Mantel aus und begann, in zwei großen grauen Müllsäcken herumzukramen.

»Was hast du da?« fragte ich aus meinem verzerrten Blickwinkel.

»Sachen von Alberta«, sagte sie und hielt eine dunkelrote Samthose hoch und wühlte weiter in den bunten Stoffen. »Sie will sie verschenken oder an irgendeinen Second-Hand-Shop oder Flohmarkt verkaufen.« Unter dem Dach des Kastenwagens, das etwas erhöht, aber zum Aufrechtstehen doch zu niedrig war, zog sie sich ihre nassen grauen Jeans aus, sagte: »Nicht hingucken.«

»Schon gut, schon gut«, sagte ich und drehte mich zur anderen Seite, wenn auch zu spät, um den Eindruck ihrer hellen Beine auszulöschen, die nackt hinter dem Stoff hervorschauten. Ich streifte die Jacke und die Schuhe ab; wir waren zu durchnäßt und zu durcheinander und zu sehr außer Atem, als daß einer von uns lange in irgendeiner Haltung bleiben konnte. Als ich mich wieder zu ihr wandte, war sie in die dunkelrote Samthose geschlüpft, die ihr mindestens zwei Größen zu lang und zu weit war, und war schon dabei, sie wieder auszuziehen; ich mußte lachen.

»Was gibt's zu lachen?« fragte sie, aber sie lachte selbst, leicht vorgebeugt, mit ihrem strähnigen nassen Haar und diesen roten Hosen, die ein Stückchen von ihren weißen Beinen sehen ließen.

Ich kroch zu ihr nach hinten; meine Aufdringlichkeit wurde abgemildert durch den Zustand meiner Kleider und den heftigen Regen und den engen Kastenwagen, der unter den Windstößen wankte und ächzte, ich fragte: »Ist für mich nicht auch was dabei?«

»Weiß nicht«, sagte sie. Da sie nicht auf mich achtete und weiter in ihrem Sack kramte, begann ich, den anderen zu durchwühlen: Wir ließen Hemden und Pullover und Hosen in den sonderbarsten Schnitten und Farben durch die Luft fliegen, rempelten uns an und lachten. Ich griff mir ein großes, rot-blau geblümtes Tuch, faltete es auseinander und versuchte es um sie herumzuwickeln, sie riß es sich weg und warf es auf mich; ich breitete es wie ein Zelt über unseren Köpfen aus, und dabei lachten wir in einem fort und schubsten uns; das Tuch filterte die bedrohliche Helligkeit von draußen und ließ sie warm wirken wie Feuerschein, wie Licht, das durch ein Blatt oder eine Landkarte in eine primitive Behausung fällt. Ich küßte sie auf die Wange, aber es gehörte zu unserer Balgerei Kopf an Kopf und Schläfe an Schläfe und Schulter an Schulter unter dem bunten Stoff im Schutz des Kastenwagens. Wir schubsten uns und berührten uns an den Armen und Händen und Hüften und Beinen: Empfindungen durchströmten uns, die wir nicht benennen konnten, wir waren nur noch Nähe und Wärme und Substanz und Haut und Haare und Stoff und rötlich-blaues Licht, gedehnte und kurze Blicke, Berührungen und Nichtberührungen. Wir lachten und schnappten nach Luft und prusteten uns ins Gesicht und ließen uns los und verloren das Gleichgewicht und fanden es wieder: Wir waren albern und naiv, ohne Finesse, in perfektem Einklang mit dem Augenblick.

Maria Chiara fischte eine gelbe Hose aus dem Stoffberg, sagte zu mir: »Zieh die hier an.« Ich zog meine Hose aus, die ein glibbrig-nasser Lumpen war, und schlüpfte in die trockene und zu enge gelbe, balancierte dabei vornübergebeugt, um mir nicht den Kopf am

Autodach zu stoßen, abwechselnd auf dem rechten und dem linken Fuß und gab ihr weiterhin kleine Schubse, riß ihr die Sachen, die sie gerade anziehen wollte, aus der Hand, während sie mich wegstieß und auf mich losging und mich anschaute und auf ihre Füße und in den einen und den anderen Sack schaute und immer mehr alte Klamotten hervorzog. Die gelben Hosen sahen zum Lachen aus, wie die Strumpfhosen eines mittelalterlichen Pagen, ich sagte: »Nein, nein«, und Maria Chiara sagte: »Die stehen dir wirklich gut« und lachte noch lauter und schlüpfte in eine abgewetzte Schlaghose in verwaschenen Blautönen, und ich sagte: »Laß sehen«, und sie drehte und wendete sich, um sich mir zu zeigen, und ich versuchte sie noch einmal zu küssen, und sie gab mir ein T-Shirt mit einer gemalten Sonne darauf und eine cremefarbene alte Baumwolljacke, die um die Schultern herum kniff und drückte und mich zum Lachen brachte, und sie zog sich einen Pullover an, der mit seinen gelben und roten Streifen wie von der Titelseite einer Sechziger-Jahre-Illustrierten aussah, wie eine Signalflagge, wie eine Leuchtreklame in einer Stadt in der Abenddämmerung. Das Zelttuch rutschte herab, und das graue Licht blendete uns, und wir verhedderten uns und lagen uns schließlich im Kleiderhaufen auf der Ladefläche beinahe in den Armen in einem Gewirr sehr diffuser und sehr lokalisierter elektrischer Empfindungen, wir brauchten ganze Minuten, um uns wieder hochzurappeln.

»Ich habe Hunger«, sagte Maria Chiara. Ich merkte, daß ich auch Hunger hatte: eine Art von Hunger, der von Jahren ohne Essen und sogar ohne einen Gedanken ans Essen zu kommen schien.

Ich blickte aus dem Fenster und sah nur Regen. »Hier ist aber alles geschlossen«, sagte ich.

»Ich weiß, wo es etwas gibt«, sagte sie und sah mich auf ihre eigensinnige, geheimnisvolle Weise an.

Wir krochen nach vorn auf die Sitze, gehemmt von den fremden Kleidern, die wir anhatten. Maria Chiara drehte den Zündschlüssel, und auch diesmal schien es höchst unwahrscheinlich, daß der alte Kastenwagen anspringen würde, aber während es wie aus Kübeln schüttete, tat er es doch: Maria Chiara trat barfuß auf das Gaspedal. Wir fuhren die zu einem schlammigen Fluß gewordene ungeteerte Straße entlang, als würden wir von der Wasserströmung vorangetrieben und könnten nur zum Spiel das Lenkrad betätigen, ohne wirklich die Richtung oder das Tempo zu bestimmen.

Aber wir kamen voran, wir sahen geradeaus und sahen uns an, belustigt und zugleich erschrocken, erstaunt über jeden Meter, den wir hinter uns brachten, ohne daß der Motor aussetzte oder die Strömung uns von der Straße spülte und uns über Gräben und überschwemmte Äcker trieb.

Dann stellte Maria Chiara den Motor ab; wir standen vor einem kleinen Strandrestaurant, das aussah, als sei es seit Monaten und auf weitere Monate geschlossen. Sie hupte, und ein paar Sekunden später sahen wir hinter der Fensterscheibe eine Frau, die uns zuwinkte.

Wir stiegen aus, liefen so rasch um das Auto herum, daß wir nur oberflächlich naß waren, als wir mit nackten, schlammbeschmutzten Füßen das Restaurant betraten.

Eine Frau mit abstehenden und sehr kurzen graumelierten Haaren, die sie wie ein großes Stachelschwein aussehen ließ, erwartete uns an der Tür und sagte:

»Maria Chiara! Was machst du denn hier bei diesem Wetter?«

»Nichts Besonderes«, sagte Maria Chiara und umarmte sie.

Aus dem Hintergrund kam, ebenso überrascht, eine zweite, dünnere Frau, die sie mit der gleichen Überschwenglichkeit und Vertrautheit begrüßte. Maria Chiara stellte sie mir vor; beide gaben mir die Hand und sahen mich prüfend an, als wollten sie sich ein Bild von mir machen; die Kleider, die ich anhatte, waren mir dabei sicher nicht von Vorteil.

»Es sind nicht meine«, sagte ich, aber meine Gebärde verlor sich in ihrem Wechselspiel von Blicken und Bewegungen, meine Stimme ging im Lärm des Regens unter, der auf das Wellblechdach und an die dünnen Holzwände trommelte.

Auch Maria Chiara sah recht seltsam aus, als ich sie jetzt in neutralem Licht und aus etwas mehr Distanz betrachtete: Wir schienen beide dem Cover einer Jimi-Hendrix-Platte entstiegen, nur wirkte ich dabei lächerlich, während sie nichts von ihrer natürlichen Eleganz eingebüßt hatte.

»Na, Maria?« sagte die Stachelschweinfrau.

»Wir sind am Verhungern«, sagte Maria Chiara.

Ich war begeistert, sie in der Wir-Form sprechen zu hören und sie trotz der mentalen Luftsprünge, die sie bei mir erzeugte, so erdverhaftet zu sehen.

»Wir *sterben* vor Hunger«, sagte ich; die Jacke drückte mir auf die Rippen und zwängte die linke Schulter ein, die gelben Hosen behinderten meine Beinbewegungen.

Wieder sah mich die Stachelschweinfrau an, und wieder hatte ich den Eindruck, daß sie mich nicht richtig einzuschätzen wußte. »Wir haben nichts da, meine Liebe«, sagte sie. »Ich kann euch höchstens Rühreier machen.«

»Uns ist alles recht, wirklich alles«, sagte Maria Chiara, während sie zwischen den Tischen mit den umgekehrt daraufgestellten Stühlen umherging. Sie verschwand im Hintergrund, wo die Toilette sein mußte, ließ mich allein, voller Kontaktbedürfnis in meinen lächerlichen Klamotten.

Die dünnere der beiden Frauen nahm von einem Tisch in Fensternähe die Stühle herunter; die Stachelschweinfrau fragte mich: »Trinkt ihr Wein?«

»Ja«, sagte ich und versuchte, den feuchten Baumwollstoff der Jacke mit Gewalt zu dehnen, um mich weniger beengt zu fühlen. Aber es mißfiel mir nicht, auch meine eigenen Kleider abgelegt zu haben: Es gab mir noch mehr das Gefühl, außerhalb meines bekannten Lebens auf einem neuen Terrain zu sein, ohne Landkarten oder Kompaß, ohne Gepäck und ohne Uhr und ohne einen Wohnsitz, an dem ich Telefonanrufe und Post empfangen konnte. Die Bindungen und Verpflichtungen und Sorgen meiner früheren Ausführung schienen mich nichts anzugehen; ich fühlte mich frei, jedenfalls beinahe.

Die Stachelschweinfrau brachte eine Karaffe Rotwein und sagte: »Willst du dich nicht setzen?« Einen Augenblick später kam Maria Chiara zurück, und wir nahmen am Tisch Platz. Ich war verblüfft über ihre Dreidimensionalität: Wie sie handfest und real vor mir saß, noch eine Spur des Lachens von vorhin um die Lippen und in den Augenwinkeln. Ich goß Wein ein, er hatte eine dunkle, leicht trübe Färbung wie hausgemachter, naturbelassener Wein; ich stieß mit ihrem Glas an, noch bevor sie es erhoben hatte, trank einen großen Schluck.

Sie hielt ihr Glas einige Sekunden in der Hand und leerte es dann mit zurückgeneigtem Kopf in einem Zug, auf ihre entschlossene Art, die mir allmählich vertraut wurde.

Mir fiel ein, wie beherrscht und zuverlässig und kalkulierbar dagegen Anna war mit ihrem enthaltsamen Wesen: In meinem Kopf lief eine Liste ihrer klaren und nüchternen Gesten ab. Ich versuchte diese Bilder und die bedrohlicheren, die sie nach sich zogen, gleich wieder auszuschalten, was nicht so einfach war, weil sie mit vielen Details versehen waren. Ich stürzte meinen restlichen Wein hinunter, füllte erneut die Gläser.

Wir sahen uns aus nächster Nähe an und rutschten ein wenig auf den Stühlen hin und her, verschoben Hände und Ellenbogen, blickten über die leeren Tische und auf die Stachelschweinfrau, die hinten im Raum hin und her ging und uns im Auge behielt. Wir tranken noch mehr Wein, und allmählich begann er in mir zu kreisen und meine Empfindungen zu erweitern.

»Diese Bäume und Blumen und Tiere«, sagte ich, »diese Frauen und Männer und Hunde und Kinder.«

»Wie bitte?« sagte sie entgeistert.

»Deine Zeichnungen.«

»Ach so«, sagte sie: halb abwehrend und halb neugierig; sie behielt nie lange den gleichen Gesichtsausdruck oder die gleiche Haltung bei.

»Da ist alles drin«, sagte ich. Ich goß mir Wein nach und schenkte auch ihr ein, stürzte ihn hinunter; er schien die Dinge nur ans Licht zu bringen, es gab nichts, was nicht schon dagewesen wäre und darauf wartete, enthüllt zu werden.

Maria Chiara lächelte. »Was heißt das, alles?«

»Alles«, sagte ich. »Das Wesen der Dinge.« Ich redete drauflos, ohne zu überlegen, meine Empfindungen strömten in die Laute; und die Laute waren kläglich im Vergleich zu dem, was sie enthalten sollten.

»Ach, hör doch auf«, sagte sie, aber ich hatte das kaum unterdrückte, erwartungsvolle Leuchten in ihrem Blick bemerkt.

»Es stimmt aber«, sagte ich. »Es steckt alles drin, was man nicht mit Worten sagen kann. Was man nur *fühlen* kann. Was man vielleicht durch Musik mitteilen könnte, aber nicht so präzise.« Ich war am ganzen Körper magnetisiert; wenn sich unsere Fingerspitzen berührt hätten, so glaubte ich, hätten wir einen elektrischen Schlag bekommen.

»Na, na, na«, sagte sie, ohne mich anzusehen.

»Und sie waren mir auf den ersten Blick so vertraut«, sagte ich. »So *zutiefst* vertraut.«

»Für mich gibt es nur diese Art zu zeichnen«, sagte sie. »Auf der Kunstschule habe ich versucht, auch andere Arten zu lernen, aber es ist mir nie gelungen. Die Lehrer sind fast verrückt geworden.«

»Ein Glück, daß es dir nicht gelungen ist«, sagte ich, während sich das Gefühl eines nicht wiedergutzumachenden Verlustes in mir ausbreitete.

»Der Lehrer, bei dem wir nach der Natur zeichneten, sagte zu mir, ich wirke so modern und weltgewandt, mein Stil aber sei primitiv. ›Sie sind hoffnungslos primitiv‹, sagte er immer.«

»So ein Schwachkopf«, sagte ich. Ich war von sinnlosem Zorn erfüllt, von Sehnsucht nach ihr, wie sie in der Schule nach der Natur zeichnete.

»Nein«, sagte sie, »er war ganz in Ordnung. Ich hätte wohl jeden auf die Palme gebracht.«

»Er war ein Idiot«, sagte ich. Ich haßte ihn, nur weil er sie vor mir gekannt hatte. »Dein Stil ist überhaupt nicht primitiv. Es ist der fortschrittlichste Stil, den es gibt.«

»Und wieso?« fragte sie mit einem spöttischen Lächeln um die Lippen.

»Weil er voller Licht ist«, sagte ich. »Weil er über den Namen der Dinge steht, über den Daten und Zahlen und Wörtern, die zu nichts nütze sind.«

Sie sah mich mit zur Seite geneigtem Kopf an, das fast leere Weinglas in der Hand. »Übertreibst du nicht ein bißchen? Du hast meine Zeichnungen doch kaum gesehen.«

»Es hat mir genügt«, sagte ich und goß noch einmal Wein in beide Gläser. »Dir habe ich auch auf den ersten Blick angesehen, wer du bist.« Ich preschte vorwärts wie ein Auto ohne Bremsen; jedes Wort trieb mich näher zu ihr und steigerte die prickelnde Erregung des kommenden Aufpralls. Ich wünschte mir nur, daß der Regen die Landschaft immer mehr überflutete, bis sich die Baracke aus Holz und Blech, in der wir saßen, vom Boden löste und davonschwamm, uns forttrug.

»Und wer bin ich?« fragte sie mit vor Aufmerksamkeit geweiteten Pupillen und geröteten Wangen.

Die Stachelschweinfrau kam mit einer großen gußeisernen Pfanne, in der ein gelb-grünes Petersilienomelett prangte. »Tut mir leid, aber mehr habe ich nicht zu bieten.«

»Sieht toll aus«, sagte ich mit echter Rührung in der Stimme angesichts der unerwarteten, duftenden Speise mit ihren frischen Farben. »Es ist das tollste Geschenk der Welt.«

Maria Chiara sah mich an, und einen Augenblick lang fürchtete ich, sie könnte mich für einen Schwärmer und Schwätzer oder für völlig beschwipst halten.

Aber sie sagte: »Danke, Magda«, und ich sah, daß sie genauso gerührt war wie ich.

Die Stachelschweinfrau namens Magda sagte: »Schon gut, ist doch nur ein Omelett.« Sie schnitt es rasch und mit professionellem Geschick in Stücke, ließ zwei davon auf unsere Teller gleiten. Ihre Freundin, die uns den Brotkorb brachte, musterte uns beide aus der Nähe; und obwohl ich mit Maria Chiara allein sein wollte, freute es mich, zwei Zeugen zu haben, während der Regen draußen die Landschaft immer mehr verschwimmen ließ. Wir nahmen den ersten Bissen: Er war von so fein ausgewogenem, würzigem Geschmack, daß mir die Tränen in die Augen stiegen.

»Herrlich, was?« sagte ich in so schwerfälligem Tonfall, daß es wie die Stimme eines Wilden klang. Die beiden Frauen hatten sich zurückgezogen und standen zwischen den leeren Tischen fast am anderen Ende des Raums; sie lachten, als hätte ich nicht das Omelett, sondern Maria gemeint.

Maria Chiara aß mit wunderbarer, natürlicher Gier: Sie stach mit der Gabel Stücke ab, schob sie in den Mund und kaute, sah auf ihren Teller und sah auf mich, nahm sich Brot aus dem Korb, trank einen Schluck

Wein. Beide hatte uns ein freudiger Wiederaneignungsdrang erfaßt, wie zwei Schiffbrüchige, die nach langem Schwimmen endlich Land erreicht haben, und auch jetzt schienen alle Worte nichtig angesichts dessen, was wir fühlten.

ACHT

Als wir in Rom ankamen, hatte es aufgehört zu regnen, aber die Straßen waren überschwemmt und die Gehsteige voll abgebrochener Äste, das Licht war so verdüstert, daß man schwer hätte sagen können, wie spät es war. Wir bogen in die kleine Straße ein, in der die Wohnung von Maria Chiara und Alberta lag, stellten den Kastenwagen dicht an einer Hauswand ab und stiegen aus, traten barfuß auf das unter Wasser stehende Straßenpflaster, in den absurden Klamotten, die wir uns am Meer angezogen hatten, und mit unseren nassen Kleidern und Schuhen in einem der beiden Plastiksäcke. Vor der hölzernen Haustür sahen wir uns an, und wir hätten uns beim besten Willen nicht trennen können; ohne ein Wort stiegen wir die Treppe hinauf.

Das kleine Wohnzimmer war mir so vertraut wie der Hund Speke, der um uns herumsprang und jaulte und mit seinem Stummelschwanz wedelte, bis er fast das Gleichgewicht verlor. Ich ging von einem Ende des Raums zum andern und glaubte in der Luft noch die Empfindungen vorzufinden, die ich hier durchlebt hatte, und sie waren alle von der Wirklichkeit bereits übertroffen. Maria Chiara zog sich die blaugescheckten Hosen aus, kickte sie von sich und lachte, mit nackten Beinen in dem gelb-rot gestreiften T-Shirt, das wie ein zu kurzes, poppiges Kleid aussah.

Ich zog die Jacke aus, die mir wie eine Zwangsjacke Schultern und Rippen umspannt hatte, kreiste vorsichtig mit den Armen, und es tat fast nicht mehr weh. Es war ein merkwürdiges Gefühl, plötzlich ohne den meine Bewegungen einschränkenden Widerstand der Jacke und ohne Schmerzen zu sein, ohne den strömenden Regen, der ein Schutzschild gegen die Welt gebildet hatte. Der Augenblick schien mir jetzt wieder den Angriffen und der Zwangsläufigkeit der Zeit ausgesetzt und erneut in Gefahr, auseinanderzubrechen.

»Na?« sagte ich, nur um Laute in die Luft zu setzen; Maria Chiara, die auf dem Weg in die Küche war, wendete sich um. Wir sahen uns aus vier, fünf Metern Abstand an, und mir schien, daß wir in der plötzlichen Schutzlosigkeit erzitterten, beide mit dem gleichen Gefühl der Anspannung um die Lippen und Augen und in den Beinen.

»Na?« sagte auch sie und zog dabei eine Augenbraue auf komische Weise etwas höher als die andere. Ich gab keine Antwort, und sie ging in die Küche, mit dem Hund Speke, der ihr mit eifrigen kurzen Schritten und hochgereckter Schnauze hinterherlief, in Erwartung seines Futters.

Auch ich lief ihr hinterher, durch das Territorium des noch nicht ganz überprüften Vertrauens zwischen uns. Unsere Füße waren mit dem gleichen Schmutz bedeckt, ich schaute auf die ihren, um es mir zu bestätigen.

Sie machte eine Dose Hundefutter auf und füllte die Hälfte davon in Spekes Schüssel, kauerte sich daneben, um zuzusehen, wie er sich daraufstürzte und mit ruckhaftem Schnappen und Schlappen zu fressen begann.

»Lecker, hm?« sagte sie lachend; sagte: »Spe-ke.«

Und ich war sogar auf ihr Interesse für ihn eifersüchtig: darauf, wie sie ihm die gleiche, durch nichts abgelenkte Aufmerksamkeit widmete, die sie mir und ihrer Mutter und wer weiß wie vielen anderen Menschen oder Tieren oder Dingen vorher und anderswo gewidmet hatte. »Laß ihn doch in Ruhe fressen«, sagte ich.

»Es macht mir Spaß, ihm zuzusehen«, sagte sie und lachte. »Er ist genauso wie wir beide mit Magdas Omelett.«

Ich dachte, daß sie recht hatte und daß ihre Aufmerksamkeit von ihrer Fähigkeit herrührte, das Wesen der Dinge zu erfassen, was mich schon bei ihren Zeichnungen so beeindruckt hatte, und daß ich viel starrer war als sie und auch ohne die zu enge Jacke und ohne Schmerzen im Körper unentwegt an meine Grenzen stieß, sosehr ich mich nach meinem Sturz auch verändert zu haben glaubte.

Sie sah mich von unten her an, sagte lachend: »Lieber Himmel, siehst du elegant aus.«

Ich lachte auch, aber ich kam mir wenig anziehend vor, und viel Humor hatte ich auch nicht; ich griff mir eine indische Tischdecke, die zusammengefaltet in einem Regal lag, und hängte sie mir um.

»Noch besser«, rief sie und lachte. »Jetzt siehst du wie ein Bewohner von Yukianda aus.«

»Wo liegt denn Yukianda?« fragte ich.

Sie stand auf, sagte: »Nirgendwo«; sie lächelte nicht mehr.

Ich wollte auf sie zugehen, aber da stand sie schon und ging an mir vorbei ins Wohnzimmer. Ich legte das Tischtuch weg und folgte ihr mit dem Gefühl, auf der ungünstigeren Seite einer Wippe zu sein, ich sagte: »Maria Chiara?«

Sie drehte sich um, und wieder standen wir da und sahen uns an; der Abstand schien kaum zu überbrücken.

Dann jedoch bewegten wir uns alle beide, wenn auch äußerst langsam, als steige der Holzfußboden von zwei Seiten zu einem Gipfel an, unserem möglichen Treffpunkt. Wir gingen weiter, bis wir fast auf Tuchfühlung waren, und blieben stehen in einem Schwingungsfeld, in dem unsere Sinne die Signale derart gedehnt aufnahmen, daß sie schwer zu entschlüsseln waren.

Wir verharrten in der Schwebe in dieser Perspektive, wo der erste Ansatz eines Lächelns dem Beginn einer Ozeanwelle gleichkäme, und von einem Augenblick auf den andern schwand der Abstand, der noch zwischen uns war, und wir fielen so rasch aufeinander zu, daß unser beider Fähigkeit, Daten zu registrieren und zu verarbeiten, beim Zusammenprall wie eine dünne Hülle zerriß. Der Raum zog sich um uns zusammen, bis er uns erdrückte, und dehnte sich so weit aus, daß er die Widerstandsfähigkeit unserer Körperumrisse auf die Probe stellte und Formen, Farben und Gerüche, Geschmäkker, Gewichte, Oberflächen und Tiefen eins wurden mit einer unersättlichen Gier, zu berühren und wahrzunehmen, zu riechen, zu schmecken und zu hören, und alle Sinne in höchste Schwingung gerieten und überwältigt wurden.

Wir glitten aus dem Wohnzimmer und aus dem Flur und aus den Kleidern und ließen uns eng umschlungen fallen und rollten in eine elastische Horizontale, die unter uns nachgab und uns Halt bot. Wir waren zwei neugeborene nasse Katzen mit geschlossenen Augen, und noch weiter zurück, zwei synchron atmende primitive Organismen, die durch die Haut die Essenz des Lebens aufnehmen. Wir waren durchströmt von Wasser und Blut, von einer siebenunddreißig Grad warmen Salzlösung, die uns durchdrang und uns dahingleiten ließ, als schwämmen wir gegen eine Strömung und gleichzeitig mit ihr. Wir ließen uns treiben und tauchten unter und tauchten wieder auf, füllten uns mit Empfindungen und setzten sie wieder frei mit einer durch die Wiederholung sich steigernden Empfindsamkeit; jede Bewegung war ein Verlangen und eine Befriedigung, die den Weg bahnte für ein noch drängenderes Verlangen. Wir waren überwältigt von Staunen und berauscht von Vertrautheit, blind und ganz Auge, versunken in die kleinsten Details und unendlich fern, langsam und wieder schneller, winzig klein im Vergleich zum Augenblick und so groß, daß wir mit Kopf und Füßen an seinen Grenzen anstießen, wenn wir nicht achtgaben. Wir waren an einem unbestimmten Punkt des Universums und waren im Schlafzimmer im dritten Stock des Hauses mit der rötlichen Fassade in der gepflasterten schmalen Straße; wir waren ganz wir zwei, verrückt nach unseren Namen und unseren Körpern, und wir waren ohne jeden klaren Ausdruck. Wir hatten alle grenzenlose Zeit der Welt und waren getrieben von der brennendsten und verzehrendsten Eile; wir lagen still da und wurden fortgerissen in einen unaufhaltsamen Strudel. Wir sagten nichts; wir folgten unseren Atemzügen und dem rascher werdenden Schlag unserer Herzen in einem Rhythmus, der ewig weitergehen oder von einem Augenblick zum andern abbrechen konnte, um uns vorwärtszuschleudern und verloren zurückzulassen.

Wir sahen uns an im matten Licht der kleinen Lampe mit blauem Glasschirm neben dem Bett, und ich war so aufgewühlt und verwundert, daß ich lachen mußte. Sie lachte auch, klingend und hell, anscheinend genauso verwundert wie ich. Ich streckte eine Hand vor, um über die zerwühlte Landschaft der Laken und Kissen hinweg ihr Haar zu berühren, und ich war mir nicht sicher, ob ich ihren Namen kannte, aber ich kannte sie, und ich wußte nichts über die Geschichte ihres Zimmers.

»Wer bist du?« fragte ich mit rauher Stimme.

»Und du?« fragte sie.

»Der da«, sagte ich. Vor meinen Augen waren lauter Leuchtpünktchen, mein ganzer Körper prickelte.

Sie rückte näher zu mir, aber ich konnte sie nicht scharf sehen, mein Arm war die einzige sichere Brücke zwischen unseren wieder getrennten Körpern. Ich dachte, daß alles, was ich früher gesucht und ausprobiert und verworfen hatte, nur dazu dagewesen war, jetzt hierher zu gelangen, und dennoch hatte ich Angst.

»Und du?« sagte ich.

Maria Chiara sagte: »Ich hätte nicht gedacht, daß es passieren würde.«

»Wieso nicht?« sagte ich in albernem Tonfall.

»Ich hab nicht mehr dran geglaubt«, sagte sie.

»Wann?« sagte ich. Ich nahm die Zeit nicht in geradlinigen Abschnitten wahr, sondern eher in Kurven, aber ich konnte nicht erkennen, wo sie begannen.

»Vorhin«, sagte sie, aber das half mir auch nicht weiter.

Ich drehte mich auf den Rücken. Ich wollte nur die Augen schließen und mit geringstmöglichen Fußbewegungen im Jetzt schwimmen.

Ein nicht zu benennender Zeitraum verfloß: kreiselnde Gedanken, die sich auflösten wie auf Seifenblasen gespiegelte Figuren.

Maria Chiaras Stimme sagte: »Was ist bloß passiert?«

Ich rollte mich auf die Seite, stützte mich auf einen Ellenbogen auf, sagte: »Wir haben uns gefunden.«

»Wie willst du das wissen?« sagte sie.

»Ich weiß es«, sagte ich. »Ich wußte es, sobald ich dich gesehen habe. Schon beim Betreten der Wohnung, noch bevor ich Alberta am Boden liegen sah.«

Sie schwieg, starrte über meinen Kopf hinweg auf die Wand.

Ich bereute sofort, von Alberta gesprochen zu haben, ich sagte: »Und du?«

»Als du Klavier gespielt hast.« Sie streckte sich vor, um die Bettdecke vom Fußende heraufzuziehen: Ihre zarten, hellen Formen, ihre Geschmeidigkeit waren zauberhaft, auch wenn sie sich so langsam bewegte.

»Und was hast du da gedacht?« fragte ich. Ich konnte weder ruhig sprechen noch ruhig denken, ich kam mir vor wie jemand, der den außergewöhnlichsten Schatz der Welt gefunden hat und plötzlich merkt, daß er keinerlei Garantie dafür hat, daß er ihm gehört und daß er ihn wirklich als erster entdeckt hat.

»Daß es seltsam ist«, sagte sie und fuhr sich mit der Hand durch die Haare, ihre Stirn hatte eine sanfte, harmonische Spannung.

»Es ist *sehr* seltsam«, sagte ich. »Aber wir sind hier.«

»Und danach?« fragte sie in schwankendem Ton.

»Es gibt kein Danach.« Ich warf die Bettdecke zur Seite und sagte: »Wir haben so lange auf diesen Augenblick gewartet und lassen ihn einfach nicht mehr vergehen.« Sagte: »Wir bleiben für immer drin.« Ich hätte lachen oder irgendeine Geste machen mögen, um die Energie in mir freizusetzen und wieder zwischen uns kreisen zu lassen, aber es war, als hätten meine Worte sie schon ganz aufgesogen; ich glaubte glücklich zu sein und dabei doch ins kalte, harte Territorium des Danach abzugleiten, ohne mich wirksam dagegen wehren zu können.

»Im Augenblick?« sagte Maria Chiara, als betrachte sie das Wort gegen das Licht, um zu erkennen, was darinsteckte.

»Ja«, sagte ich.

»Aber der Augenblick geht zu Ende«, sagte sie. »Nach einer Weile.«

»Dieser nicht«, sagte ich.

Sie drehte sich zu mir und sah mich an, und ich zweifelte nicht daran, daß ihr Blick alle Phantasie und alle Freude und alle Leidenschaft enthielt, die ich mir vom Leben je wünschen konnte.

Maria Chiara streckte die Hand vor und berührte mit den Fingerspitzen meine Stirn. Und anstatt mich zu beruhigen, verstärkte diese Geste auf die jäheste Art das Gefühl von Gefahr, das ich in mir spürte; meine Gedanken rasten, von Panik gepackt, in alle Richtungen.

Sie bewegte sich, und ich dachte, sie würde aufstehen und unvermittelt vernünftig werden, aber sie rückte noch näher zu mir und küßte mich auf die Lippen, und die Berührung breitete sich augenblicklich aus bis in die Tiefe jeder Faser, kein einziger Millimeter war nicht davon durchdrungen.

Ich hätte nicht für möglich gehalten, daß es noch mehr geben könnte, nach dem, was schon gewesen war, daß es ein totaler Willens- und Richtungs- und Wahrnehmungsverlust werden könnte, eine dritte Wesentlichkeit, die mit grenzenloser Langsamkeit und immer neuen inneren Beschleunigungen um sich selbst kreist. Ich hätte nicht für möglich gehalten, daß ich so sehr im Augenblick sein konnte, daß ich selbst der Augenblick war. Meine Fingerkuppen hatten Erinnerungen an Empfindungen, meine Arme an Berührungen und meine Augen an Bilder, aber sie taugten nicht einmal mehr als Bezugspunkte; es waren andere, im Vergleich zu uns unendlich tiefere Kräfte im Spiel.

Wir sahen uns von Kopf bis Fuß an, erschöpft und aufgewühlt, wie wir waren; ich brauchte ganze Minuten, um zur Bedeutung eines Ausdrucks oder eines Tonfalls zurückzufinden. Ich sagte »Maria Chiara« und war erstaunt, ihr als Antwort ein Lächeln entlocken zu können.

»Luca«, sagte sie, und auch diese Laute kamen mir seltsam vor.

Wir küßten uns mit geschlossenen Augen, es waren oberflächliche Küsse: Bestätigungsküsse und besitzergreifende Küsse, um uns zu vergewissern, daß wir wirklich wir und wirklich hier waren. Aber wir fühlten uns zittrig wie Genesende und so schwach, daß wir keinem Blick länger als eine Sekunde standhalten konnten.

»Mir ist, als hätte ich immer nur geschlafen. Als mußte irgendwann jemand kommen und mich aufwecken«, sagte ich.

»Und jetzt?« fragte sie.

»Jetzt bin ich aufgewacht«, sagte ich. »Glaube ich jedenfalls.«

Sie lachte; es gab zu viele ständig wechselnde Details, die ich registrieren wollte. »Und was, glaubtest du, würde passieren, wenn du wach bist?«

Ich sagte: »Ich würde das haben, was ich immer wollte.« Sagte: »Und ein besserer Mensch sein. Ja, das ist es: Das zu haben, was ich wollte, und ein besserer Mensch zu sein.«

Sie lachte immer noch, aber leiser; ich erschrak, wenn ich daran dachte, wie sehr mir die ganze Zeit, in der ich sie noch nicht kannte, ihre Stimme gefehlt hatte.

»Bist du schon immer so gewesen?« fragte ich.

»Wie denn?« sagte sie: Sie hatte eine komische Art, den Kopf seitwärts zu neigen und ihn dabei ganz leicht zu bewegen.

»So, wie du jetzt bist.«

»Weiß nicht«, sagte sie. »Ich denke schon, mehr oder weniger.«

»Aber sagtest du nicht, du hättest so vieles ausprobiert und doch nie deinen eigenen Stil gefunden?«

»Doch«, sagte sie. »Ich habe versucht, mich zu ändern. Immer wieder.« Aber das war nicht das, was ich hören wollte: Ich wollte hören, daß sie eine ganz andere oder viele andere gewesen war und erst auf einem langen, mühsamen Weg zu der geworden war, die sie jetzt war, gerade zur rechten Zeit, um mir zu begegnen.

»Und ist es dir gelungen?« fragte ich und wurde überschwemmt von einer Bilderflut mit den verschiedensten Versionen von ihr: die Haare in anderer Länge und anders frisiert, einstudierte Blicke, Kleider, die sie sich gekauft und angezogen hatte, Schuhe, Gangarten, Lächeln, Arten, sich zu bewegen, Arten, zu sitzen und dazustehen, Koffer, Hände auf Türklinken, Streitereien, fordernde Blicke, Hände auf Telefonhörern, Fenster am Morgen, Bücher, die sie las, Badeanzüge, Arten dazuliegen, unterstreichende Gesten, ausgepreßte Orangen, Arten zu essen, gedeckte Tische, aufmerksame Blicke, Waschbecken, Weinen, Teller, Knie, Arten, die Beine übereinanderzuschlagen, Kissen, Lampen, Kußhände, richtige Küsse.

»Ja«, sagte sie, »ich glaube schon.« Sagte: »Aber zum Schluß war ich es leid und bin mehr oder weniger wieder zu der geworden, die ich ursprünglich war.«

Eifersucht packte mich: Ich war rasend vor enttäuschter Besitzgier. »Wieso hast du dann überhaupt versucht, dich zu ändern?«

»Och«, sagte sie. »Um der Welt besser gerecht zu werden, glaube ich.«

»Und um den Männern besser gerecht zu werden?« fragte ich.

»Ja«, sagte sie und nickte.

»Welchen Männern?« fragte ich, während sich in meinem Kopf ein ganzer Katalog mit gestochen scharfen Details möglicher Männer abspulte: Augen, Jacketts, Augenbrauen, Haare, Tonfälle, Autos, Sexualverhalten, Vergnügungen, Detailkenntnisse, Verhalten im Restaurant, Brieftaschen, Verhalten im Kino und im Theater, beschützerische Gesten, anmaßende Gesten, Flugpläne, Abenteuergeist, Hosen, vorgetäuschter Mut, Telefonate, Telegramme, Zigarettenrauch, Abendessen, Alkohol, Baumwollboxershorts, Blumensträuße, vertrauliche Gesten, Gymnastik, Hände, Kreditkarten, Frühstück, Füße, Schuhe. Es war eine heillose und unglaublich miese Art von Eifersucht, bestehend aus Klischees und primitiven animalischen Instinkten.

Sie legte sich die Hände an die Wangen, und ihre Augen wurden zu fast orientalisch anmutenden schmalen Schlitzen wie bei einem sibirischen Luchs. »Frauen tun das eben, sie versuchen so zu sein, wie die Männer sie haben wollen.«

»Und gelingt es ihnen?«

»Manchmal schon«, sagte sie. »Besser jedenfalls, als es den Männern bei den Frauen gelingt.«

»Aber die Männer bemühen sich doch auch, sich zu ändern, oder?« Mir fiel ein, wie ich mit ihrer Schwester darüber gesprochen hatte, als ich sie, Maria Chiara, noch gar nicht kannte.

»Sie bemühen sich vor allem, tolle Kerle zu sein«, sagte sie.

»Und die Frauen?«

»Die Frauen glauben es ihnen«, sagte sie. »Dann haben die Männer es satt, und die Frauen haben sich umsonst verändert.«

»Und sind dann voller Groll?«

»Voller Enttäuschung«, sagte sie.

»Und voller Wut?« fragte ich weiter.

Sie lachte und sagte: »Voller Enttäuschung und voller Wut und Groll.«

»Und die Männer?«

»Die Männer merken es gar nicht«, sagte sie. »Oder sie merken es, aber es kümmert sie nicht weiter. Sie klammern sich an die bestehende Situation, auch wenn alles gescheitert ist. Es genügt ihnen, eine Frau gut zu kennen und sie ihr eigen zu nennen und sich nicht länger anstrengen zu müssen. Sie können sich wieder auf die Erforschung und Eroberung der Welt stürzen, wohl wissend, daß sie einen Ort haben, an den sie immer wieder zurückkehren können.«

»Aber so ist es doch nicht immer, oder?« fragte ich und betrachtete ihren hellen Hals, die Rundung ihrer Schulter: Ich erinnerte mich nicht, woher ich gekommen war und wie ich bis zu ihr gelangen konnte. »Es kommt doch auch drauf an, was für ein Mann und was für eine Frau es ist, oder?«

»Ja«, sagte sie und setzte sich auf, umfaßte ihre Knie.

»Hast du nie gedacht, daß irgendwo noch eine Überraschung auf dich warten muß? Die alles widerlegt, was du weißt?«

»Vielleicht«, sagte sie.

»Wir kennen uns so gut«, sagte ich, »und wissen doch fast nichts.«

»Wieso? Hast du was Schlimmes zu verbergen?« fragte sie halb im Scherz und halb beunruhigt.

»Nein«, sagte ich, und mich erfaßte eine Woge der Sorge wegen Anna, wegen des Reiterhofs, wegen der Informationslücke, die sich seit wer weiß wie vielen Stunden oder inzwischen sogar Tagen immer weiter ausbreitete. Ich mußte mich an der Matratze festhalten, damit diese Woge mich nicht fortriß. Am liebsten hätte ich Maria Chiara alles gesagt, sie um ihre objektive oder teilnahmsvolle Meinung gefragt, sie um Hilfe gebeten.

»Na, dann wollen wir mal sehen«, sagte sie und rollte sich näher an mich heran.

»Was sehen?« fragte ich. Sie lächelte genau das Lächeln, dem ich hätte begegnen wollen, als ich noch in den Kindergarten ging und mich in einer unerträglich fremden Welt verloren fühlte.

»Wer du bist«, sagte sie mit einem Blick, der mir direkt auf die Seele drückte.

»Wenn du es herausfindest, sag's mir. Ich glaube nämlich, ich bin ein bißchen im Rückstand in bezug auf das, was in letzter Zeit geschieht.«

»Ach ja?« sagte sie lachend.

Wir küßten und umarmten uns, und wir waren völlig entkräftet und schläfrig und hatten Hunger und Durst und das Bedürfnis, uns anzuschauen, das Bedürfnis, reglos dazuliegen, und das Bedürfnis, ständig unsere Lage zu verändern, das Bedürfnis, uns auszuruhen und uns noch mehr zu ermüden und uns zu berühren und zu überraschen und noch tiefer aufwühlen zu lassen. Es war wie eine akute Krankheit und wie eine plötzliche Genesung, ein Zerfließen, das ganze Skalen unerforschter Möglichkeiten eröffnete und uns weit über unsere bekannten Grenzen hinaustrieb und uns Frieden gab und uns mit Schrecken und Sehnsucht erfüllte, mit Ungewißheit und Gier und Wut und Großmut und Vorsicht und Rastlosigkeit und Ruhe und Eile und Hitze und Schweiß, mit extremer Empfindsamkeit in jedem kleinsten Winkel und auf jedem Millimeter Haut und Gesicht und geweiteter Pupille, bis wir alles mit den Armen und den Händen und den Fingerspitzen gedrückt hatten und alles uns entglitt und uns fassungslos und unkenntlich zurückließ.

»Ich habe Hunger«, sagte Maria Chiara.

Ich lag mit dem Gesicht nach unten auf dem völlig zerknautschten Laken, die Vorstellung, den Kopf zu heben und sie anzusehen, erschien mir unrealisierbar.

»Hast du keinen Hunger?« fragte sie.

Ihr halb nach Kleinmädchen, halb nach lebenserfahrener Frau klingender Tonfall riß mich aus meinem lethargischen Zustand; ich sagte: »Doch.«

Sie setzte sich auf und winkelte die Beine an und hatte ein Lächeln auf den Lippen, das in mir ein Bedürfnis nach Sicherheit oder wenigstens nach dem Versprechen von Sicherheit weckte.

»Doch«, wiederholte ich und richtete mich auf.

Nackt, wie wir waren, gingen wir in die Küche, und es war nicht warm, aber wir hätten nicht einmal gewußt, was wir anziehen sollten, wir bewegten uns, als seien wir innerhalb der Grenzen des Augenblicks geboren, ohne zu wissen, wie es draußen aussah.

Der Hund Speke umkreiste uns sonderbar friedlich und rollte sich in einer Ecke zusammen; es war ganz still in der Wohnung.

Maria Chiara öffnete den Eisschrank und schaute auf eine Art hinein, die ich kannte, obwohl ich mich nicht erinnerte, seit wann. Auch ich schaute hinein, er war leer, bis auf eine Packung Milch und einen Rest Streichkäse, zwei Orangen im Obstfach. Jeder Gegenstand schien im Raum aufzutauchen und wie hinter einer gedanklichen Klappe gleich wieder zu verschwinden; wir bewegten uns in einem Zustand zwischen Wachen und

Schlafen, in dem kein Unterschied besteht zwischen einer Geste und der Erinnerung daran.

Maria Chiara nahm die Milch und zwei Becher und das Honigglas und nur einen Löffel, und als sie alles auf den Tisch stellte, war ich mir sicher, daß ich sie dasselbe schon einmal hatte tun sehen. Ich kannte auch den Geschmack des Honigs in all seinen Nuancen von Süß und Bitter und seine Farbe und Konsistenz, und dennoch löste er in mir noch nicht eingeordnete Gedanken aus. Es brannte nur eine Lampe auf einem Regal, sie tauchte uns in ein warmes Licht, während wir Honig aßen und Milch tranken: nichts in Anbetracht unseres Hungers und doch alles, was wir brauchten.

»Hey«, sagte ich. Meine Stimme hatte einen eher unwirklichen als realen Klang, sie verhallte zwischen den Küchenwänden und hinterließ keine Schwingungen.

Maria Chiara sah mich an; ich drehte den Kopf weg. Unsere Blicke waren wie kleine Ruderschläge in unruhigem Wasser, sie brachten uns in Schieflage, in der wir von den Gezeitenströmungen vorwärts oder rückwärts getrieben werden konnten.

»Stell dir vor, wir wären nicht hier«, sagte ich.

Wieder sah sie mich an, ein Bein angewinkelt, das andere unter dem Tisch ausgestreckt: von hellen Linien überzogen. »Du meinst, wenn jeder von uns in seinem Leben geblieben wäre?« fragte sie. Der Klang ihrer »S« drang durch den feinen Riß, den ich im Herzen hatte.

»Ja«, sagte ich, ohne die Kraft für weitere Fragen zu haben.

Sie schob sich den Löffel Honig in den Mund, und ich konnte hören, wie es klang, obwohl es scheinbar kein Geräusch machte, ebenso wie ich ihre Bewegungen spüren konnte, auch wenn sie still dasaß.

Ein Schauer überlief mich: wegen der Zeit, die voranschritt, und wegen des Tages, der schon der Nacht auflauerte.

Maria Chiara sah zur dunklen Terrassentür; sie schien genauso desorientiert wie ich.

Ich stemmte die Fersen gegen den Fußboden und kippte den Stuhl nach hinten, um zu prüfen, wie wacklig mein Gleichgewicht war. Ich hatte das Gefühl, daß wir uralt und neugeboren waren, mittellos und mit einem Schatz an Möglichkeiten, von denen wir so gut wie nichts wußten. Ich hätte gern gesprochen, aber ich konnte mir nur einzelne Laute vorstellen und mich nur zentimeterweise bewegen: nur winzige Zeitspannen vorausdenken.

Als es uns zu kalt wurde und zu mühsam, bei irgendeiner Sitzhaltung zu bleiben, kehrten wir ins Bett zurück. Wir faselten formlose Worte, holten die Decken vom Fußboden ein wie ein schweres Netz. Wir umarmten uns Bauch an Rücken, bis kein Millimeter Abstand mehr zwischen uns war; ich konnte mich nicht erinnern, je eine so vollkommene Verbindung von Konkav und Konvex gefunden zu haben.

NEUN

Ohne zu wissen, wann ich aufgewacht war, lag ich hellwach im Dunkel des Zimmers, mit zu schnellem Herzschlag und wild durcheinanderwirbelnden Gedanken, erneut aufgeflammten Schmerzen an vier, fünf Körperstellen. Ich glaubte, tief im Augenblick befangen zu sein und doch schon beinahe draußen, ohne im geringsten auf das vorbereitet zu sein, was geschehen würde. Ich horchte auf die Atemzüge von Maria Chiara, die neben mir schlief und fast nichts über mein Leben wußte, und mir schien, daß es nicht reichen würde, am Morgen mit ihr darüber zu sprechen. Mir schien, daß kein Raum war für Erklärungen und Rückzüge und Versicherungen und Erwartungen und Schwankungen und Wiedergutmachungen; daß das, was wir hatten, einem langen Umorganisationsprozeß nicht standhalten würde, ohne kaputtzugehen oder sich in etwas anderes zu verwandeln. Ich fühlte mich mehr von Eile getrieben als von Angst: Ich wollte so schnell wie möglich zu Anna aufs Land fahren und sie verzweifelt und entschieden mit der Situation konfrontieren und mein Leben entrümpeln und zu Maria Chiara zurückrasen und es ihr frei und offen darbieten, wenn sie es wollte.

Ich tastete nach meiner Armbanduhr, fand sie aber nicht; ich schlüpfte aus dem Bett, blieb mit angehaltenem Atem an der Tür stehen und schlich mich aus dem Zimmer. Es zuckte mir in den Beinen vor Ungeduld: Ich platzte fast vor Veränderungsdrang, ich war mir ganz sicher, was ich wollte.

Im Wohnzimmer fand ich meine Uhr auf dem Sofa, im milchig-matten Licht, das von den Straßenlaternen heraufkam. Speke trottete mit der gleichen gelassenen Ruhe hinter mir her, mit der er mich und Maria Chiara in der Küche angesehen hatte, das Tacken seiner Krallen auf dem Holzfußboden war wie eine Ermutigung. Ich sah auf die Leuchtziffern der Uhr, es war gerade fünf. Mit doppelter Geschwindigkeit rechnete ich im Geist die Entfernungen aus, die zu überwinden waren, die technischen Grenzen meines alten Renault, die Zeit, die ich brauchen würde, um aus dem Auto zu springen und ins Blockhaus zu rennen und die Holztreppe hinaufzulaufen und Anna zu wecken und ihr zu sagen, was ich zu sagen hatte, und sie die Realität verarbeiten zu lassen und wenn nötig alles ein zweites und drittes Mal zu bekräftigen und eine definitive Reaktion von ihr abzuwarten und wieder hinauszulaufen und ins Auto zu springen und die Strecke bis Rom zurückzulegen und durch die noch fast menschenleere Stadt zu rasen und an der Gegensprechanlage zu läuten und Maria Chiara zu wecken und mir öffnen zu lassen und zwei Stufen auf einmal die Treppe hinaufzueilen, ihr eine Hand auf die Hüfte zu legen, während sie noch ganz verschlafen war, und zu warten, bis die Hülle des Augenblicks uns erneut und für immer umschloß. Anderer Dinge bedurfte es meiner Ansicht nach nicht, und ich war mir sicher, daß auf der Straße kaum Verkehr wäre; bis acht würde ich hin- und wieder zurückfahren und alles erledigen können, und ich hätte sogar noch Spielraum für unvorhergesehene Zwischenfälle und Hindernisse und schwache Momente und technische Komplikationen.

Ich holte den Plastikbeutel, in den wir unsere nassen Kleider und Schuhe gesteckt hatten, suchte meine Sachen heraus, die mit denen von Maria Chiara verknäuelt waren. Ich zog sie an, als schlüpfte ich wieder in diese glitschig-kalte Haut von früher, bevor wir im Kastenwagen miteinander zu lachen und uns zu schubsen begonnen hatten und uns so nah gekommen waren; aber ich hatte sonst nichts zum Anziehen, und es schien mir unangebracht, in gelben Pagenhosen eine jahrelange Beziehung auf dramatische Weise zu beenden.

Ich hatte den Kopf voller Sätze, mit denen ich Anna sagen wollte, daß es aus sei zwischen uns und daß ich sie für einen großartigen Menschen halte und es einzig und allein meine Schuld sei, wenn ich jetzt vom Reiterhof und vom Landleben und von ihr nichts mehr wissen wollte; daß ich ihr meinen Gesellschafteranteil und meine Pferde und meine Sättel und den japanischen Pick-up und meine Bücher und Schallplatten und Kassetten und, wenn sie es wollte, sogar mein wasserdichtes rotes Wandercape überlassen würde, wenn sie mir nur mein Leben zurückgäbe und nicht versuchte, mir Hindernisse in den Weg zu legen. Ich hoffte nur, daß meine Zielstrebigkeit und Entschlossenheit anhielten und ich nicht aus Eile oder Müdigkeit oder Verwirrung ins Schwanken geriet. Ich fühlte mich immer mehr von Angst und Unruhe getrieben wie ein Fernfahrer, der leicht verderbliche Ware transportiert und so schnell wie möglich am Zielort ankommen und alles abladen und wieder wegfahren will, bevor die Ladung nichts mehr wert ist.

Auf ein Blatt Papier, das ich auf dem Tisch am Fenster fand, kritzelte ich eine kleine Zeichnung als Nachricht für Maria Chiara, falls sie vor meiner Rückkehr aufwachen sollte: einen Stelzvogel, der einen Zettel mit der Aufschrift *Steh nicht auf, wir frühstücken zusammen. L.* im Schnabel hielt. Im Dunkeln konnte ich kaum erkennen, was ich da mit dem Filzstift zustande gebracht hatte, aber ich wollte kein Licht machen, es gefiel mir, die Hand zu bewegen, als folge ich einer vorgezeichneten Linie.

Ich befestigte den Zettel an der Klinke der Schlafzimmertür und konnte es nicht lassen, ins Zimmer zu spähen: Ich starrte in die Dunkelheit, ohne etwas zu erkennen, mein Herz klopfte so laut, daß ich nicht einmal Maria Chiaras Atemzüge hörte.

So schnell ich konnte, ging ich ins Wohnzimmer zurück, schlüpfte in meine patschnassen Schuhe. Ich öffnete die Wohnungstür, blieb sekundenlang auf dem Treppenabsatz stehen, bevor ich sie wieder schloß. Ich lief die Treppen hinunter, rannte durch die stille Straße zu meinem dicht an einer Hauswand geparkten Auto. Die Nacht war kalt und noch durchtränkt vom vielen Regen des Vortags, aber ich brannte darauf, mich zu bewegen, nicht länger zu warten, alles bis an die äußersten Grenzen des Möglichen zu beschleunigen.

ZEHN

Doch als ich um halb sechs auf dem Reiterhof ankam, war Anna nicht da. Die Nachtbeleuchtung brannte, der japanische Pick-up stand an der gewohnten Stelle auf dem Parkplatz, doch das Blockhaus war leer. Atemlos lief ich durch sämtliche Zimmer und wieder hinaus, stolperte keuchend durch die Pfützen und den Morast bei der Baustelle und bei den alten Stallungen. Einer derartigen Entwicklung der Dinge fühlte ich mich nicht gewachsen; ich rief, so laut ich konnte, Annas Namen in alle Richtungen.

Ich rannte ins Haus zurück, suchte in der Küche und im Klubraum und in der Toilette, im Badezimmer oben und im Schlafzimmer und sogar in der Besenkammer, aber ich fand nur tausend Abdrücke und Zeichen und Spuren von vier Jahren gemeinsamen Lebens und nirgends eine Nachricht oder ein Zeichen, das ich hätte deuten können.

Ich ging in die Küche zurück, sah mir die Sachen in den Regalen und die Fotos an den Wänden an, den Kalender mit den in Annas und meiner Handschrift eingetragenen Terminen und Veranstaltungen des Monats, die Teetassen und Untertassen mit Pferdemotiven im kleinen Fach des Büfetts. Ich dachte an meinen ersten mit Anna verbrachten Geburtstag, zu dem sie sie mir geschenkt hatte: an die Mischung aus Unbehagen, weil sie so kitschig waren, und Rührung darüber, wie gespannt sie mein Gesicht beobachtete, als ich das Päckchen öffnete. Ich schaute woandershin, versuchte diese Gedanken und Erinnerungen mit Bildern von ihr zu überdecken, wie sie meinen Kommunikationsversuchen vor zwei Tagen nur nüchternes Zweckdenken entgegengesetzt hatte, aber es war nicht so einfach, wie ich es mir vorgestellt hatte: Es war überhaupt nicht einfach. Daß ich nicht wußte, wo sie so spätnachts war, brachte mich vollends durcheinander und machte die mentalen Waffen, die ich unterwegs so eifrig geschliffen hatte, stumpf und unbrauchbar.

Ich versuchte mir Annas Tonfall ins Gedächtnis zu rufen, wenn sie ohne jeden Schimmer von Ironie eine ihrer unaufhaltsamen Tiraden praktischer Erwägungen abzuspulen begann; die Art, wie sie abends Kekse in eine Tasse Milch tunkte und nonstop über das plapperte, was sie gemacht hatte oder noch machen mußte, ohne zu merken, wie sich der Keks auflöste, um dann im allerletzten Augenblick wie ein Frosch danach zu schnappen und ihn in sich hineinzuschlürfen. Beim bloßen Gedanken daran fielen mir jede Menge solcher Bilder ein, dazu kam ein ganzer unterirdischer See von Desinteresse und Unattraktivität und Freudlosigkeit, aber selbst das reichte nicht aus, um mich auf Trab zu bringen und so rasch und entschieden zu handeln, wie ich es mir vorgenommen hatte.

Ich lief immer wieder von einem Zimmer ins andere, schaute aus jedem Fenster, ob nicht irgendwo ein Schatten oder Scheinwerfer zu sehen waren, aber es blieb alles ruhig und still in der feuchten Nacht. Ich verstand nicht mehr, warum ich sie nicht angerufen und ihr die Situation erklärt oder wenigstens ein paar Andeutungen gemacht hatte; warum ich nicht schon am Tag meines Sturzes mit ihr gebrochen hatte, als mir klar wurde, welch grelles Unglück alles umgab, was zwischen uns war. Gestaltlose Trauer erfaßte mich, hervorgerufen durch Schuldgefühle und Verlustgefühle und das Gefühl der Leere; ich hätte mit den Fäusten an die Wand schlagen können. In meinen Fingerkuppen und meinen Augen und meinem Herzen war die Erinnerung an Maria Chiara, in meinen Ohren ihre Stimme, in meinem Verstand ihre Denkweise; es kam mir unglaublich vor, daß ich mich so lange in meinem alten Leben hatte festhalten lassen, wo ich doch so sehr darauf brannte, mit ihr ein neues zu beginnen.

Im Klubraum nahm ich mir einen karierten Notizblock, das Werbegeschenk eines Satteldeckenherstellers, und einen Kugelschreiber, setzte mich hin und schrieb:

Liebe Anna,
höchstwahrscheinlich hast Du Dir schon gedacht, daß etwas Grundlegendes zwischen uns zerbrochen ist, und wahrscheinlich bist Du jetzt (fünf Uhr morgens) schon längst über das hinaus, was ich Dir seit Tagen sagen wollte, ohne es geschafft zu haben. Ich weiß, wie stark und reaktionsfähig Du durch die Arbeit hier auf dem Reiterhof geworden bist, und ich glaube wirklich nicht, daß Du irgendwo verzweifelt in der Nacht umherirrst. Vermutlich ist Dir schon viel früher als mir klargeworden, daß unsere Beziehung an einem absolut toten Punkt angelangt ist und es nichts mehr zu kitten oder zu retten gibt. Wir können es nur noch zur Kenntnis nehmen und versuchen, nicht aus purem Beharren oder aus Angst oder weil nichts ande-

res am Horizont zu sehen ist, unser Leben noch weiter zu vergeuden, ohne

Der Brief geriet mir zu lang und zu umständlich, weit weniger nüchtern, als ich wollte. Ich stand auf, trat ans Fenster und schaute hinaus, ging wieder zurück, sah zur Zielscheibe des Dartspiels, zum Telefon auf dem niedrigen Tischchen. Ich wußte nicht, ob ich Maria Chiara anrufen und wecken sollte, um ihr einen Lagebericht zu geben und sie wenigstens mit meiner Stimme und mit Worten an mich zu binden, oder ob es besser war, sie schlafen zu lassen und ihr erst bei meiner Rückkehr alles zu erklären, wenn ich hier reinen Tisch gemacht hatte. Ich überlegte, ob ich überhaupt noch Zeit hatte, auf Anna zu warten und mit ihr zu reden, unsere Beziehung zu beenden, meinen Koffer zu packen und bis nach Rom zu fahren. Ich glaubte es schaffen zu können, und einen Augenblick später schien es mir unmöglich: Meine Gedanken schoben sich übereinander, meine Muskeln verkrampften sich vor unterdrücktem Tatendrang.

Ich zerriß den Brief in viele kleine Stücke und schrieb einen neuen:

Anna,
zwischen uns ist es aus, es gibt keinen einzigen triftigen Grund mehr, noch länger zusammenzubleiben. Es hat jetzt auch keinen Sinn, Gründe zu suchen und Schuldzuweisungen vorzunehmen; das einzige, was zählt, ist

Der Wunsch wegzukommen strömte mir allzu brutal in die Feder, ich kam mir wie ein Mörder vor. Ich zerriß auch das zweite Blatt, warf die Schnipsel in den geflochtenen philippinischen Papierkorb, den Anna auf dem Markt in einem Dorf in der Nähe gekauft hatte.

Eindrücke unserer gemeinsamen Abende schwirrten mir durch den Kopf wie zerstückelte Aufnahmen bei einer Bildstörung; ich schüttelte den Kopf, um mich davon zu befreien, aber sie ließen sich nicht vertreiben. Vertraute Gesichtszüge und Körperformen, Einklang auf niedrigem Niveau ohne jede Ruhelosigkeit, stets um die gleichen Themen kreisende Unterhaltungen und aufgebauschte Nebensächlichkeiten: Wenn wir Ordnung in unsere mentale Landschaft bringen und sie bewohnbarer und sicherer machen zu können glaubten, indem wir lang und breit das Verhalten eines bestimmten Pferdes oder die Beschaffenheit seiner Hufe besprachen. Ich versuchte herauszufinden, ob wir überhaupt je eine gemeinsame mentale Landschaft hatten; mir schien es so, auch wenn sie eng und in sich geschlossen war und aus kurzzeitigen Empfindungen und der Bestätigung von Grenzen bestanden hatte. In unserer Abgeschiedenheit waren wir einander nah gewesen wie zwei Exilanten auf einer einsamen Insel ohne große natürliche Ressourcen, mit derselben Art von Solidarität um des Überlebens willen, die dennoch wirkungsvoll und mitunter sogar zärtlich gewesen war. Es hatte keine besonders kreativen oder leidenschaftlichen Augenblicke gegeben, auch keine stürmischen Gefühle, aber ich erinnerte mich an Annas bewundernde Blicke angesichts meiner primitiven Arbeitsweise, als mir etwa der Gedanke, eine Maschine zu benutzen oder einen Facharbeiter zu rufen, wie Verrat an einem Grundprinzip erschien. Ich erinnerte mich, wie diese Bewunderung im zermürbenden Alltagstrott immer mehr schwand, bis nichts mehr davon übrig war.

Wie gehetzt lief ich in dem alten Blockhaus hin und her und versuchte diese Gedanken zu verscheuchen, sie auf ihren unbedeutenden Platz zu verweisen, weit hinter den tausendmal bedeutenderen von Maria Chiara. Aber ich mußte zumindest wissen, ob Anna verzweifelt irgendwo umherirrte und mich in Krankenhäusern und auf Polizeistationen suchte oder ob sie in Rekordzeit ein neues Leben begonnen hatte und noch viel weniger Lust hatte als ich, über unsere Beziehung und über Pferde und Reiterhöfe zu reden. Ich hätte irgendeinen Anhaltspunkt für mein weiteres Vorgehen gebraucht, damit ich nicht wie eine Geisel hier festhing, während die Nacht Minute um Minute ihrem Ende zuging und ich der Zeit und der Entfernung und den unausgesprochenen Dingen hilflos ausgeliefert war.

Ich ging ins Schlafzimmer hinauf und zog meinen alten Koffer unter dem Bett hervor. Mir fiel ein, daß Anna und ich nie einen richtigen, offenen Streit über die Grundlagen unseres Zusammenlebens geführt hatten – immer ging es nur um praktische Fragen und Auseinandersetzungen. Hier in unserem Blockhaus kam mir der Gedanke, mit ihr zu brechen, viel grausamer und brutaler vor als von Maria Chiaras Wohnung aus: als würde man ein gestürztes Pferd erschießen, noch bevor feststeht, ob es sich wirklich ein Bein gebrochen hat, als würde man ohne vorherige Kriegserklärung ein benachbartes Dorf überfallen. Trotzdem bestand für mich kein Zweifel, daß unsere Beziehung unrettbar kaputt und der Überfall bereits erfolgt war, aber das hielt mich nicht davon ab, weiter zwischen Ungeduld und Trägheit zu schwanken, zwischen Gnadenlosigkeit und Mitleid. Ich fragte mich, ob es verfrüht oder schon zu spät war, wegzugehen, ob ich auch ohne die Gefühle für Maria Chiara, die mir kreuz und quer durchs Herz und durch den Kopf und den ganzen Körper strömten, gegangen wäre oder noch wer weiß wie viele Jahre in den beruhigenden Grenzen meines altgewohnten Lebens ausgeharrt hätte. Wieder packten mich rasende Wut auf mich selbst und der Drang, endlich Schluß zu machen.

Ich nahm ein Hemd aus dem Schrank, faltete es auf meine schlampige und durch die Hast noch fahrigere Art zusammen. Wahllos zog ich irgendeine Schublade auf, sie war angefüllt mit Annas Unterhemden und Höschen und Strümpfen: Der Anblick versetzte mir einen Stich, weil ich die Sachen so gut kannte und weil alles so abgetragen war, der Baumwollstoff ausgeleiert und vergilbt. Ich setzte mich auf den Boden, atmete tief durch, betrachtete den Schrank und das Bett, die Möbel und die Wände. An einer Wand hing ein Foto von uns beiden auf einem Pferd bei einer Wanderung im Tolfagebirge; ich fragte mich, wie oft ihre Wäsche seither gewaschen worden war und wie sehr unsere ursprünglichen Gefühle füreinander eingelaufen und zerschlissen und ausgeblichen waren. Ich stand auf und sah mir unsere Gesichtszüge auf dem Farbfoto aus der Nähe an, um zu erkennen, was zwischen uns gewesen war, aber es gelang mir nicht: Ich sah nur zwei sich ein wenig überschneidende Gesichter mit zusammengekniffenen Augen in der Frühsommersonne.

Ich zog eine Hose aus dem Schrank, warf sie in den Koffer. Ich fragte mich, ob viel tiefgründigere Ursachen hinter dem steckten, was ich für ein rein persönliches Drama hielt: Ob jedesmal, wenn ich eine Entscheidung zu treffen glaubte, das Schicksal oder die Biologie oder die Chemie unauffällig, aber unwiderstehlich zusammenwirkten und mich auf ihren Wegen mitrissen. Ich fragte mich, ob auch meine Begegnung mit Maria Chiara mit der Zeit den Glanz und die Wärme und die Einzigartigkeit verlieren würde, die sie jetzt besaß, und mir dann nicht mehr wie ein Wunder erscheinen würde. Ich fragte mich, ob die Zeit letztendlich eine Zerstörerin ist oder ob sie lediglich Gefühle bloßlegt; ob es darauf ankommt, ihr standzuhalten oder vor ihr davonzulaufen oder zu versuchen, sie aufzuhalten; ob nichts zu machen war.

Ich konnte nicht weiter darüber nachdenken; ich wollte aus dem Kleister der Untätigkeit herauskommen, eine dritte, klare, nüchterne und menschliche Version des Briefs an Anna schreiben und gehen. Ich legte ein zweites Hemd zusammen, aus einem rauhen violetten Stoff, der mir nie gefallen hatte; ich überlegte mir, ob ich nicht darauf verzichten sollte, ebenso wie auf den ganzen anderen Kram in den Schubladen oder auf den Regalen. Mir fiel ein, was Maria Chiara über ihre Kleider gesagt hatte: daß es nie wirklich ihre gewesen seien, und eine neue Woge verzweifelter Sehnsucht überschwemmte mich. Ich sah auf die Uhr: halb sieben. Es war mir unverständlich, wie ich so viel Zeit tatenlos hatte verstreichen lassen können, ohne es auch nur zu merken; mein Herz begann noch rascher zu klopfen.

Ich ging hinunter und trat auf den Vorplatz; die Luft war von bleichem Dunst durchsetzt, der sich nach und nach in Helligkeit verwandelte. Auf den Bäumen ringsum hörte man Vögel zwitschern und ihre Triller üben; das Niemandsland zwischen Nacht und Tag löste sich rasch auf. Ich spitzte die Ohren, aber ich hörte kein näher kommendes Motorengeräusch, die Straße jenseits des Zauns war leer, so weit das Auge reichte. Ich dachte immerzu an Maria Chiara, die jetzt vielleicht bald aufwachte und mich weder im Bett noch sonstwo in der Wohnung fand; ich fragte mich, wie lange es bis dahin noch dauern könnte, ob ich noch rechtzeitig zurück sein würde. Ich hatte die ganze Strecke zu ihr im Kopf: ich sah sie mit größter Genauigkeit vor mir, Kurve um Kurve und Kilometer um Kilometer, Ampel um Ampel.

Ich ging zum Paddock der Pferde, die mir am meisten bedeutet hatten. Vier, fünf von ihnen kamen verwundert herbei, um zu sehen, ob ich ihnen so früh am Morgen eine Möhre oder einen Apfel brachte; als sie merkten, daß ich nichts hatte, zogen sie sich mit Blicken nach rechts und nach links wieder zurück. Ich griff mir das Halfter von Oskar, einem zwölfjährigen argentinischen Wallach, den ich von den Schäden einer gewaltsamen Dressur durch eine Reihe idiotischer Besitzer geheilt zu haben glaubte. Ich kraulte ihm die Stirn, aber er hatte immer noch eine Abneigung gegen Berührungen am Kopf, er zerrte am Halfter, bis ich ihn losließ. Ich dachte an all die Zeit, die ich ihm gewidmet hatte: an das frühe Aufstehen und das Warten in der Mittagshitze, an die Annäherungsbemühungen und kaum wahrnehmbaren Fortschritte und kleinen Erfolgserlebnisse, und der Gedanke, abgeschieden von der Welt, in der Maria Chiara sich frei und rastlos bewegte, so viel Geduld aufgebracht zu haben, erfüllte mich mit Verzweiflung. Ich wünschte mir, wenigstens die Zeit, die ich für Oskar drangegeben hatte, zurückzuerhalten und wiederverwenden zu können, um mir die Augen mit Bildern und die Ohren mit Klängen bombardieren zu lassen, mich ungezähmten Impulsen hinzugeben, loszurennen.

Ich rannte ins Haus, die Holztreppe hinauf und ins Schlafzimmer und warf wahllos Kleidungsstücke in den Koffer. Meine Gedanken bewegten sich sprunghaft, flogen wirr durcheinander wie die nutzlosen Sachen, die ich einpackte. Maria Chiaras Bild tauchte vor mir auf wie eine Halluzination: ihr Blick und ihr Atem, die Grübchen in ihren Wangen, wenn sie im Begriff war loszulachen, die Biegung ihres Nackens, wenn sie sich zur Seite drehte, ihre Fußsohlen aus nächster Nähe (die wunderbar zart waren, wenn man bedachte, wieviel sie auch bei ihrer Leichtigkeit auszuhalten hatten). Mit fahrigen Bewegungen und gegen den Widerstand der eingerosteten Scharniere klappte ich den Kofferdeckel zu. Ich kam nicht so voran, wie ich wollte, das Adrenalin in meinem Blut vergiftete und bremste mich, anstatt mich anzutreiben.

Ich trug den Koffer aus dem Schlafzimmer, und obwohl er halbleer war, kostete es mich unverhältnismäßig viel Mühe, ihn hochzuheben, schon auf dem kurzen Stück von der Tür zur Treppe schienen meine Kräfte erschöpft. Ich setzte mich auf die oberste Stufe, Augen und Ohren voll verzerrter Signale. Ich war von Müdigkeit überwältigt wie ein Möbelschlepper, den sein Beruf gelehrt hat, schon beim bloßen Anblick der Gegenstände zu erkennen, wie schwer sie sind.

Dann wurde die Haustür von außen aufgestoßen, und Anna kam herein, wandte sich in meine Richtung.

Wir starrten uns an, jeder an einem Ende der Treppe, mit auf Null zurückgedrehten Bewegungen, alle Sinne geschärft, um die gegenseitigen Signale zu entschlüsseln und mit größtmöglicher Geschwindigkeit darauf zu reagieren.

»Was hast du mit dem Koffer vor?« fragte Anna. Sie zog die Luft durch die Nase ein, ihr Blick jagte mir Schauer bis in die Fingerspitzen, so sehr war er auf die Wahrnehmung von Daten konzentriert.

»Ich gehe«, sagte ich in einem Ton, der distanziert wie eine astronomische Beobachtung klang.

»Ach ja?« sagte sie mit schmalen Augen. Sie atmete tief ein, sagte: »Wieso das?«

»Weil es zwischen uns aus ist«, sagte ich. Ich wäre gern aufgestanden, aber ich blieb sitzen. »Weil wir keinen triftigen Grund mehr haben, zusammenzubleiben.«

Sie bewegte langsam den Kopf hin und her, mit ungläubiger Miene und geröteter Nasenspitze.

Es war nicht die Reaktion, die ich mir gewünscht hatte; in aufgebrachtem, bösem Ton sagte ich: »Du weißt wohl nicht mehr, wie du zum Beispiel vorgestern morgen zu mir gewesen bist? Oder vorvorgestern?« Mir war klar, daß ich unrecht hatte und daß dies nicht die richtige Art war, das Problem anzugehen, aber ich war nicht mehr imstande, irgend etwas vernünftig einzuschätzen und zu beurteilen; ich schrie: »Du bist so abweisend und undurchdringlich und zutiefst *gleichgültig* dicht unter dem gnadenlosen Geflecht der Tatsachen!«

Sie versuchte ihren dunkelblauen Mantel aufzuknöpfen, der noch aus ihrem Leben in der Stadt stammte, aber es gelang ihr nicht, die Anspannung in ihrem Gesicht schien die Vorankündigung einer Explosion oder eines totalen Zusammenbruchs.

»Merkst du es denn nicht selbst?« sagte ich. »Willst du es nicht einsehen? Du redest immer so, als wären wir bloß ein Unternehmen und nicht auch zwei Menschen.«

»Wenn du meinst«, sagte sie in mattem Ton. Von draußen hörte man das Geräusch eines Autos, das vor dem Haus wendete und davonfuhr.

»Und was meinst *du*?« fragte ich, von Zorn und Hast und Unbehagen und reiner Panik erfüllt, die sich in meinem Blut vermischten und meine Stimme verzerrten. »Warum kannst du die Dinge nicht klipp und klar beim Namen nennen?«

»Du spinnst!« sagte Anna.

»Nur weiter so«, sagte ich und hoffte bloß, daß sie sich so feindselig und unsympathisch zeigen würde, wie sie konnte; ich hoffte, daß dadurch alles einfacher würde: schwarzweiß, nicht diese zehntausend Grauabstufungen. »Du bist so stur und halsstarrig.« Von der Rührung beim Anblick ihrer Unterwäsche in der Schublade wollte ich jetzt nichts mehr wissen, ich sagte: »So verschlossen gegen dich selbst, Herrgott!«

Eins ihrer Knie knickte leicht ein; sie schien ihren Gesichtsausdruck nur dank eines unerschöpflichen Vorrats an Hartnäckigkeit beibehalten zu können.

»Und wo warst du bis jetzt? Woher kommst du eigentlich?« fuhr ich sie an. Diese Seite von mir kam plötzlich und unerwartet hervor, aber sie war da, im

Wust der Impulse, die ich in mir spürte: eine ganz ungerechtfertigte und kurzsichtige Eifersucht.

Sie stand immer noch reglos am Fuß der Treppe, die Finger an den Mantelknöpfen; dann verzerrten sich ihre Züge, und die Wut trieb ihr Tränen in die Augen und ließ ihr Gesicht rot anlaufen, sie schrie: »Und woher zum Teufel kommst *du*? Du bist seit zwei Tagen und zwei Nächten verschwunden und hast nicht im Traum daran gedacht, anzurufen und mir irgendwas zu sagen! Ich hätte auch denken können, du seist tot oder wer weiß was!«

»Du hast es aber nicht gedacht, stimmt's?« sagte ich, obwohl ich mir nicht sicher war.

Sie hatte es endlich geschafft, ihren Mantel aufzuknöpfen, riß ihn sich vom Leib und warf ihn auf den Boden, schrie: »Du widerlicher, verantwortungsloser, infantiler Scheißegoist! Sag mir endlich, wo du warst, verdammt!«

Mein Herz war wie gefroren, weil wir immer mehr aus der Balance gerieten und immer boshafter wurden und immer unfähiger, klar und eindeutig zu sein; am liebsten hätte ich unsere Beziehung in einen Abgrund hinabgestoßen, damit sie in tausend Stücke zertrümmert wurde und keine Hoffnung auf Rettung blieb. Ich sagte: »Ich war bei einer andern. Ich habe mich verliebt.«

Anna erstarrte mitten in der Bewegung, und unter anderen Umständen hätte mich ihr Gesichtsausdruck zum Lachen gebracht, jetzt aber trieb er mich, blind und taub, wie ich war, nur weiter auf den Abgrund zu.

»Ich habe mich in eine andere verliebt, denn zwischen mir und dir ist schon seit einer Weile alles aus, auch wenn wir weiter unsere Zeit vergeudet haben, als könnten wir so weiterleben, aber jetzt bleibt keine Zeit mehr, es ist aus und vorbei!«

»Wer ist es?« fragte sie mit halbgeschlossenen Lidern. »Kenne ich sie?«

»Nein«, sagte ich. Ich wollte keine Atempause, ich wollte nicht ins Pathetische abgleiten: Mein bisheriges Gefühlsleben war eine einzige Liste von Verzögerungen und Langeweile und Verbitterung gewesen, weil ich nie den Mut gehabt hatte, grausam zu sein, wenn es nötig gewesen wäre.

»Ist es eine neue Kundin?« fragte Anna und pflanzte sich in Revierverteidigungshaltung vor mir auf.

»Du hast sie nie gesehen«, sagte ich. Ich saß zehn Treppenstufen über ihr und unserem gemeinsamen Leben, erfüllt von Gedanken an Maria Chiara und vom Wunsch, bei ihr zu sein, von der Angst, aufgehalten zu werden.

»Laß uns jetzt bitte nicht ins Pathetische verfallen«, sagte ich.

Sie blieb noch ein paar Sekunden reglos und mit demselben Gesichtsausdruck stehen; dann kam sie, anstatt ins Pathetische zu verfallen, die Treppe heraufgestürzt wie eine Furie mit vier Beinen und acht Händen. Ich wollte aufspringen, aber zu spät: Sie warf sich auf mich und schlug mit den Fäusten auf meinen Kopf und meinen Rücken ein. Ich machte keinen ernsthaften Versuch, mich zu wehren, obwohl ihre Fausthiebe die einer durch jahrelange harte Arbeit mit kräftigen und eigensinnigen Pferden gestählten Frau waren. Es war mir tausendmal lieber, als sie in der Rolle des gebrochenen und schluchzenden Opfers zu sehen; es war ein offener Kriegsakt, und genau das wollte ich.

Ihr keuchender, haßerfüllter Angriff glich den vielen praktischen Anstrengungen, die sie im Lauf der Jahre mit mir unternommen hatte: Die Intensität und Redlichkeit ihrer Beweggründe machten mich betroffen, ich konnte sie trotz meines sehnlichen Wunsches, zu Maria Chiara zurückzukehren, nicht übersehen. Es kam mir vor, als wären wir letztendlich wirklich Wesen zweier verschiedener Gattungen mit ganz unterschiedlichen Sprachen und Codes und Motivationen, zwischen denen die tiefverwurzelte natürliche Feindschaft wieder ausbricht und die noch verwirrt sind von den Folgen eines unerklärlicherweise friedlichen Zusammenlebens.

Anna ließ von mir ab, keuchend und mit verzerrten Zügen. »Du kannst nicht einfach weggehen, nur weil du es so entscheidest!«

»Und wer soll es dann entscheiden?« sagte ich. Der bloße Gedanke, sie könnte wirklich versuchen, mich daran zu hindern, zu Maria Chiara zurückzufahren, versetzte mir einen Stich. »Das Gefühlstribunal vielleicht?«

»Jedenfalls nicht du allein!« schrie sie. Vor Wut drückte sie bei jeder Silbe die Fersen ein Stück hoch und stellte sich auf die Zehenspitzen, alle Muskeln ihres Körpers spannten sich in perfekter Solidarität an. »Jedenfalls nicht so!« schrie sie. »Nicht so, als sei das hier ein Autobus, aus dem du aussteigst, weil du es auf einmal satt hast!«

»Ich hab es aber satt!« schrie ich noch lauter als sie. »Ich hab es gründlich satt, und ich will aussteigen.«

»Du bist ein widerlicher und falscher Scheißkerl!« schrie sie.

»Und du bist noch viel falscher!« schrie ich.

»Du hast mich ausgenutzt, solange es dir in den Kram gepaßt hat!« schrie sie.

»Das stimmt nicht!« schrie ich immer lauter, um die Zweifel hinwegzufegen, die sich diesbezüglich vielleicht in mir regen konnten. »Ich habe nie im Leben jemanden ausgenutzt!«

»Toll!« schrie sie. »Du machst es dir einfach! Der autonome, selbständige Mann, der seine Wäsche selber wäscht und sich notfalls sogar den Hosensaum näht! Damit er niemandem was schuldig ist!«

»Hättest du lieber einen, der dich zur Sklavin macht?« schrie ich. »Einen Macho-Ehemann vom alten Schlag?«

»Es wäre immerhin ehrlicher!« schrie sie. »Besser als einer, der nie was von einem verlangt und dafür auch keinerlei Garantie gibt!«

»Wieso, welche Art von Garantie hättest du denn gern?« schrie ich; dabei hatte ich selbst ein verzweifeltes Bedürfnis nach Garantien und wußte doch, daß es keine gab. »Eine Garantie gegen die verschleißende Wirkung der Zeit und gegen die Unvollkommenheiten des Lebens? Eine Garantie gegen das *Unglücklichsein*?«

»Du bist immer so wortgewandt!« schrie sie. »Ich hab auf deinem Scheißpferdehof vier Jahre lang wie eine Blöde geschuftet!«

»Du hast es selbst gewollt!« schrie ich. »*Du* hast doch das, was am Anfang so leicht und unbeschwert war, zu einem Teufelskreis von Arbeit und Mühe und gnadenlosen Verpflichtungen gemacht!«

»Wenn ich es nicht gemacht hätte, wären wir längst ruiniert!« schrie sie. »Wenn es nach dir gegangen wäre mit deiner wunderbaren Leichtigkeit!«

»Und wer hat dich dazu gezwungen?« schrie ich. »Was für eine höhere Mission hattest du zu erfüllen?«

»Du hast damals ein unmögliches Leben geführt!« schrie sie. »Wie ein armer Wilder, der sich darauf versteift, mit den gleichen Mitteln zu arbeiten wie seine Urgroßväter!«

»Ich war so, wie ich sein wollte!« schrie ich. »Gerade das hat dir doch an mir gefallen! Wie bist du darauf gekommen, mich unbedingt ändern zu wollen?«

»Du hast mich selbst darum gebeten!«

»Ich hab dich nie um irgendwas gebeten! Mir ging es ausgezeichnet, als ich allein war!« Es stimmte nicht: Noch während ich es sagte, flammte in mir für einen Augenblick das Gefühl des Mangels auf, das ich empfunden hatte, bevor sie zu mir gezogen war. Aber schließlich wollten wir uns trennen und nicht eine genaue Rekonstruktion unserer Geschichte vornehmen oder nach der endgültigen Wahrheit suchen, sofern es überhaupt eine Wahrheit gab.

»Und wie du mich darum gebeten hast!« schrie sie, hochrot im Gesicht und angespannt wie eine Sprungfeder. Ich spürte, wie der Druck in ihr immer mehr anstieg und kein Ventil fand: Ich hatte Angst, er könnte ihrem Herzen schaden oder irgendeinen inneren Riß verursachen. »Du hast mich angerufen und mich gefragt, ob ich hier mit dir leben und arbeiten will!«

»Aber doch nicht, um mich umzukrempeln!« schrie ich, von der unerträglichen Widersprüchlichkeit der Tatsachen überwältigt. »Nicht, um aus mir eine realistischere und blutleere Version meiner selbst zu machen!«

»Was hätte ich denn tun sollen?« schrie sie, Tränen der Wut in den Augen, mit laufender Nase. »Mich deinem labilen Charakter und deinen Manien und deinem absoluten Mangel an praktischer Begabung ausliefern?«

Die Empörung, die in ihrem Ton schwang, war dermaßen berechtigt, daß ich bei unserem Streit nicht länger auch nur den Anschein von Redlichkeit zu bewahren vermochte. Ich schämte mich meiner Stimme, mit der ich sie überschreien wollte, und meiner Art, wie ich ihr die Rolle derjenigen aufzwang, die das Schiff zu retten sucht, während ich den Part dessen übernahm, der ins Wasser springt und mit kräftigen Stößen davonschwimmt; und auch weil ich wußte, daß die Gründe für mein Unglücklichsein mit ihr zu groß und zu klein waren, um mit bloßem Auge betrachtet zu werden. Der einzige Ausweg schien mir, meine Sensoren für Empfindsamkeit und Anteilnahme abzuschalten und gänzlich unsensibel und ungerecht zu werden.

»Jedenfalls hast du dich in mein Leben eingemischt«, sagte ich. Es war gar nicht so schwer: Je mehr Morgenlicht durch die Fenster kam, um so mehr trieb es mich, Schluß zu machen und schnell zu Maria Chiara nach Rom zu fahren. »Aus völlig freien Stücken und mit ziemlicher Hartnäckigkeit!«

Sie schien erneut drauf und dran, sich auf mich zu stürzen und sich wirklich ernsthaft zu verletzen, ihre Pupillen waren geweitet, ihr ganzes Gesicht bebte, ohne zur Ruhe zu kommen; doch sie stieß mich mit gesenktem Kopf zur Seite, lief ins Schlafzimmer und begann, alle meine Sachen herauszuzerren, die noch in den Schubladen und im Schrank waren.

Ich lehnte mich an den Türrahmen und sah ihr zu, und mir schien, daß die Gewalttätigkeit dieser Szene die Verzweiflung, von der wir erfüllt waren, wenigstens teilweise bannen konnte.

Unter wütendem Weinen und Schluchzen warf sie meine Sachen auf den Treppenabsatz, wo mein Koffer stand.

»Ich brauche das Zeug nicht«, sagte ich leise, während mir verwaschene T-Shirts und alte Pullover und geflickte Hosen um die Ohren flogen. Ich konnte die Leere dicht unter der Fülle sehen und das Schweigen dicht unter dem Lärm; sie erschreckten mich ebenso wie die dicht unter meiner Reglosigkeit immer rascher verfliegende Zeit.

»Nimm alles mit!« schrie sie. »Sonst schmeiße ich den ganzen Kram in den Müll! Ich will hier nichts mehr von dir sehen!«

»Tu, was du willst«, sagte ich. Was ich dabei empfand, war keine einfache kleine Angst: Es war ein eisiges Erschrecken darüber, wie die Namen, die man den Dingen gibt, sich plötzlich verflüchtigen und wie die Dinge dadurch unverständlich werden.

Anna hatte die letzten Kleidungsstücke hinausgeworfen und machte sich nun an meine Bücher und Musikkassetten und all das herumliegende Zeug, das sie fand. Sie riß die Fotos von uns beiden von der Wand, auch das vom Reitausflug ins Tolfagebirge, brach die farbigen schmalen Wechselrahmen entzwei und zerriß die Bilder.

Ich sah ähnliche oder gleiche Szenen aus anderen Abschnitten meines Lebens vor mir, aber es nahm der Szene vor meinen Augen nichts von ihrer Wirkung. Es schien mir ein sich ständig wiederholendes leidvolles Suchen und Aufeinanderzugehen, Geben und Nehmen und Sichüberraschen und Sichaneinandergewöhnen und Bewahren, bis man des anderen überdrüssig wurde und alles zurückgab, um woanders von vorn zu beginnen. So wurde das, was mir gehörte, wieder meins, und das, was dem anderen gehörte, wieder seins, und am Ende hatte niemand mehr etwas. Ich hätte mich auf den Boden werfen und Anna und alle Frauen um Verzeihung bitten mögen, die mir je etwas geschenkt oder genommen oder abverlangt oder gegeben oder angeboten oder zurückgegeben hatten.

Statt dessen blieb ich auf dem Treppenabsatz stehen und beobachtete stumm, wie sie unser Schlafzimmer verwüstete, und empfand dabei so etwas wie die bittere Genugtuung des Brandstifters, denn ihre Wut schien sie über die Zone der Trauer und der möglichen Umkehr hinaus auf ein Territorium der zerstörten Gefühle zu treiben, das dem Krach und Gepolter entsprach, von dem das Blockhaus in der Morgenstille erfüllt war.

Ich glaubte mich besser zu fühlen, wenn ich überhaupt nichts mitnahm; ich ließ den Koffer stehen und ging die Treppe hinunter, während immer noch meine Sachen durch die Luft flogen; es war mir unbegreiflich, wie ich so viel Zeug hatte anhäufen können und dabei immer gedacht hatte, ich besäße nichts.

Vom oberen Stockwerk warf mir Anna eine Holzente nach, die ich aus Kamerun mitgebracht hatte, eine alte bebilderte Ausgabe von *Robinson Crusoe*, zwei Mundharmonikas, eine schwarze Wollmütze, einen Kompaß. Alles fiel vor und hinter und neben mir auf den Fußboden; ich wich immer nur gerade so weit aus, daß ich nicht getroffen wurde.

»Ich gehe«, sagte ich und sah hinauf.

Von oben kam eine toltekische Statuette geflogen, an der ich sehr hing, obwohl sie vielleicht nicht echt war; sie brach entzwei.

»Ciao«, sagte ich. Ich dachte, wie leer und frei dagegen der Augenblick war, den ich in Maria Chiaras Wohnung zurückgelassen hatte, wie elastisch und scheinbar immer noch unversehrt er uns umhüllte.

Die Filmspulen eines armenischen Films, den ich in meinem Verleih gehabt hatte, kamen herabgeflogen, eine der Aluminiumdosen öffnete sich beim Aufprall, und der Film fiel heraus.

»Ich gehe jetzt, Anna«, sagte ich noch einmal. Ich trat zur Tür, aber so langsam wie in einem bösen Traum. »Es ist schon spät.«

Ein kleines Porträt von mir hoch zu Roß kam geflogen, das eine Uraltkundin des Reiterhofs gemalt hatte, und ein dünnwandiges blaues Glas, das ich in Prag gekauft hatte; es zersprang in tausend Splitter.

Ich sah auf die Uhr, es war fast sieben, die Eile, im Wettlauf mit der Zeit nach Rom zu rasen, packte mich mit neuer Heftigkeit. Ich rief: »Mach's gut!« Rief: »Ich muß los!« Rief: »Ciao!«

Anna kam die halbe Treppe herab und starrte mich reglos an. Von ihrem Körper ging jetzt etwas Animalisches aus: Ihre Arme und Beine schienen viel stärker und kräftiger, als ich sie in Erinnerung hatte, ihre Haare noch dichter, die Augen dunkel und glänzend. Sie nahm meinen Koffer und schleuderte ihn die Treppe hinunter, ohne den Blick von mir zu wenden.

Bei dem Krach kehrte ich aus einem unerklärlichen Reflex heraus um, zu meinen wie trostloses Anschauungsmaterial für meine Vergangenheit auf dem Boden verstreuten Sachen. Ich hob einen Strumpf auf und betrachtete ihn aus nächster Nähe, während Anna mich von der Treppe aus mit grimmig angespannten Lippen ansah. Ich ließ den Strumpf fallen, kehrte zur Tür zurück, stieß sie auf und ging hinaus.

Das Licht draußen war viel intensiver als vorhin, es hellte die Landschaft ringsum auf und ließ sie fast verschwimmen. Mit gesenktem Kopf überquerte ich den Hof, als flüchtete ich von einem Kriegsschauplatz, öffnete die Tür des alten Renault und ließ mich auf den Fahrersitz fallen. Ich war mir keineswegs sicher, ob ich hier wirklich lebendig herauskommen würde; ich versuchte erneut, Zeiten und Entfernungen zu berechnen, aber bei meinem Geisteszustand war es eine zu schwierige Übung.

Ich legte den Rückwärtsgang ein und warf einen Blick auf das Blockhaus: Anna stand an der Tür, mit einem Gesichtsausdruck, in dem der Ursprung jeden Gefühls und dessen genaues Gegenteil zu liegen schienen.

Und mir kam der Gedanke, daß ich die Gründe für mein Unglücklichsein überallhin mit mir schleppen würde. Ich dachte, daß ich doch immer wieder das Interesse an jeder Frau und jeder Arbeit und jeder Beziehung verlieren würde, sobald der Zauber des Anfangs zu verfliegen begann; ich war unfähig, wie ein Erwachsener Verantwortung zu übernehmen und die hochentwikkelten Verhaltensweisen unserer Spezies positiv auszulegen. Vielleicht, dachte ich, ist das, was ich Leichtigkeit nannte, eine Form egoistischer Oberflächlichkeit und das, was ich als Last betrachtete, der wahre Gehalt der Dinge. Ich dachte, daß fast alles, was ich über Maria Chiara zu wissen glaubte oder mir ausgemalt hatte, auf bloßen, durch mangelnde Distanz und durch meine Verzauberung verzerrten Eindrücken beruhte. Ich dachte, daß sie womöglich nicht einmal frei war und daß der Anflug von Traurigkeit, den ich in ihren Augen gesehen hatte, Gefühle verbarg, die schon von wer weiß wem und wer weiß wo besetzt waren. Ich dachte, daß Anna wirklich eine großartige Frau war und daß sie mir vier Jahre ihres Lebens gewidmet hatte, mit der ganzen Kraft, über die sie verfügte, und daß ich ohne sie mit dem Reiterhof schon vor einer Weile bankrott gemacht hätte und wer weiß wo gelandet wäre. Ich dachte, daß ich durch den Sturz und die darauf folgenden Ereignisse vielleicht aus meiner hartnäckigen Unreife aufgerüttelt worden war und nun zum ersten Mal wie ein erwachsener Mensch um mich blickte. Ich dachte, daß es vielleicht an der Zeit war, nicht länger dem Neuen und Überraschenden nachzujagen, sondern innezuhalten und hinzunehmen und aufzubauen, aus der flüchtigen und unzuverlässigen Vorläufigkeit des Jetzt hinauszutreten und mit festen Schritten auf das Morgen zuzugehen.

Ich saß bei laufendem Motor in dem alten Renault, und mir schien, daß ich am wichtigsten Wendepunkt meines Lebens angelangt war. Anna vor der Tür des Klubhauses rührte sich nicht vom Fleck, ihr Blick und ihre Gestalt fügten sich unglaublich gut ins Szenarium. In dieses Szenarium, das wir Nagel um Nagel, Pinselstrich um Pinselstrich, Tag um Tag und während aller Jahreszeiten gemeinsam aufgebaut hatten; ich wußte, welche Arbeit und Mühe und Anstrengung in jedem kleinen Winkel steckten. Ich dachte, daß mich nur eine Anwandlung von Unvernunft davon abhielt, umzukehren und mich wieder dazugehörig zu fühlen und dazubleiben: Ich brauchte nur den Motor auszuschalten, auszusteigen und zu Anna zu gehen, ihr zu sagen, daß sie recht hatte.

Dann durchfuhren mich wieder das unerklärliche Gefühl des Wiedergefundenhabens bei der ersten Begegnung mit Maria Chiara und das Gefühl des unersetzlichen Verlusts, als sie über die vom Verkehrslärm überflutete Tiberstraße davonging, und die Erleichterung, als ich sie auf der Brücke wieder traf, und die Überraschung, als ich sie schwimmen sah, das überwältigende Gefühl der Erfüllung, als wir uns in ihrem Bett ohne einen Millimeter Abstand umarmten. Und ich wußte, daß es schon spät war und ich sie vielleicht nicht mehr zu Hause und nicht im Krankenhaus bei ihrer Schwester antreffen und auch sonst nirgends finden würde, oder daß ich sie finden würde, aber enttäuscht und verändert, nicht mehr dieselbe im harten Licht des Tages, belastet mit einem weiteren zurückgewiesenen und zurückgegebenen Leben, und ich dachte, daß alle diese negativen Möglichkeiten zusammengenommen nicht die unerforschten und unverbrauchten und verheißungsvollen Möglichkeiten des Augenblicks aufwiegen konnten, der uns beide umschlossen hatte.

Ich legte den ersten Gang ein und drehte das Lenkrad herum und fuhr aufs Tor zu; ich winkte Anna zum Abschied durch das Seitenfenster zu, mit der ganzen

Dankbarkeit und dem ganzen Überdruß und der ganzen Schwäche und Nutzlosigkeit und Unruhe und Reue und Erinnerung, deren ich fähig war. Ich war schon am Tor und schon auf dem Weg in die Stadt, schon in rasender Fahrt dem Augenblick entgegen.

PIPER

Rosetta Loy

Die Pforte des Wassers

Roman. Aus dem Italienischen von Maja Pflug. 160 Seiten. Geb.

Dies ist die Geschichte einer unerwiderten Leidenschaft. Einer großen kindlichen Zuneigung, entgegengebracht jenem blondbezopften Fräulein mit immer frisch gewaschener, rosiger Haut, die das kleine Mädchen auf unerklärliche Distanz hält. Die die langen Sonntagnachmittage mit beängstigenden, gruseligen Geschichten von abgeschnittenen Daumen und lichterloh brennenden Mädchen füllt. Die aber der Leere, die die riesige, düstere Wohnung, der abwesende Vater, die in einer Maske aus Schminke erstarrte Mutter für das Kind bedeuten, keine Wärme und kein Leben einzuhauchen vermag. Trotzdem bricht eine Welt für das Kind zusammen, als es eines Tages Anne Maries Leinenkoffer im Flur stehen sieht und von einem letzten flüchtigen Kuß gestreift wird.

PIPER

Enzo Striano
Die Portugiesin

Roman. Aus dem Italienischen von Barbara Krohn.
478 Seiten. Geb.

Dieser Roman, in Italien mit keinem geringeren als Tomasi di Lampedusas »Leoparden« verglichen, erzählt die wahre Geschichte der Dichterin Eleonora, die die Salons von Neapel erobert, als das Königreich der Bourbonen bereits vom Untergang gezeichnet ist.
»Meu Deus, que calor! Mein Gott, was für eine Hitze!« Als Eleonora sich an dem heißen Augustmorgen, am Tag nach ihrer Ankunft in Neapel, erhob, nahm sie durch die halbgeschlossenen Jalousien das Pferdegetrappel wahr, die Rufe der Marktweiber, den Geruch nach Wein, Fisch und moderndem Wasser. Sie war erfüllt von aufgeregter Erwartung: Das Leben in dieser herrlichen fremden Stadt lag vor ihr, und sie war entschlossen, sich über den Makel, der ihr als verarmter Adeliger anhaftete, hinwegzusetzen. Sie wollte die Salons der kulturellen Elite mit ihren eigenen Gedichten erobern, mit Gedichten, die durchdrungen waren vom liberalen Gedankengut der französischen Aufklärer. Eine große unglückliche Liebe, familiäre Schicksalsschläge und schließlich die dramatischen politischen Ereignisse von 1799 geben Eleonoras Dasein jedoch eine tragische Wende…